光文社文庫

文庫書下ろし／長編時代小説

下忍狩り

佐伯泰英

光　文　社

この作品は光文社文庫のために書下ろされました。

目次

下忍狩り

夏目影二郎始末旅

第一話　大川巫女《みこ》殺し

一

天保《てんぽう》十一年（一八四〇）の晩春。

昼近い刻限、浅草《あさくさ》三好町《みよしちょう》の市兵衛《いちべえ》長屋では、どぶ板の上であかが長々と寝そべっていた。

江戸の町に穏やかな陽光が落ちている。

夏目影二郎《なつめえいじろう》が九州の隠密旅から戻っておよそ一月、のどかな日々が続いていた。

手拭《てぬぐい》をぶら下げた影二郎は大欠伸《あくび》をしながら、戸を引き開けた。

あかが上目遣いに影二郎を見て小さく尻尾を振った。が、起きてくる気配はない。

三年も前、利根川河原で拾った子犬は、いまでは体重八貫余の大きさに育ち、市兵衛長屋の番犬を勤めていた。

井戸端に向かう影二郎を棒手振《ぼてふ》りの杉次《すぎじ》の女房はるが呆《あき》れ顔で見て、

「主も主なら、飼犬も飼犬だよ。だらけきっていやがるよ」

と内職の袋張りをしながら呟《つぶや》いた。

影二郎は顔を洗いながら、腹が空《す》いたなと思った。

米を磨《と》いで飯を炊《た》くのもわずらわしい。

浅草西仲町まで行けば影二郎の実家の料理茶屋嵐山《らんざん》があって、祖父母の添太郎《そえたろう》といく夫婦に惚《ほ》れ合った若菜《わかな》もいる。料理屋のことだ、めしの心配はいらない。

(どうしたものか)

影二郎がまぶしい日差しを眺《なが》めあげようとしたとき、長屋の木戸口に人の影が立った。

影二郎の実父、勘定奉行常磐豊後守秀信《ときわぶんごのかみひでのぶ》の配下で、監察方《かんさつがた》を務める菱沼喜十郎《ひしぬまきじゅうろう》だ。

「よい日和《ひより》にございますな」

喜十郎の顔は緊張しているようにも見えなかった。ということは御用の筋とも思えない。

「ときに影二郎様のお顔を拝見せぬと落ち着きませんでな、おこまに言われてお誘いに参りました」

「仕度する、待ってくれ」

菱沼喜十郎はあかのそばに座って頭をなでながら、

「ちと肉が付きすぎておるな」

と洩《も》らした。

影二郎は九尺二間の長屋に戻ると着流しの腰に帯を締め直した。薙刀《なぎなた》を刃渡り二尺五寸三分に鍛《う》ち変えた法城寺佐常《ほうじょうじすけつね》を差し落せば仕度がなった。

「待たせたな」

影二郎と喜十郎が木戸口を出るとあかが従ってきた。

「おまえも退屈をしておると見えるな」

影二郎の言葉にあかが愛想ばかり尾を振って応えた。

菱沼喜十郎は足を御蔵前《おくらまえ》通りから浅草寺《せんそうじ》の方角に向けた。

札差《ふださし》の番頭や手代たちが小僧を供にせかせかと往来し、馬方が荷馬を引いていく。

「桜も終わろうとしておるが、どこぞに遅咲きの花でも咲いておるか」

「小役人のそれがし、風流なところは存知ませぬ」

喜十郎が笑って、

「駒形堂のそばに新しく鮓屋《すしや》ができたそうです。それがしの懐《ふところ》でも食べられる店と聞きましたので、お誘いしました」

「鮓か」

江戸に握り鮓が登場するのは、文政年間だ。それまでは鮓といえば大坂風の押し鮓であった。

むろんご大層な店構えの鮓屋ではない。その始まりは行商や屋台である。

手柄岡持《てがらのおかもち》の「後《のち》は昔の物語」によれば、

「鮓売りは丸き桶の薄きに古き傘の紙を蓋《ふた》にして、いくつも重ねて、こはだの鮓、鯛の鮓とて売りあるきしは、数日漬けたる古鮓なり」

とある。

喜十郎が影二郎を誘おうとしているのは、初代花屋与兵衛《はなやよへえ》によって工夫された江戸の握り鮓である。与兵衛は屋台売りから始めて堂々とした店を構えるまでになった、江戸前鮓の元祖というべき人物だ。

「与兵衛の下で修業したという職人が開いた店でしてね、近頃評判だというのをおこまが聞き込んできたのです」

喜十郎が説明した。

「日中から店を開けておるのか」

「若い夫婦《みようと》二人で開いた店で、仕込みから調理まで二人でやっておるそうで、昼間も蔵前のお店の番頭などを客にして頑張っているそうにございます」

「近頃感心な夫婦ではないか」

そんな話をしているうちに浅草寺領駒形町の駒形堂のかたわら、大川の流れが望める地に間口三間ほどの花や鮓はあった。

凝った造りではないがまだ木の香も漂う新装の店だ。

「あか、待っておれ」

あかが玄関脇に座った。

「席はあるか」

菱沼喜十郎が開け放たれた戸口にかかる縄暖簾《なわのれん》をくぐると声をかけた。

「へえっ、いらっしゃいまし」

豆絞りの手拭を横向うにきりりと締めた若い職人が答えた。それが亭主の與吉《よきち》だった。

「お二人様にございますか。奥にどうぞ」

奥は意外と深く、入れ込みの板の間が大川の流れまで続いていた。

「おおっ、これは気持ちよいな」

影二郎が先反佐常《さきぞり》を腰から抜きながら、水面を見た。

対岸の本所《ほんじょ》の岸辺にはおぼろに薄墨色の桜が浮かんで見えた。流れにも桜の花びらが浮いている。昨夜の春嵐に散った花びらだろう。

「よい季節、よい日和にございましたな」

勘定奉行監察方の役人菱沼喜十郎の顔もほころんでいた。

若女房のはなが注文をとりにきた。

「初めてゆえ、鲊は任せる。酒をくれぬか」

「ありがとうございます」

昼間の刻限ゆえか、客はまばらだった。すぐに酒が運ばれてきた。

気心の知れた仲だ。喜十郎が影二郎の杯を満たすと自分のものにも注いだ。

「昼酒は久しぶりだな」

二人はどこか後ろめたさを感じながらも、昼酒のうまさに顔を和ませた。

「喜十郎の顔になんぞ話があると書いてあるが、御用とも思えぬな」

「ちと小耳にはさみましたゆえにお知らせします。勘定奉行の遠山金四郎《とおやまきんしろう》様が老中水野忠邦《ただくに》様のご推薦で北町奉行に就任なされます」

「それは出世じゃな」

刺青奉行として後に名を江戸に馳せることになる遠山金四郎とは、影二郎もいささかの因縁があって知り合いであった。

遠山金四郎は五百石の旗本、左衛門尉景晋《かげみち》の次男として生まれたが、はっきりした生年は不詳であった。ただ北町奉行に就任したとき、四十八歳であったと伝えられる。

部屋住みの金四郎は放蕩《ほうとう》のかぎりを尽くし無頼の徒に混じって無茶の暮らしを続けていたが、義兄の景善《かげよし》が病に倒れたので金四郎が家督を継ぐことになった。

初め目付に就き、小納戸頭、小普請奉行、勘定奉行に昇進したのちに、今、北町奉行職に抜擢され、名も遠山左衛門尉景元《かげもと》と改名しようとしていた。

つまり遠山は常磐秀信と同僚である。ついでにいうなら、幕府の勘定奉行は四人の複数就任で公事方《くじかた》と勘定方を二人ずつで分担し、職分を交代した。

「出世でございますが、いささかそれがしの心中複雑にございます」

「喜十郎の心底を煩《わずら》わすものはなにかな」

「秀信様は、遠山様より二年ほど早く勘定奉行におなりにございます。それを差し置いて遠山様が先に動かれた」

「なんだ、そんなことか」

「そうはおっしゃいますが遠山家は五百石、常磐家は三千石高にございます。いわば家格も上……」

「喜十郎らしくもないな。考えてもみよ、常磐家は長年の無役、ようやくお情けで貰った役が勘定奉行職だぞ。無役と役付けでは地獄と極楽の違いだ。それ以上の役を望んでなんとする」

「でもございましょうが……」

「幕府が誕生して二百有余年、江戸の町を見てみよ。役人は腐敗し、商人はおごり高ぶり、巷《ちまた》には職のないものが溢《あふ》れておる。こんなときに町奉行になられた遠山様のご苦労はいかばかりか。父上もあえて火中の栗を拾う苦労をすることもあるまい」

影二郎が言ったとき、漆《うるし》の丸桶に鯛、こはだ、穴子、海老などがきれいに飾られた鮓が盛り付けられて出てきた。

「おおっ、これはうまそうじゃな」

影二郎は祖父母の添太郎やいく、それに若菜を一度連れてこようと思った。

「頂こうか」

包丁の入れ方が小粋で目で見ていても楽しかった。口に含むと、

「これは……」

塩加減といい、酢の按配といい、めしの炊き方といい、にぎり具合といい非の打ち所がない。

「これはうまい」

「亭主が喜びます」

影二郎たちの食べるのをなんとなくその場に膝をついて待っていた女房のはながにっこりと笑って答えた。

「いや、それがしも娘に薦められて影二郎様を誘ったのじゃが、これほどとは考えもしなかった」

喜十郎も満足そうに笑みを浮かべていた。

「亭主どのは花屋与兵衛の店に奉公しておったそうな」

「はい。花屋様に十三のときから奉公に出て、十四年で暖簾を許されました」

店の名は花屋の花と女房のはなを掛けて付けられたという。

「倦《う》まず休まず熱心に修業なされた腕前が鮓に乗り移っておる」

二人は酒を飲むのも忘れて鮓を食べた。

「喜十郎、よきところを教えられたぞ」

喜十郎は土産の包みを二つ頼んだ。ひとつは娘のおこまに、もうひとつは、影二郎の祖父母と若菜の三人にと思ったからだ。

今日は喜十郎が誘ってくれたのだ。影二郎は遠慮なく馳走になることにした。

支払いのために喜十郎が板の間から土間に降りようとしたとき、あかが突然吠え出した。

「だれでえ、こんなところに犬なんぞをおきやがって！」

乱暴な言葉とともに縄暖簾がむしりとられて店の中に投げ込まれた。

「わああっ！」

と入口近くにいた客が悲鳴を上げて立ち上がった。

店になだれ込むように入ってきたのは、木曾駒《きそこま》一家の印半纏《しるしばんてん》を着た連中だ。男たちが乱暴にも卓を土間にひっくり返した。

影二郎と喜十郎も近頃木曾駒一家がのさばっていると聞いていた。

「おまえ様方はなんでございますな」

女房が客を庇《かば》うように男たちの前に立った。すると男たちの間から貫禄を見せてどす黒い顔の兄貴分が出てきた。黄色の派手な縞模様をぞろりと着た巣鴨《すがも》の幹助だ。

「浅草寺寺領は木曾駒一家が面倒をみてるんだ。新規に商いを始めるときには、うちの木曾駒の親分に挨拶して、看板を上げるのが習わしだ。ここは未だに顔出しもしてないようだな」

巣鴨村生まれの幹助が言うと弟分の信吉が、

「幹助兄い、それっぱかりじゃねえや。先日もこっちから顔を出したらよ、酒代までふっかけやがったぜ」

と掛け合った。

「木曾駒のお兄いさん方、私たちは借財をして店をようやく開いたところです。みかじめ料を出せと申されても一文も出せません」

はながきっぱりと断った。

「そうかえ、仕方ねえ。考えがこう違っちゃ話し合いにもなるめえ。野郎ども、かまうこっちゃねえ、店を叩き壊して大川へ叩き込め」

信吉たちが卓をひっくり返そうとしたとき、

「待て待て、乱暴はならぬぞ」

と喜十郎が出ていった。

影二郎は男たちに背を向けていた。

「旦那、お怪我をなさるといけませんや。お早く帰って下さいな」

懐手《ふところて》の信吉が喜十郎を横柄にも顎《あご》でしゃくった。懐の手は匕首《あいくち》の柄にかけている様子だ。

「その方らの言い分を聞いておったが、理屈に通らぬな」

「旦那、理屈なんてものをだれが決めなすったんで」

幹助が喜十郎の前に出てきた。

「町方のことはすべて南北奉行所のご定法によって決まっておる。そなたらの勝手は許されぬ」

「旦那は町方かえ、見知らぬ面《つら》だがよ」

「それがしか。勘定奉行監察方菱沼喜十郎である」

「勘定奉行じゃあしょうがないや。旦那も先ほどおっしゃられたように江戸の町のことは、奉行所とわれたちが仲良く取り締まることになってんだよ。世の中には表も裏もある。こっちは南町の同心の旦那とも昵懇《じつこん》なんだ。場違いに首を突っ込むと火傷《やけど》をするぜ」

「南町がその方ら、蛆虫《うじ》になんぞ頼んだか」

「蛆虫と抜かしおったな、小役人！」

　そう叫んだ幹助が信吉に命じた。

「このさんぴん、物分りが悪いぜ。店を畳むついでだ、大川に投げ込んでしまいな」

　幹助が顎で命じた。

「馬鹿ものめが！」

　菱沼喜十郎の大喝《たいかつ》が響き渡り、幹助と信吉の頰《ほお》べたが喜十郎の平手打ちに次々に鳴った。

「やりやがったな！」

　信吉が叫び、懐の匕首を抜いたその手首を摑《つか》んだ喜十郎が、気合とともに体を捻《ひね》り上げた。

　虚空に信吉の体が舞って土間に叩き付けられた。

「ここでは店に迷惑じゃ、表に出よ」

と喜十郎が叫んだとき、影二郎が卓から立ってきた。

「幹助、代貸しに出世したか」

「なんだと！　気安くおれの名を呼び捨てにしやがるのは」

と板の間に立つ影二郎を見上げた幹助が、

「あっ！　夏目の兄貴」

と叫んだ。

影二郎は父の常磐豊後守秀信と嵐山の一人娘、みつとの間に生まれた子だ。

みつは妾である。

秀信は旗本三千二百石の常磐家の婿、家付きの鈴女《すずじょ》に頭が上がらなかった。そこで下谷《したや》同朋町《どうぼうちょう》にみつの妾宅を構えた。

二人の間に生まれた子の影二郎、いや、瑛二郎もそこで育った。

瑛二郎は父から学問を、八歳にして鏡新明智流《きょうしんめいいち》の桃井春蔵《もものいしゅんぞう》道場に弟子入りして剣をみっちりと仕込まれた。十年余の後には、

「位《くらい》の桃井に鬼がいる……」

と恐れられる剣士になっていた。

瑛二郎が本所の屋敷に引き取られたのは、みつが流行病《はやりやまい》で亡くなった後、十四の年のこと

だ。

そこでは秀信が鈴女の顔色ばかりを窺《うかが》って暮らしていた。

その上、養母からは意地悪をされ、長男の紳之助《しんのすけ》との折り合いも悪く、瑛二郎は早々に祖父母の家の嵐山に引き移った。

そのときから自ら瑛二郎を影二郎という名に変え、無頼の道に入った。

腕っぷしが強くて、祖父母がくれる金があり、気風《きっぷ》もよかったから、たちまち浅草界隈で名うての悪になった。だが、ひとつだけ、無頼者に落ちても熱心に続けてきたものがあった。

剣の道だ。

二十三歳のときには師匠の桃井春蔵に呼ばれて、

「道場の跡継ぎにならぬか」

と打診されたほど、剣の腕前は上がっていた。

だが、桃井では娘と影二郎の婚姻を考えての申し出であった。

影二郎には吉原に将来を誓い合った局女郎《つぼねじょろう》の萌《もえ》がいた。

桃井の娘との結婚話の背後に父の秀信が関わっていると知ったとき、父との関わりも絶ち、悪の道を一気に突っ走っていった。

そんな折りに見知っていたちんぴらが幹助であり、その親分の木曾駒の秋蔵《あきぞう》だ。

「てめえ、相変わらずの暮らしか」

「いえ、そんなこっちゃございませんや」

幹助は思わず後退していた。

「夏目影二郎様は十手持ちの聖天《しょうてん》の仏七《ぶっしち》を叩き殺して島送りになったんじゃねえんで」

「おまえが先ほど抜かした言葉じゃないが世の中、表も裏もある。おれのことを突付いても藪蛇だぜ」

「兄いがいたんじゃあ、商売にならねえや。出直してこよう」

「待て。この店に二度と足を踏み入れてみよ、そなたと秋蔵の首はその体についてないと思え」

「わ、わかった。もう二度とこの店の敷居は跨《また》がねえ」

「幹助、用は終わってはおらぬ」

「何でえ、なにかまだ……」

「二両ほどおいていけ。新しい店の暖簾を汚した詫び料だ」

「兄貴、そいつばかりは、勘弁してくんな」

「ならばこの場でその首落そうか」

影二郎が佐常を手にぐいっと迫った。

「わ、わかった。置いていく置いていく」

幹助が巾着《きんちゃく》を出すと、

糞《くそ》っ！

と吐き捨てながら二両を手近の卓の上に叩きつけるように置いた。

「二度と来るではないぞ」

「だれが来るかえ！」

幹助を先頭にやくざ者たちが飛び出して行った。

店の中にほっとした空気が流れ、

「思い出した。あの浪人さんは桃井道場の鬼と言われた夏目影二郎だ」

と客の一人が言い出した。

「ありがとうございました」

若い夫婦が影二郎の前に飛んできた。

「難儀であったな、あやつらが悪さをするようなれば、西仲町の料理茶屋嵐山まで知らせてくれ」

影二郎の言葉に與吉が、

「わっしも気がつきました。嵐山の若旦那でございますね」

と言い出した。

「幹助と同じ世界にいたことがあってな、祖父や祖母を泣かせたものさ」

影二郎は苦笑いで答えると、土間の草履《ぞうり》を履《は》いた。

「幹助が残していったのはこちらの店の迷惑料だ」

「夏目様、暖簾を新しくしたところで二両なんてかかりはしませんや」

「新しく店を始めたばかり、使い道はいくらもあろう」

影二郎は喜十郎を振り見た。

「結局、影二郎様に汗をかかせましたな、恐縮にございます」

菱沼喜十郎が苦笑いしながら、

「影二郎様、いま払いを済ませます。折りができたら参りましょう。少しばかり表でお待ちください」

と言った。

「はな、お二人さんの勘定はいいぜ」

と叫んだ與吉が飯台の前に戻ると鮓を握り始めた。

「亭主もああいっております。代金はお助け頂いた代わりといってはなんですが、今日はただということにさせてくださいな」

「それは困る。それがしは先ほど名乗ったように勘定奉行所監察方でな、取り締まる人間がただで飲み食いしたとあっては示しがつかぬ」

と巾着の口を開けて待っている。

「はなさん、菱沼喜十郎の旦那にただで飲み食いさせるのは至難の業だ。それに木曾駒一家の上前をはねたようで気持ちも落ち着かぬ。われらの好きにさせてくれ」

と言い残すと影二郎はあかの待つ表に出た。

二

影二郎とあかは、菱沼喜十郎と別れた足で浅草西仲町の嵐山に立ち寄った。

若菜が玄関先の大壺に山桜の花を生けていた。そこだけがぼおっと薄明かるく白んでいる。

あかの吠え声に気がついた若菜が振り向き、

「あか、影二郎様を連れてきてくれたの」

とうれしそうな笑みを浮かべた。

「喜十郎に鮓を馳走になったうえ、ほれ、土産まで持たせてくれた」

と折りを若菜に渡した。

「なかなかの味でな、そなたも食べてみよ」

影二郎と若菜が居間に上がると縫い物をしていた祖母のいくが、

「こんな刻限にめずらしい」

と言いながらうれしそうに顔を上げた。

「おばば様、お鮓にございます。今、茶を淹《い》れましょうな」

と折りを置いて、若菜が台所に姿を消した。

嵐山は浅草寺門前町ではなかなかの老舗だ。お参りの客が料理や酒を楽しみにやってくるほどだ。すでに広い台所では大勢の調理人たちが仕度を始めて、その気配が居間まで伝わってきた。

「影二郎が来たって」

矍鑠《かくしゃく》として台所を陣頭指揮していた祖父の添太郎が前掛けで手を拭いながら、居間に姿を見せた。

「花や鮓に行ったそうだな」

「思いがけなく喜十郎に誘われましてな、真面目な修業を親方の花屋与兵衛の下でつんだとみえて、なかなかの味でしたよ」

「あの店の評判は聞いている。ばばさま、馳走になってみようか」

若菜が運んできた茶で三人が鮓を食して、

「包丁の使い方といいなんといい、気がきいておるな」

「こはだのおいしいこと」

とか言いながら口にした。

「これはうまい。うちの料理人を早速食べに行かせよう」

と添太郎が言い出したほどだ。

「影二郎様、今日はゆっくりしていけるのでしょう」

若菜が小さな声で聞いた。

「格別用もなし、泊っていこうか」

若菜の顔が恥ずかしそうに微笑んだ。

「昼酒を飲んだら、眠くなった」

影二郎はごろりと横になった。

若菜が夏がけを運んできたときには、ぐっすりと眠りこんでいた。


「影二郎様、殿様のお立ち寄りにございます」

若菜の慌てた声に揺り起こされて、影二郎は目を覚ました。

「なにっ、父上がお見えになったのか」

すでに外には晩春の宵が訪れていた。

いつもの秀信の帰城の刻限より遅い。

ときに秀信は城中からの帰路、ふらりと嵐山に立ち寄り、酒を飲んでいくことがあった。それでも早い時刻が多かった。

勘定奉行のお城下がりの行列は、天保期になって供の数は減っていた。が、それでも二十数人にはなった。が、秀信は嵐山に立ち寄るときは、供の人数をさらに減らして店に迷惑がかからぬようにした。だが、それでも供侍以下陸尺《ろくしゃく》まで入れるとかなりの人数にはなった。

影二郎が玄関先に出ると槍持ちなどがうろうろしている。

「瑛二郎、そなたもいたか、ちょうどよい」

秀信は機嫌よく言うと添太郎の案内でまず仏間に通り、みつの位牌に線香を手向け、何事か小さな声で報告していた。

「なんぞうれしきお話がございましたか」

座敷に対面した影二郎が聞くと、

「瑛二郎、添太郎、喜んでくれ。本日、勘定奉行職を解かれた」

影二郎は遠山左衛門尉景元の北町奉行就任の話を思い出した。

「新たな職務はどこにございますな」

「大目付《おおめつけ》を仰《おお》せ付かった」

「それは出世にございますな」

「この秀信が三百諸侯を監察糾弾する大役を命じられたのだ。それも道中奉行を兼帯することになった」

大目付、古くは総目付といい、大名家の監察が本務で、

「勤向は諸大名への御触事、御礼席、寄せ差引、老中方よりの御触事、御規式にかかりたる御書付はこの役場へ御渡りし、殿中非常の取計、西の丸御見廻り、評定所立会い等、其外政事筋

なり……」

と「明良帯録」に触れられたように幕府の中でも大変権威ある職であった。

万石以上の者を監察するゆえ、待遇は万石以上の扱いを受けることになる。

秀信がいう道中奉行の兼帯は大目付の主席である。

「それはおめでとうございます」

秀信の機嫌がよいわけだ。

「殿様、今、祝いの酒を用意させますでな」

添太郎も手を叩いて女たちを呼び、慶事《けいじ》を告げた。

「なんとまあ、秀信様がお大名を取り締まられるのでございますか」

いくがそういうと瞼《まぶた》を潤ませた。

「みつの霊前にまず報告したくてな、立ち寄った」

「なんともうれしいじゃございませんか」

添太郎、いく、若菜が台所に慌てて姿を消した。

座敷に秀信と影二郎の父子だけになった。

「瑛二郎、これもそれもそなたのおかげじゃ、礼を言うぞ」

父が倅《せがれ》に頭を下げた。

「なにを申されますか。父上の日頃の御奉公ぶりが認められてのことでございます」

「いや、己の才は秀信がよう承知しておる。そなたの隠密奉公がそれがしを助けてくれたからだ」

と秀信は言い切った。

「父上、ともあれ、勘定奉行からのご昇進で、それがしのお役目も終わりましたな」

秀信が顔を横に振った。

「いや、そうではない。水野忠邦様が申されるには、これで瑛二郎は大手を振って諸国を歩けるなと申されたわ」

「それがし、大目付の隠密仕事を手伝うのでございますか」

「そういうことだ」

添太郎たちが膳を運んできて、

「まずは殿様、お祝いの酒にございます」

と添太郎に銚子を差されて、秀信が杯で受け、話は中断した。

「ご出世、おめでとうございます」

添太郎の音頭で祝いの杯が上げられた。

「菱沼喜十郎に聞きましたが、遠山様も北町奉行にご栄進にございますそうな」

「そのことよ。水野様の天保の改革がいよいよ軌道に乗ったということであろうな」

秀信は半刻ほど上機嫌で酒を飲み、

「屋敷にも栄進の知らせが行っておる。奥方が角を出されても困るでな、今日はこれくらいで暇《いとま》する」

と立ち上がった。

「父上、お供の方も少のうございます。お屋敷まで影二郎がお供いたします」

影二郎は大小を手挟《たばさ》むと玄関に向かった。

若菜ががっかりした顔で見送りにきた。

影二郎が耳元に囁《ささや》いた。

「若菜、父上をお送りしたらこちらに戻ってくる」

若菜が顔を赤くして頷《うなず》き返す。

影二郎は秀信の乗り物のかたわらを随行するように夜の浅草を歩き出した。

浅草広小路にある嵐山から常磐家の屋敷がある本所に向かうには長さ七十六間の吾妻橋《あづまばし》を渡らねばならない。

「父上、大目付に昇進なさると屋敷替えがあるのではありませぬか」

「それよ」

乗り物から秀信の声がした。

「水野様も川向こうでは、いったん事があったときに間に合わんと仰せられた。がなあ……」

と一旦口を噤《つぐ》んだ秀信が、

「常磐家は代々の本所住まい、鈴女がどう申すか」

と家付きの鈴女の意向を心配した。

「父上、養母上に父上のお力を見せるときですぞ。もはや父上は無役の婿どのではございませぬ。勘定奉行を無事に勤め上げ、大目付に出世なされた身にございます」

「そうじゃな」

秀信の返答はいま一つ頼りなかった。

代々本所住まいから離れれば、婿を迎えたという鈴女の意識も少しは薄れるのではないかと、子の影二郎は期待した。鈴女の癇性は影二郎も承知していたから、強くもいえなかった。

橋を渡りきった行列は川沿いに河口へと下った。

常磐の屋敷は本所と深川の境、南割下水の陸奥《むつ》弘前《ひろさき》藩十万石の江戸藩邸前にあった。そこで竹町之渡を過ぎてひたすら外手町の三叉路まで大川ぞいに下ることになる。

すでに辺りは深い闇に包まれていた。

川から櫓《ろ》を忙しげに漕《こ》ぐ音がして、舳先《へさき》が河岸にぶつけられた音がした。舟は灯火を点けてなかった。

さらに前方から弾む息遣いと乱れた足音が響いてきた。

「行列を止めよ」

影二郎が先導する供侍に命じた。

「川を渡すでないぞ!」

密やか声が飛んで、ょろよろと若い巫女《みこ》が影二郎らの提灯の明かりの中に姿を見せた。よほど慌てているのか、影二郎にぶつかって、
はっ
と体を硬直させた。

「だれに追われておる」

影二郎が優しく聞いた。

娘が立ち竦《すく》み、顔を上げた。そこへ血相を変えた侍たちが走ってきて、

「ここにおったぞ!」

と取り囲んだ。

勤番侍の言葉にはお国訛りがあった。奥州筋の言葉のようだ。

「斬れ!」

と追跡してきた侍たちの頭領が非情にも命じた。この者、ただの藩士ではないように見受けられた。その上、この場には姿は見せなかったが、娘を追う別の追跡者がいた。

影二郎は娘を体の背後に隠した。

その瞬間、影二郎の袖になにかが放り込まれた。

「逃げさせ給え、危難から救いさせ給え。天の大神、あぶら　うんけ　そわか……」

女が奇妙な呪《まじな》いを唱えた。侍たちが輪を縮めた。

そのとき、影二郎が出た。

「待て！　その方ら、江戸市中で乱暴を働くとは何事か」

「捨て置きくだされ、ちと曰《いわ》くがあってのこと」

「そなたはどこぞの大名家の者か」

影二郎の言葉にようやく行列を止めた常磐秀信の一行に注意を注いだ。

「お通り下され」

頭分は四十前後か。権柄《けんぺい》ずくに命じた。

「ならぬ」

影二郎の声がびしりと川岸に響いた。

相手の頭領の顔色が変わり、影二郎を改めて見た。そして、浪人姿を認めると、

「われらは藩邸に忍び入った賊を追ってきたもの、決して怪しいものではない」

「なれば後日、事が起こったときのために藩名とそなたの名を名乗られえ」

「ちと素浪人の分際で出過ぎてはおらぬか」

と語調を変えて言うと、顎で藩士たちに合図をした。

若い藩士たちが若い女に飛び掛かっていこうとした。

影二郎も前に出た。

「吹雪！」

川から叫び声がした。

巫女が豹変したのはその瞬間だ。懐に手を入れると飛び掛かってきた藩士たちの足元になにかを投げた。

ばーん！

という爆音とともに白煙が上がり、若侍たちが一瞬立ち竦んだ。

「お駕籠《かご》を守れ！」

影二郎の命に素早く反応して秀信の駕籠そばに片膝をついて、腰の木刀を抜いたのは一人の若い中間《ちゆうげん》であった。

影二郎が名も知らぬ顔だ。

影二郎も駕籠のかたわらに控えて、いつでも法城寺佐常を抜ける体勢をとった。

硝煙の中、立ち騒ぐ声がした。

「川へ逃すでないぞ！」

巫女の姿は消えて、川岸から櫓の音が響いてきた。

「南部の女忍びめ、舟を用意してございましたぞ！」

部下の漏らした不用意の言葉に頭分が応じた。

「追え、盛岡藩邸に帰すでない！」

藩士たちは舟を探す者、橋を渡ろうとする者の二手に分かれて、その場を走り去った。残ったのは頭領だけだ。

「その方の邪魔でえらい迷惑をいたした。本来なれば許しては置けぬところだが、今宵《こよい》は見逃す」

頭領は影二郎をひと睨みして立ち去ろうとしたが、視線を戻した。

「その方、先ほどそれがしに名と藩名を名乗れと申したな。浪人者がなんの権限を持ってさようなことを聞いた」

と問い直してきた。

「この行列は、大目付に新任なされた常磐豊後守秀信様の一行である。大名家家臣が町人を殺すのを大目付の行列が見逃せようか」

頭領の顔が引き攣《つ》り、

ぎょっ

とした顔で影二郎と駕籠を見た。

「どちらの家中かな」

影二郎が改めて聞いた。

「その儀ばかりはお許しを……」

狼狽の体の男は、身を翻《ひるがえ》すとその場から足早やに立ち去っていった。

影二郎は駕籠のそばに木刀を構えて控えた若い中間に、

「あの者のあとをつけよ」

と小さな声で命じた。すると中間は心得顔に頷き、足音を忍ばせると闇に消えた。

「なにがあるやも知れぬ、屋敷に急げ」

影二郎の言葉に陸尺たちが棒に肩を入れた。

一行は足を速めて、道を急いだ。

「瑛二郎、何者か」

秀信が聞いてきた。

「あやつらが不用意に漏らした南部と盛岡の二つの言葉から察しますに、女は南部盛岡藩の女忍びと思えます……」

盛岡領内には恐山《おそれざん》とかいう霊場があって、イタコと称する口寄せ女がいるときいたが、イタコが忍びを務めることがあるものかと、影二郎は頭を捻った。

「南部盛岡は、南部美濃守《みののかみ》様二十万石の国主《こくしゅ》大名か」

「さようにございます」

「となると……」

秀信は考え事を始めたか、黙り込んだ。

騒ぎのあった外手町の三つ又からもはや南割下水の常磐邸はそう遠くはない。

屋敷の門はすでに大きく開けられてあった。そして、襲撃者の一味の頭分を追っていった中間が秀信の一行を出迎えていた。

影二郎は門を潜《くぐ》って式台の前まで秀信の駕籠のそばに付き従った。

式台には養母の鈴女、義兄の紳之助、そして義妹の紀代《きよ》、用人の佐野らが出迎えていた。

「養母上、お元気そうでなによりにございます」

影二郎の挨拶を鈴女は顔を背けて応じると、

「何用あって来られたな」

と答えたものだ。

「母上、兄上に非礼でございます。小才次《こさいじ》によりますれば、外手町で騒ぎがあったとか。兄上がおられたからこそ、父上は無事にお戻りなされたのではありませんか」

紀代が母親を窘《たしな》めた。

鈴女は娘の注意を嫌な顔で聞き流した。

「兄上、お久しぶりにございます。どうぞお上がり下さいまし」

「紀代、おれの務めは終わった」

影二郎は一言も発しない紳之助に会釈すると秀信に、

「父上、これにて失礼致します」

と言い残し、門に向かった。

門の外には小才次が待っていた。

「ようやってくれた」

影二郎は常磐邸から大川へと歩き出した。すると小才次が半歩遅れて従ってきた。

二人は津軽越中守順承《つがるえっちゅうのかみゆきつぐ》が藩主の陸奥弘前藩江戸屋敷の前を通り過ぎて、大川へと向かっていた。

小才次は黙っていた。

影二郎も聞きはしない。

津軽藩の屋敷の塀が途切れたところで、小才次が口を開いた。

「影二郎様、あの者が戻った先は、津軽弘前藩邸にございました」

小才次の行動が早いわけだ。

「なにっ、津軽藩とな」

「はい」

「津軽と南部がいがみ合う出来事があるのか」

影二郎の言葉は呟きに等しかった。するとそれに答えて小才次が言ったものだ。

「親父に聞いたことがございます。津軽藩は南部から分かれた藩とか、二百年も前のことかもしれませんが、諍《いさか》いの種はこのへんかとも考えられます」

「小才次、おれが常磐の屋敷におったのは十数年前のことだ。おれはそなたのことを覚えておらぬが新規奉公か」

「いえ、私のじい様も親父も常磐家の屋敷務めにございまして、親父は馬廻《うままわり》方の伊太郎《いたろう》と申しました」

「なにっ、そなたは伊太郎の倅か」

「私は伊太郎の次男でして、物心つく前から母親の実家に養子に出されました。ところが親父と兄が相次いで流行病に亡くなり、用人の佐野様の勧めで最近、屋敷に戻ったのでございます」

「それでおれは知らなかったか」

「影二郎様、私はよう影二郎様のことを承知しています」

「ほう」

「母親の実家は桃井道場の近くの桶屋《おけや》でしてね、私は道場の格子戸《こうしど》越しに影二郎様の稽古《けいこ》振りを拝見させて頂きました」

「なんとのう……」

影二郎が苦笑いし、小才次が聞いた。

「影二郎様、津軽のお屋敷になにがあったか、調べてようございますか」

「おれと父上の関わりを知っておるか」

「影二郎様なくしては殿様のお役はなりませぬ」

と小才次が答えたものだ。

「中間には中間同士の付き合いもございます」

「津軽の中間部屋にも出入りできるか」

「はい、朋輩《ほうばい》もおります」

「そのこと許す。ことのついでに小才次に頼みがある」

と答えた影二郎は、

「父上の監察方菱沼喜十郎の組屋敷を知っておるな」

「はい、時折り御用を言い付かります」

「ならば喜十郎親子に今夜のことを伝えよ」

「伝言はございますか」

「伝えれば親子のことだ、どう動くか承知しておるわ」

「畏《かしこ》まりました」

と行きかけた小才次が、影二郎はどうするかという顔で振り見た。

「おれか、屋敷に戻っていよう」

「すぐに菱沼の旦那に伝えます」

と小才次が後退《あとじさ》りして闇に姿を没しさせた。

三

影二郎は刻限をおいて密かに常磐邸に戻った。

津軽の江戸藩邸と向かい合う表通りではなく、裏手の旗本屋敷に接する路地の塀を乗り越えてだ。昔、住んでいた住まいのこと、それも度々《たびたび》抜け出したことのある屋敷だ。どこになにがあるか、すべて承知していた。

座敷からは鈴女の機嫌のよい笑い声が響いていた。

秀信の大目付昇進がえらく気に入ったと見える。

「屋敷替えが出世の証《あかし》のようなものです、私は御城のそばに住み替えるのに文句は言いませんよ」

「そうか、屋敷替えを承知か」

「これからもどんどん出世なされて若年寄、いや老中に昇っていただかないと常磐家に婿に入った意味がございませぬ」

「若年寄、老中職は大名の職務だ」

「なれば旗本から大名に出世なさればよいことです」

秀信の答えは聞こえなかった。

「秀信どの、次男ばかりを猫可愛がりなさらず、嫡男の紳之助の奉公をなんとかしてくだされ。これが常磐の家にとってもっとも大事なこと……」

秀信の言い訳は再び聞こえなかった。いや、答えなかったのかもしれない。

秀信の座敷から鈴女や紳之助や紀代が出てきた様子で、ようやく常磐の家では眠りに就《つ》こうとしていた。

さらに一刻が過ぎたとき、常磐邸をはじめ南割下水の旗本小路はひっそりと静まった。

影二郎は胸に法城寺佐常二尺五寸三分を抱いて、庭石の一つに腰を掛けていた。

泉水では蛙がげろげろと鳴いていた。殿様蛙が影二郎を置物と間違えたか、のそのそと庭石をよじ登って膝の近くまできた。

「鬼が出るか蛇が出るか」

影二郎にも分からなかった。

小才次に津軽屋敷を調べてよいかと聞かれたとき、はっとさせられた。

女を追ってきた一統の頭領が津軽屋敷に戻ったと小才次は報告していた。それに女は南部領の関わりのある女忍びとも考えられた。

その現場を常磐豊後守秀信の一行に見咎《みとが》められていた。

秀信が大目付であることを名乗ったのは影二郎だ。それは諍いを止めようとしてのことであっただが、津軽にとっても南部にとっても新任された大目付に諍いを知られることは危惧すべきことだった。大目付は大名の監察糾弾が職務であるからだ。諍いの理由如何によっては強引な手を使うことも推察された。

影二郎は石と化してひたすら時が過ぎていくのを待った。

殿様蛙も動かない。

丑《うし》の刻（午前二時）前、常磐の屋敷に異変が生じた。

そよとも風のない築地塀の上に一つ二つと黒い影が姿を見せた。

薄い三日月がかろうじて、忍び装束の黒衣を見分けさせた。

（津軽は忍びも使うか）

こやつらが女を姿も見せずに追っていた者だ、と影二郎は確信した。

庭石に同化した影二郎は、まだ動かない。

先頭の忍びが夜鳥の鳴き声を真似て口笛を吹いた。すると塀の上を次々に十人余の影が飛び越えて常磐の屋敷に入り込んできた。

影の者たちは、一旦塀の暗がりで息を潜めて辺りを窺い、行動を再開した。

手入れの行き届いた庭木から姿を見せた影の者たちの中には、松明を袖に隠し持っている者もいた。

なんと屋敷を焼き討ちにしようというのか。

頭領の片手が上がって行動を開始しようとしたそのとき、

「夜盗、このまま引き下がらぬか。近所の誼《よしみ》、今宵は見逃して遣わす」

と言い放った影二郎が庭石から腰を上げた。

ぎょっ
とした影の者たちが一瞬立ち竦む。

影二郎の右手には殿様蛙が摑まれていた。

「おれが待ち受けていたことですべては察しがつこう。このまま、引き下がればよし、新たに江戸を騒がすとあれば、このままにはしておかぬ」

愕然《がくぜん》としていた頭領の手が頭上から振り下ろされた。すると松明を捨てた影の者たちが影二郎を音もなく囲んだ。

影二郎は佐常を左手一本で腰に差し戻すと、

「おれの親切を無にいたす気か」

と話しかけた。

影の者たちは無言のうちに陣形を作って影二郎を囲むと、忍び刀を抜き放った。

「おれのは無頼剣法だ、手荒い」

影二郎を囲んだ影の者たちが輪を描くように動き出した。

影二郎は流れいく輪の中に孤独の影を引いて立っていた。まだ佐常は鞘《さや》の中だ。

輪の動きが速度を増した。すると念仏のような声が輪の中から聞こえ始め、それが高くなり低くなりして、敵対する者の神経を攪乱《かくらん》しようとした。

数々の修羅場を潜りぬけてきた影二郎は無念無想の境地を保っていた。

念仏が早くなった。

輪もまた速度を速めた。

いまや十余人は一つの流れと化していた。

攪乱から攻撃へ移ろうとした、まさにその瞬間、影二郎が動いた。

手の蛙が黒い流れに投げられた。

光が走った。

蛙が両断されたか、血が、
ぱあっ
と散った。

輪の流れが乱れた。

影二郎が流れに強引に突進すると、佐常を抜き差しに擦《す》り上げた。

再び輪の中に、
ぱあっ
と血飛沫《しぶき》が上がった。だが、こんどは人間の血だ。さらに佐常が左右に振られて、二人が倒れた。

輪が停止した。

頭領の無言の命《めい》が新たに告げられようとした。

決死の陣形が組み直されようとしたとき、常磐邸に弓弦《ゆづる》の音が響いた。

頭領の頭上の大木の幹に一本の矢が突き立った。

「どうするな、戦いを続けるか」

常磐の屋敷でも異変に気がついたか、雨戸が開けられ、行灯《あんどん》の光が突き出された。

「曲者《くせもの》！」

若党の声が響き、家臣たちが飛び起きてきた。

「何事か」

寝巻き姿の秀信の声がした。手に刀を下げている。

「父上、ご心配なく」

影二郎が秀信に声をかけると、再び忍びの者たちの頭領に向き直った。

「影の者が光に顔を晒《さら》しては生きてはいけまい、引き上げよ。今宵はこの屋敷の昇進祝いに見逃して遣わす」

影二郎の抑えた声が闇に響き、影の者たちが次々に塀を乗り越えて姿を消した。

「何事か、影二郎」

再び秀信が問う声がした。

「なあに父上の昇進を町内の方々が祝ってくれたまで」

と答えると、さらに言った。

「仔細は組屋敷から駆けつけた菱沼喜十郎とおこま親子にお尋ね下され。それがし、これにて失礼致す」

影二郎は先反佐常に血振りをくれると屋敷の闇に姿を没した。


影二郎が大川を渡って、浅草西仲町の料理茶屋嵐山に戻ったとき、もはや添太郎もいくも奉公人たちも眠りについていた。

広い玄関に入れられていたあかが影二郎の帰りに気付いて吠え、

「お帰りなさいませ」

と若菜が姿を見せた。若菜の体から湯の香りがして、行灯の明かりに寝化粧の顔が浮かんだ。

影二郎の帰りを待っていたのだろう。

「なんぞございましたか」

「ちと揉《も》め事があって汗をかかされた」

「なれば湯に入って下さいな」

若菜が早速湯殿に影二郎を誘った。

真っ裸になった影二郎は何杯も水をかぶって、奇怪な夜のほてりを冷ました。

「影二郎様、お背中をお流ししますか」

脱衣場から若菜の声がした。

「若菜、ここはよい。二階にな、酒だけ運んでおいてくれ」

「それだけでよろしいので……」

「あとは若菜がおればそれでよい」

「……………」

「短い夜になった。今晩は寝かせぬ、若菜、覚悟しておけ」

若菜から答えはなかった。が、しっかりとその言葉を受け止めたのは息を潜めて立つ気配が教えていた。

影二郎と若菜の熱く燃える短い夜が始まろうとしていた。


影二郎とあかが嵐山で朝と昼をかねた食事を食べて、三好町の市兵衛長屋に戻ってきたのは、昼過ぎのことだ。すると井戸端で女たちに混じって雑巾《ぞうきん》を絞《しぼ》るおこまの姿があった。

「おこま、客に掃除などさせて悪いな」

「そうだよ、若い娘さんを待たせておいて、あかとふらふらしているなんぞは、罰当たりだよ」

おこまの代わりに棒手振りの女房のはるが毒づいた。

「いえ、約束があってのことではありませんから」

おこまが笑って言うと甘えかかるあかの頭を撫でた。何度も死地を潜る旅をした仲だ。あかもよく承知していた。

「それがいけないんだよ、男を付け上がらす因《もと》だよ」

はるの言葉を聞き流して二人は長屋に戻った。すると長屋の中がきれいに片付けられていた。

「驚いたな、おれの部屋とも思えぬ」

「退屈しのぎにございます」

影二郎は開け放たれた四畳半の奥に座した。裏庭には長屋のかかあ連中が丹精した蚕豆《かいこまめ》の花が咲いていた。

「昨夜は造作をかけたな」

「秀信様が勘定奉行から大目付に変わられた夜に諍いに巻き込まれるとはなんということにございましょうな」

「聞いたか」

菱沼喜十郎は遠山金四郎の北町奉行昇進を嘆いていったばかりだ。だが、思わぬ騒ぎに秀信の昇進も知ることになったようだ。

「父はわがことのように喜んでおります。しかしながら、大目付に転じられたあとは、私どもはどう過ごしてよいのか」

おこまはそのことを気に掛けていた。

「おこま、おれはこれでお役ごめん、とぬか喜びしたものだ」

「とおっしゃられますと」

「決まっておるではないか。おればかりに父の手伝いをさせる気か」

「私どもも大目付配下に転じるのでございますか」

おこまの声が喜びに弾けた。

「すでに働かされておるではないか」

「そうでしたねえ」

おこまが安堵《あんど》の声を上げると、

「判明したことを申し上げます。どうやら、南部盛岡藩二十万石と奥州弘前藩十万石の間には、血で血を洗う戦いがいまも続いているように見受けられます……」

諍いの原因は遠く天正十六年（一五八八）に遡《さかのぼ》るとおこまは言った。

弘前藩の藩祖を津軽為信《ためのぶ》という。

津軽は元々大浦姓を名乗っていた。

八戸《はちのへ》を本拠とする南部氏が岩木《いわき》川流域に開けた津軽平野に安東一族を追って討伐に赴いた際、親族の石川氏を津軽郡代に任じたことがあった。その執事職として、石川の補佐をしていたのが大浦為信だ。

為信は石川政信が急死したのをきっかけに、九戸《くのへ》政実《まさざね》や他の豪族たちと図って南部に叛旗を翻して、津軽一国の建国に走った。

津軽人の南部支配の反感を巧みに取り入れた為信は、津軽一円の南部支城を、ゲリラ戦法で攻め落としていった。

その先陣には常に下忍と野武士が配され、巧妙残忍な戦を仕掛けていった。

時は天正十六年、津軽一円を統一した為信は、天下人を目指していた豊臣秀吉に接近した。

翌年、家臣を秀吉の下に送り、さらに翌々年の天正十八年の小田原攻めに為信自身がわずか十八人の家来を連れて馳せ参じた。小田原に急ぐ秀吉を遠州まで迎えてご機嫌をとった為信は、津軽領安堵の朱印状を手に入れる。

一方、南部の名門、二十六代当主の南部信直《のぶなお》も南部の朱印を得んと小田原に駆けつけた。が、時すでに遅く為信の後塵《こうじん》を拝する結果となった。

後年、南部領地安堵の許しは得たが、津軽領内の独立を為信に奪われる結果になった。

南部にとって大浦改め津軽為信は裏切り者であり、獅子《しし》身中《しんちゅう》の虫であったのだ。

津軽は天正十八年に前田利家らの検地のあと、四万五千石が確定し、奥州では伊達、南部、戸沢、佐竹とならぶ大名家と肩を並べることになった。

「昨夜の争いも天正年間の津軽独立が遠因となっておるというか」

「いえ、ただいまのところ、そこまでは探り得てはいませぬ」

おこまは南部と津軽という境を接した両国に火種があることを告げにきたのだ。

戸口に人影が立った。

小才次だ。

「菱沼様の御用で窺いました」

と戸口で言った。

「影二郎様にご足労願えとの伝言にございます」

影二郎とおこまが顔を見合わせ、同時に立ち上がった。

小才次は一晩でまるで監察方の小者のように言葉遣いまで変わっていた。

「舟が待たせてございます」

影二郎の住む市兵衛長屋は、御厩河岸之渡しのそばにあった。小才次は猪牙舟《ちょきぶね》を渡しの近くに待たせていた。

三人が乗り込むのを見て、御用聞きの手先と思える船頭が猪牙舟を出した。舟は下流に向かって進んでいく。

「巫女の死体でも上がったか」

「おっしゃるとおりにございます」

小才次が頷いた。

右手に御米蔵の首尾の松を見て、両国橋を潜った。さらにゆるく蛇行《だこう》する大川を進んで、新大橋を抜けたところで猪牙は、右岸に広がる中州へと漕ぎ寄せられていった。

中州の対岸は上野館林《こうずけたてばやし》藩の上屋敷など大名旗本の拝領屋敷が甍《いらか》を連ねていた。

猪牙舟は中州の間に葦《あし》が倒れて作られた狭い水路に入りこんでいった。するとそこに菱沼喜十郎や南町奉行所定廻り同心の牧野兵庫《まきのひょうご》らがいた。

「夏目影二郎様、お久しぶりにございますな」

影二郎の隠れ仕事を察している牧野が挨拶した。

「巫女の死体が上がったそうだな」

「上がったと申しますか、どこぞの者たちが嬲《なぶ》り殺しにして捨てていったようなんで」

牧野がじめじめした葦原の奥に横たえられた若い女と若い男の死体を顎で指した。

猪牙舟から葦原に飛んだ影二郎は、二つの死体のそばにしゃがんだ。

牧野と喜十郎だけが影二郎に従った。

女の死体には刀傷が何箇所もあった。どれもが十分に致命傷となる深い傷だ。

まず体付き、衣装から見て月夜に見かけた巫女に間違いないと思えた。

殺した相手は、女の体を徹底的に調べ上げていた。

(巫女は津軽藩に盗みに入ったか)

苦悩を湛《たた》えた顔を明かりの下でみれば若く、整っていた。

男は町人の格好はしていたが、手に竹刀《しない》だこがあった。年のころは二十四、五か。

「この様子だと持ち物はあるまいな」

「はい。殺した人間たちが奪い去ったとみえて、身許を示すものは残していません。ただ、これが……」

と牧野が丁寧に答え、影二郎に奇妙なものを見せた。

木の枝で造られ、着物を着せられた奇妙な人形だ。顔が黒く、素朴なものだけに不気味といえば不気味だ。顔はどうやら動物のようだが、古すぎて判然としなかった。

「昨晩、常磐様のご一行のお駕籠先を騒がした女と見てようございますか」

と聞いた。

「まずは間違いなかろう。男は仲間か、これも侍と見たが」

頷いた牧野が、

「町方よりは大目付に就かれたお父上の持分にございますな」

「そうなるか」

「となるとわれらは奉行所に戻って報告するだけにございます」

と影二郎に下駄を預けた。

「夏目様にお伝えすることがあるとしたら、近頃、忍び者と思われる黒装束が江戸市中にて度度見かけられておることです」

「巫女はどうか」

「初めてのことにございます。さてこの死体、どうしたもので」

「盛岡藩に届けたところで逆ねじを食わされるのがおちだ」

と影二郎も答えながら、

「牧野どの、この巫女姿は南部領内の恐山のイタコとか申す霊媒師ではないかと思う。となれば盛岡の出方を見るのも手か」

「問い合わせをして見ましょうか」

「ひょっとしたら仲間が府内に潜りこんでおるやも知れぬ。もし見つけたら、菱沼喜十郎に知らせてくれぬか」

「畏まりました」

影二郎は昔、どこぞの旗本屋敷の賭場《とば》でそんな話を聞かされたことがあった。

「その奇妙な人形、借りてよいか」

「この事件、われらの手を離れました」

そう言った牧野が人形を影二郎に渡した。

影二郎は猪牙舟に戻った。おこまも小才次も舟を降りなかったが、船頭が小才次に代わっていた。

「牧野どの、お手数でした」

と挨拶した菱沼喜十郎も影二郎の舟に乗り込んできた。

猪牙舟は葦原を離れて、流れに出た。

日が傾き、夕暮れがそこまできていた。

「影二郎様、盛岡の南部利済《としただ》様は数日前に参勤を終えて、帰国の途にあるそうにございます」

「南部藩に関わる巫女がなぜ津軽江戸藩邸に忍びこんだか、分からぬか」

喜十郎が櫓を握る小才次を見て聞いた。

「渡り中間の高三が津軽に雇われて入っております。こやつと会ったところ、なんでも巫女は津軽順承《ゆきつぐ》様を呪い殺しに入ったところを見つかったとか、それで追われていたというんですがね、あまり当てにはなりません」

「弘前藩の津軽順承様も近々お国入りか」

「へえっ、高三はそのために雇われております」

影二郎は喜十郎に視線を戻した。

「父上はこの一件、なにか申しておられるか」

「大名を監察する大目付を襲う下忍集団など許してはおけぬ。津軽と南部、徹底的に調べよと命じられました」

「いま少しそなたらが汗をかくことになりそうだな」

「影二郎様、われらの身分、本日付にて大目付常磐豊後守秀信様の配下に転属になりましてございます」

喜十郎とおこまは大目付主席が兼帯する道中奉行監察方に任命されたという。

「影二郎様、秀信様は城中の調べ次第では、影二郎様が奥州に旅するやも知れぬ、そなたらも仕度をしておけと命じられました」

「陸奥か」

影二郎は遠い国のことを脳裏に思い描こうとしたが、なんの風景も浮かばなかった。

「ならばその前にしておかねばならぬことがある。舟を山谷堀の今戸橋に着けてくれぬか」

と影二郎は命じた。

四

影二郎が一人で訪ねたのは浅草弾左衛門《あさくさだんざえもん》の新町の屋敷だ。

代々弾左衛門は源頼朝公のご朱印を授けられて以来、長吏、座頭、舞々、猿楽など二十九職を支配する闇の将軍で、その組織は近世になっても徳川幕府のそれと表裏一体をなしていた。

元々弾左衛門の屋敷は鳥越《とりごえ》にあったが、浅草新町に移転したのは承応《じょうおう》三年（一六五四）の昔であった。だが、弾左衛門は、今も、

「鳥越のお頭《かしら》」

と呼ばれている。

新町の屋敷の広さは、およそ一万四千余坪。

この敷地には太鼓、雪駄《せった》、武具など革類を製造商う多数の職人や商人が暮らし、弾左衛門の用人たちがしっかりと統率していた。

革は武家社会にとって武具の重要な部品である。剣にも鎧《よろい》にも馬具にも革は必要欠かせないものだ。

その権利を独占してきたのが浅草弾左衛門の一族なのだ。

この他、弾左衛門には御城に近い日本橋室町《にほんばしむろまち》に二千六百余坪の拝領屋敷を持ち、ここには密かに大名家や豪商たちが金を借りにきた。

影二郎は放蕩無頼の暮らしをしていたとき、弾左衛門に知己を得て可愛がられた。

影二郎は萌の一件で聖天の仏七を殺して小伝馬町の牢に繋《つな》がれていたとき、勘定奉行に就いた秀信の力で外に出された。むろん秀信には親子の情として倅を助けたいという気持ちもあった。が、なにより無頼の世界を承知している腕っぷしの強い倅を影の者として使いたいという考えから牢から出したのだ。

そのとき、弾左衛門は影二郎に渋の塗りを幾重にも重ねた一文字笠を贈ってくれた。その塗り重ねられた渋の間から、
江戸鳥越之住人之許

という意の梵字《ぼんじ》が浮かんでいた。弾左衛門が影の仕事をすることになる影二郎にこの笠を贈ったということは、弾左衛門の支配する闇の世界の通行手形を与えたようなものだ。

徳川幕府はその誕生のときから二百有余年を経て、軋《きし》みと澱みを諸所方々に見せていた。だが、弾左衛門を頂点とする闇の幕府は、きっちりと機能していた。

影二郎はこれまでの始末旅でどれほど弾左衛門と配下の者たちの力に助けられたか。

このたびも弾左衛門の知恵を借りようと新町の屋敷を訪ねたのだ。

影二郎が新町屋敷の門を潜ると、密かに門の脇から小者たちが動くのが分かった。影二郎の到来が逸早く弾左衛門の周りを固める上役たちに知らされたのだ。

この新町と室町の屋敷には、上役十五人、下役六十五人、小者七十人ら重役がいて、弾左衛門を頂点とする巨大な組織を動かしていた。

上役のうち上位三人が大名屋敷でいう家老職である。さらに用人が三人、公事方奉行が三人、二人が勘定奉行、二人が大目付、残る二人が郡代というべき役職を分担して関八州の政務を掌握していた。

「近頃、お見限りにございましたが、どんな風の吹き回しですかな」

用人の中でも古手の吉兵衛《きちべえ》が元気な顔を見せた。門番から知らせが走ったのだ。

「ときに弾左衛門様のお顔を拝見したくてな」

影二郎とは昵懇の吉兵衛である。

「ちょうどよい。お頭も退屈をされた顔で庭木なんぞを慣れぬ手で触っておいでだ」

吉兵衛が革製品を並べて商う屋敷内の通りから連れ出した。

門をいくつか潜ると商いの喧騒がにわかに消えた。

深山幽谷の風情さえ漂わす庭で弾左衛門は、小女を相手に盆栽を見ていた。

「これは珍しき人物が……」

「お頭、お元気そうでなによりにございます」

頷いた弾左衛門は小女に鋏《はさみ》を渡すと、書院風の屋敷の廊下に影二郎を導いた。小女は姿を消し、二人に従ったのは吉兵衛だけだ。

弾左衛門が廊下に腰を下ろすと影二郎にも座るように手で命じた。

「父上は大目付ご出世のようですな」

弾左衛門がまだ柳営でも知られてない人事をさらりと言った。

「それもこれも弾左衛門様のおかげにございます」

「なんのなんの、ちと風変わりな倅のせいにございますよ」

弾左衛門がさらりと言い切った。

弾左衛門の目は当然、千代田の城中深くまで睨《にら》みが利かされていた。弾左衛門の支配下にある者たちが厠《かわや》始末などに入りこんでいるのだ。

男も女も厠に入ったとき、緊張を解いてつい本音を漏らす。そんな情報の断片が新町屋敷に集められ、分析されるのだ。

老中が極秘に命じられた一件が四半刻（三十分）後に弾左衛門の耳に入っていてもなんの不思議もなかった。

「水野忠邦様は、秀信殿の力を頼りにしておられるでな、出世の知らせは早晩届くものと思っていたが、遠山金四郎様が先でしたな」

遠山も無頼の仲間に混じって江戸の闇を知っている幕臣の一人だ。だが、金四郎は弾左衛門とは距離をおいてきた。

「遠山様は近頃珍しいくらい腹の据わった幕臣、評判の町奉行になられましょう」

弾左衛門はすぐに返事をしなかった。

「なんぞ危惧がございますか」

「妖怪どのとうまく折り合えばよいがな」

妖怪とは目付鳥居耀蔵《とりいようぞう》のことだ。

耀蔵は幕政を批判する洋学者たちを弾圧して名を上げた旗本である。

この鳥居、大坂の天満の元与力大塩平八郎が天保の飢饉《ききん》に際して民衆救済に立ち上がったとき、過酷な鎮圧ぶりと処理を見せて水野忠邦に認められた男でもある。

老中の水野忠邦には、鳥居耀蔵のような酷吏と遠山金四郎のように酸いも甘いも嚙み分けた役人を同時に登用し、互いに競わせるという癖があった。

影二郎もすでに鳥居耀蔵とは伊豆代官の江川太郎左衛門との縁で対立していた。

「うまく遠山様が立ち回ってくれればよいが……」

と呟くように言った弾左衛門が、

(用事はなんだ)

という顔を影二郎に向けた。

影二郎は昨夜からの出来事を告げた。

「これは迂闊でしたな」

話を聞いた弾左衛門が吉兵衛を見た。

「南部の恐山のイタコが江戸に入りこんでおりましたか」

吉兵衛の顔色が変わった。

江戸に他国の霊媒師が入り込むとき、二十九職を束ねる弾左衛門屋敷に挨拶するのが習わしだ。吉兵衛が知らぬということは、極秘のうちに入りこんだか、偽のイタコということになる。

「ちょいとお許しを」

吉兵衛が二人の前から姿を消した。すると入れ替わりに先ほどの小女が茶を運んできた。

「影二郎どのは南部領恐山のイタコについてどれほど承知しておられるかな」

「ほとんどなにも承知していませぬ。昨夜、津軽の藩士たちに殺された女を巫女《イタコ》と称してよいものかどうか。それがしが聞いた巫女はあの世とこの世をつなぐ役を目の不自由な女が行う習わしがあるというものにございます。殺された女は目が見えておりました」

「恐山のイタコは、影二郎どのが申されるように死者と生者を結ぶ口寄せを行うことのできる霊媒師です。盲目の女というだけで、ふだんは普通の暮らしをしております。他の修験者のように特別な格好もしておりませんし、地蔵尊を崇めるだけで所属する寺があるわけではない。恐山という地に生まれ育った盲目の女です」

影二郎は懐から女の残した人形を出して弾左衛門に渡した。

弾左衛門は人形を見つめていたが、手縫いの着物を剝ぎ取った。

「これでは吉兵衛が知らぬのも無理はない」

と弾左衛門が呟いた。

「これは桑の枝でつくられたお姫様と馬一対のオシラサマの、かたわれにございますよ。津軽の家々の神棚には姫に懸想した馬と姫の、桑の木の人形があるそうにございます……」

オシラ祭文は姫と馬の出会いにまつわる馬娘婚姻譚であり、金満長者一代記なのだと弾左衛門は説明した。

「このオシラサマを、イタコは右手に姫を左手に馬を持ってオシラ祭文を語り、病気などの快癒を祈禱いたし、死者の霊を呼ぶ口寄せをするのです。ところがこの馬オシラ、ちと変わっておる。黒オシラだ」

「黒オシラ……」

「私もだれぞに聞かされた話じゃが、相手を呪い殺すときに使われる木の人形が黒オシラとか。そして黒オシラ祭文を唱える巫女を黒イタコと呼ぶとか。そんなイタコが南部領にはいると聞いたことがあります」

「すると津軽の藩主どのの死を願ったという中間の話も嘘とは言い切れませぬな」

弾左衛門が頷いた。

「だが、姫と馬一対で力を発揮するものです。馬だけでは、津軽様のお命など狙えますまい」

「なんとしたことか」

「ともあれ、元々南部盛岡はお家騒動やら家臣の反抗には事欠かぬ土地柄でしてな」

「津軽藩も元々は南部領にあったそうな」

「さよう、南部の藩祖の信直様の時代に重臣の一人、大浦為信様が叛旗を翻して、建てた国です。仲が悪いのは仕方がない。だが、二百年過ぎた今も黒イタコを江戸まで送って津軽藩主を亡き者にしようとし、片方は下忍に追わせて黒イタコを殺す戦いを繰り返していようとは驚きましたな」

「それだけに根が深いようですね」

「これは江戸に原因があるのではない。明らかに国許《くにもと》、南部と津軽に原因がありそうな話です」

弾左衛門はしばらく沈黙して考えた。

「影二郎どのもご存知のようにわれらの力が及ぶ範囲は関八州にその周辺部でございます。ですが、陸奥にも出羽《でわ》にもわれらの仲間がいないわけではない。影二郎どのに教えておきます」

「弾左衛門様、まだ行くと決まったわけではありませぬ」

「江戸にまで争いの種が広がっているのです。大目付に就位された秀信様が見逃されるはずもございますまい。いや、正しく申せば、水野忠邦様がな」

「水野様が南部と津軽の諍いに触手を伸ばされますか」

「大名家の諍いは幕府にとって好都合な話です」

弾左衛門は言い切った。そして、座敷に上がると机に向かった。


影二郎が市兵衛長屋に戻ったのは、五つ半（午後九時）に近かった。

弾左衛門の屋敷で夕餉《ゆうげ》を馳走になり、つい四方山《よもやま》話で時を過ごしたせいだ。

あかは隣の下駄の歯入れ屋のばあさんから残り飯をもらったとか、満足そうな顔で木戸口を入ってくる影二郎を見ていた。

影二郎は長屋の上がりかまちに法城寺佐常を置くと、手拭を摑んで井戸端に行った。

春先から初夏にかけて江戸には風が吹き込み、馬糞混じりの風が吹き付ける。

影二郎は盥《たらい》に水を汲んで、顔と手足を洗った。

さっぱりしたところで桶の水を長屋の女房たちが丹精している庭木に撒《ま》いた。

「影二郎様、お帰りでしたか」

木戸口におこまの声がした。

「牧野様のお調べで千住《せんじゅ》宿の旅籠《はたご》に盲目のイタコが泊っておることが分かりましてございます」

「喜十郎はすでに参ったか」

「牧野様とご一緒に先行致しました」

上がりかまちに置いた先反佐常を再び差し落せば仕度はなった。

長屋の戸を閉めるとどぶ板の上に寝そべっていたあかも立ち上がった。

「退屈しのぎに千住宿まで出向いて見るか」

あかは影二郎の言葉を待つまでもなく、主に同行する気のようだ。

浅草三好町から四宿の一つ、千住宿にいくには御蔵前通りを山谷堀まで行くことになる。弾左衛門邸の帰りに影二郎が先ほど辿《たど》ってきた道だ。さらに新鳥越橋で山谷堀を渡り、北に進むと小塚原縄手に差し掛かる。

千住大橋で荒川を渡り、千住掃部《かもん》宿に入ったのは、四つの刻限を過ぎていた。

「旅籠の名は松嶋屋にございます」

あかを連れた二人が南北に長い千住宿の高札場に差し掛かろうとしたとき、

「影二郎様」

と暗がりから密やかに呼びかける菱沼喜十郎の声を聞いた。

二人と一匹の犬は暗がりに入った。

「旅籠を津軽の者たちが取り囲んでおります」

「イタコは一人か」

「いま旅籠にいるのは二人にございます。一人は目が不自由な老婆の根雪、もう一人はその娘かと思える女の地嵐にございます。親子は若いイタコを追って、江戸入りしてきたとか」

「殺されたイタコのことだな」

「おそらく……」

と答えた喜十郎が言い添えた。

「その先が判然としませぬ。旅籠の番頭に漏らした言葉を繋ぎ合わせますと殺された若いイタコと親子イタコは知り合いのようでございます」

「目の不自由なイタコ二人、津軽の忍びに襲われれば、抵抗のしようもないな」

影二郎はそのことを気にかけた。

「牧野どのの考えはどうか」

「それがしの仕事は、殺された黒イタコの仲間を探すまでと言われて、影二郎様のお指図に従うと申されています」

「まずは松嶋屋を覗こうか」

頷いた喜十郎は、影二郎たちを裏通りへと導いていった。

塀もない松嶋屋は千住掃部宿のほぼ真ん中に建つ二階屋だった。確かに旅籠を殺気が取り囲んでいた。

裏の路地には老桜が立っていて、夜風に花びらを散らしていた。

牧野が松嶋屋の裏手を見通すことの出来る庚申塚《こうしんづか》から姿を見せた。

「あやつら、旅籠を襲うつもりか」

「まず間違いないかと」

「大川の中州で殺された黒イタコの件、南部藩に知らせたな」

「知らせました。が、影二郎様の申される通り、うちとは関わりのない女とにべもない返答にございました」

「冷たくあしらった者が、千住宿に現われたようだ」

影二郎の五感には新たな者たちの到来を告げていた。

牧野と喜十郎が慌てて、江戸の方角を見た。

「気付かぬか」

「はっ」

と喜十郎が面目なさそうな顔をした。一方、牧野は訝《いぶか》しい顔だ。

「どういたしますか」

喜十郎が影二郎に指示を仰いだ。

「どうやらイタコ親子が旅籠を抜け出すようじゃな」

松嶋屋は風雲急を告げてきた。

二階の戸が開けられ、背に荷物を背負った地嵐が庇《ひきし》に姿を見せた。さらに手を差し伸べて、老婆の根雪を庇に抱え出した。二人の女は桑の杖を持って、庇でよろよろとしていた。

松嶋屋を密かに囲んでいた津軽の忍びたちが動いた。

庇の上の女たちが立ち竦む。

戦いの場に駆けつけたという南部の者たちは未だ気配を消したままだ。

「黒イタコ、地獄へ送って遣わす」

津軽忍びの頭領が囁いた。それは修業を積んだものだけに分かる高い周波で、風に紛れた声は普通の人間が聞き分けられないものだった。

忍びたちが姿を見せた。その数はおよそ十三、四人か。

庇では女ふたりが思い迷っている風情だ。

忍びの数人が音もなく庇の両の端に飛び上がった。

喜十郎が影二郎を振り見た。

「女ふたりの変化《へんげ》を見てみたいものじゃな」

庇の忍びたちはすでに手に飛び道具を持って女ふたりに迫ろうとしていた。

「黒イタコ、仲間の下に参れ！」

黒忍びの頭領が叫んだ。同時に庇の両端から、路地裏から忍者手裏剣が飛んだ。

はっ
という無音の気合とともに庇で竦んでいた女ふたりが虚空に飛んだ。さらに虚空で前転しながら、根雪の手の桑の杖が振られると、その先端から無数の白い繭糸《まゆいと》が八方に散り飛んだ。

「わああっ！」

庇の上にいた忍びが白い糸に首を絡めとられて、庇から地上に転がり落ちた。七転八倒する苦しみようは、ただ転落したのではない。白い繭糸には毒でも塗りつけられていたか。

「おのれ！」

忍びの頭領の手が動き、地上に下り立った女ふたりを配下の忍びたちが囲んだ。

「黒イタコ、許せぬ」

白い蜘蛛《くも》の糸を散らした老婆の背はぴーんと伸び、その手には桑の枝で造られた杖が構えられていた。

老婆の口から低い笑い声が洩れた。

そのとき、第三の集団が姿をみせた。

南部方のそれは津軽の忍びたちと似ていたが、忍び装束が夜目にも目立つ白地であった。

津軽の黒忍びたちは黒イタコふたりを囲みつつ、自らも南部の白忍びに囲まれたことになる。

千住宿は陸奥の国の二つの大名家の忍びと黒イタコが入り乱れての死闘が始まろうとしていた。

第三の白忍びの長が宣告した。

「死ぬのは津軽の下忍ども」

すい
と影二郎が立ち上がった。

「待て！　江戸の眠りを二百有余年前の怨念で覚ますことは許せぬ」

影二郎の出現に南部の白忍びの数人が気配もなく、攻撃の方向を変えて影二郎に詰め寄った。

「このままおとなしく引き下がれと申しておる」

着流しの影二郎の剣が鞘に納まっていることを見た白忍び二人が影二郎の左右から襲い掛かった。

先反佐常が鞘走ったのはほとんど同時だ。

薙刀を刃区《はまち》二尺五寸三分のところで鍛造し直した豪剣が光に変じて、左手から襲いかかってきた白忍びの胴を抜き、さらに法城寺佐常は右手からくる第二の男の白装束を血に染め変えた。

どさりどさり
とふたりが顔から地面に突っ伏した。

南部の白忍びは影二郎への反撃に、津軽の黒忍びは南部への逆襲に転じようとした。静かに立っているのは二重の輪の中のふたりのイタコの根雪と地嵐だけだ。

「申し聞かす。おれはそなたら、大名家を監察糾弾する大目付の者、そなたらが北の地に戻るというのなら、今宵の所業は見逃して遣わす」

影二郎の声に根雪と地嵐が気配もなく庇に飛び戻り、屋根を伝うと表通りへと姿を没した。

南部の白忍びの長が無言で退却の合図をすると二つの仲間の死体を残して消えた。そして、最後に津軽の忍びたちが影二郎の前から闇に溶け込んでいなくなった。

(そなたらにはどこぞでまた相見《あいまみ》えよう)

影二郎が胸の中での呟きがその夜の戦いの終わりを告げた。

影二郎が市兵衛長屋にあかを伴い戻ると、あがりかまちに弾左衛門から贈られた一文字笠が置かれ、その下に手紙と路銀が主の旅を命じていた。

影二郎は、長屋から南蛮外衣を出すと、一文字笠を被り、路銀と手紙は懐にねじ込んだ。

あかが影二郎の顔を見上げた。

「あか、おまえも北の地に旅するか」

あかが尻尾を振った。

第二話　奥州呪われ旅

一

奥州道中は江戸の日本橋《にほんばし》を起点にみちのくを貫いて陸奥《むつ》に至る、およそ百八十五里（七百四十キロ）、五街道中でももっとも長大な街道であった。

古代から「道の奥の国《みちのくのくに》」に至る道として開け、平安時代には奥州藤原氏が平泉《ひらいずみ》に都を設けて、さらに街道の重要性も高まった。

徳川幕府を開いた家康は、古からの道をほぼ踏襲して、五街道の一つとした。

ただし幕府の大目付が兼務する道中奉行の管轄は、下野《しもつけ》の国の白沢《しらさわ》から会津《あいづ》の白河《しらかわ》までであった。が、時代が遡《さかのぼ》るにつれ、白河以北も仙台藩や南部藩によって整備され、江戸後期の人が、

「奥州道中」

と呼ぶとき、江戸日本橋から弘前までの百八十五里を指すようになっていた。

仲夏も半ば過ぎ、江戸より四十八里（百九十二キロ）の白河城下に水芸人の艶やかな声が響いていた。続いて三味線の音が響き、四つ竹の乾いた音が見物人の心を弾ませるように打ち鳴らされた。

蜻蛉《とんぼ》が飛び交う夕暮れの時刻だ。

「さあて、通りすがりの皆々様、白河十万石の安部様の御城下の片隅を借り受けまして、江戸浅草は奥山の水芸人、水嵐亭おこまの水芸にございます。まずは小手調べ、あらあらふしぎ、夏の宵、白扇から一筋二筋三筋といとも涼しげな水が鯉の滝登りのごとく中空に立ち昇りましたら、ご喝采……」

おこまの格好は水玉の頭巾に同色の振袖、袖なし羽織を着込んで袴を穿いていた。

胸に三味線を抱え、手に四つ竹を持っていたものを白扇に持ち替えた。

おこまは口上に合わせて、片手の白扇を開くと、いとも涼やかな水が噴き上がった。さらに二つの扇を空中に投げ上げても水は止まらなかった。

「おおおっ」

見物人がどよめき、拍手喝采に湧いた。

おこまはさらにもう片方の扇に息を吹きかけると、これまた高く水柱が立ち上がった。

さらに歓声が起こった。

おこまの足元からあかが竹籠を銜《くわ》えて見物人の間を回り、銭が投げ入れられた。

その刻限、影二郎は白河城大手門から堀越しに三重の櫓を見上げていた。

白河は奥州街道を軸にして会津街道、棚倉街道、那須街道が交わる南奥羽の要衝の地だ。それだけに丹羽氏、榊原氏、本多氏、奥平氏、結城松平氏、久松松平氏と変遷して、文政六年（一八二三）に武蔵の忍《おし》藩から安部正権《まさのり》が入封していた。

影二郎は堀の上を飛ぶ蜻蛉にしばし目を預けたあと、盛岡藩の南部利済一行が泊まる本陣へと足を向けた。

影二郎とおこまはあかを従え、奥州路を下ることになった。それは南部盛岡藩の大名行列に四日ばかり遅れての旅であった。

大名行列といっても、のんびりとした旅ではない。何百人もの人間が旅を重ねていくのだ。財政の逼迫《ひっぱく》した大名家としては、一日でも早く国許入りしたい。それだけ費用を節約できるからだ。

南部利済の一行も一日七、八里平均の速さで宿泊を重ねていた。

いくら旅に慣れた影二郎、おこまでも四日の差を詰めるのは至難のことであった。行列が急にのんびりしたこともあって一行に追いついたのが、白河城下であったのだ。

おこまは隠れ蓑の水芸を披露しながら、情報を集めることにした。

影二郎は、南部藩の宿舎の本陣を眺めにきたところだ。

白河城下の本陣は旧家田中次郎左衛門が代々勤めてきた。

その田中本陣からは、いましも白河藩の家老一行が南部の重役方に見送られてお駕籠に乗り込み、本陣から出ていくところであった。

参勤の道中、大名方の儀礼挨拶は欠かせぬ習わしである。

見送った南部の者たちの顔に憂色が濃かった。

(何が起こっているのか)

前日、南部藩の一行は、一里三十三町しか離れていない白坂宿《しらさか》に泊っていた。わずか二里にも満たない行程、およそ考えられないことであった。

影二郎は、通りの反対側から本陣の入口を見ていたが、くわいい頭のお医師がそそくさと城下の方に急ぐのに目をつけた。

お医師が訪ねた先は、白河城下で一番大きな薬種問屋であった。

お医師は四半刻ほどいて、手に薬袋を抱えて本陣の方角に戻っていった。

「ごめん」

袖に片手を入れたまま店先に入った影二郎の鼻腔《びくう》を薬の匂いが包み込んだ。眼鏡をかけた番頭が顔を上げて、一文字笠の影二郎を見た。膝にはまだ薬箱があった。

「御用にございますか」

旅の浪人者を不思議そうな顔で迎えた。

「ちと教えてもらいたいことがある」

影二郎は薬種問屋の上りかまちに腰を下ろした。すると仕方なしに番頭が影二郎の応対に出てきた。影二郎は袖から手を出すと一分金をすいと番頭の前におき、

「ただ今出ていかれたお医師どのが購《あがな》われた薬が知りたい」

と言った。番頭は一分金と影二郎の顔を交互に見て、

「お侍さん、うちではそのようなことは禁じられておりましてな」

と言いながらも、膝においていた薬箱をちらりと見せた。

唐渡来鎮痛解熱発汗　万能散
と書いてある。

「うちの薬の中でも解熱には一番効きます。お客様も調剤しますか」

「それがしの熱はだいぶ下がったようだ、邪魔したな」

影二郎が立ち上がると番頭の手がすいと出て、一分金を押さえた。

堀川の土手内に貧しい旅の者たちを泊める善根宿があった。低い造りながら川に沿って長く伸びた長屋だ。

影二郎が酒屋の小僧に柄樽《え》を抱えさせて宿に戻ったとき、おこまもあかもすでに宿に戻っていた。

奥州への入口、白河の関のある城下には、旅芸人や遍路や行商人や渡りの職人らが入り込み、時には役人に追われる科人《とがにん》が往来した。

そのすべてが城下の旅籠や木賃宿に泊まれるとは限らない。銭を持たなくても野宿しないですむように、街道脇には善根宿やぐれ宿があった。

影二郎にそのことを教えてくれたのはむろん浅草弾左衛門だ。

「ただいま戻った」

小僧に抱えさせた柄樽を板の間に置かせた。

「造作をかけたな」

囲炉裏端で所在なげに座っていた相宿の男女の目が光った。願人坊主、乞胸《ごうむね》、薬売り、百姓などが影二郎と樽を見ていた。

「主どの、世話代だ。皆に振舞ってよいか」

土間にいた老爺に聞いた。

客たちは警戒の顔で影二郎を見た。

「江戸の方、そんな気は使わぬものだ」

と言いながらも、自分は舌なめずりしていた。

「おれは川原で手足を洗ってこよう」

堀川の流れに下りた。

暮れ初《そ》む対岸に古びた道中合羽に破れ笠、腰に長脇差を一本差し込んだ旅人が立っていた。宿でも決めかねているのか、旅人は渇水期の流れに足を入れた、こちら岸に渡ってこようというのか。

影二郎は視線を足元の流れに移して手をつけた。

水が冷たい。

北国へ入った証拠だ。

影二郎が流れで顔を洗っていると、こちら岸まで渡ってきた旅人がふいにじょぼじょぼと小便をし始めた。いくら流れの下だといえ、気分は悪い。

「無作法をするでない」

影二郎が顔を上げると、

「旦那、久しぶりだねえ」

と三度笠の下から馴染みの顔が笑いかけ、腰を振って小便を切った。

「おまえか」

国定忠治の腹心、蝮《まむし》の幸助《こうすけ》だ。

「また国許を離れねばならなくなったか」

「そんなところだ」

この近くに国定忠治親分と八寸才市《はちすさいち》、日光の円蔵、鹿安《しかやす》ら、手下たちがいて、奥州路を流れ旅しているということだ。

「どちらに向かう。北か」

「旅人同士、そんなことは聞かねえもんだぜ」

と言いながらも幸助は、北国の暮れ初めた茜《あかね》色の空を見た。

「退屈せずに旅ができそうだ」

「旦那の行き先はどちらだえ」

「忍びやイタコを追っての旅だ。南部盛岡、あるいは津軽の奥まで行くことになるやもしれぬ」

「城下に南部の殿様が泊まってござるが、行列を追って来たというところか」

「そんなところだ」

幸助は合羽と三度笠を脱捨て、草鞋《わらじ》も脱いだ。川原に腰を下ろすと手足を洗った。

善根宿から待ちかねたようにあかが鳴いた。

「おやまあ、利根川で拾った赤犬をまだ飼ってなさるか」

あかは幸助の砦にも馴染みの犬だ。

影二郎は生まれたばかりのあかを抱いて、忠治一家が立て籠もる赤城山を訪ねたことがあった。

「ああ、他におまえの知った顔もいる」

影二郎はそういうと宿に戻ろうとした。すると幸助が慌てて合羽と笠を抱えて従った。

「大きくなりやがったな」

あかを見た幸助が呆れたようにいい、世話になるぜと善根宿に顔を出して破顔した。

「やっぱり姉さんかえ。旅はしてみるもんだな」

幸助はずかずかと囲炉裏端に上がり込み、

「ご一統さん、おれは上州の国定村から流れてきた蝮の幸助という者だ。渡世の挨拶は省かせてもらうぜ」

と名乗ると、

「おこま姉さん、久しぶりだったな」

と笑いかけた。

「蝮の幸助さんも元気そうですね。そうだ、おまえさんから皆の衆に話してくれませんか。うちの旦那の気まぐれを用心なされて、手をつけられないんで」

おこまの言葉に幸助が囲炉裏端の酒と茶碗を見た。

「善根宿でただ酒を振舞う人間もいねえや。なんぞいわくがありそうだと警戒するのは当り前だぜ。だがな、おめえさん方、この旦那はちと変わり者だ。あとで面倒なんぞはおきねえから、好きなだけ飲みな」

幸助は茶碗を三つ取り上げると柄樽の栓を抜き、たっぷり注ぎ分けた。

影二郎とおこまに茶碗を渡すと、

「夏目の旦那と再会の祝いだ、ごちになるぜ」

「蝮も達者でなによりだ」

幸助が口火になって、男も女も自らの茶碗に酒を注いだ。

酒が入れば、口の重い奥州路の旅人たちもなにやかやと喋り始める、一気に座がにぎやかになった。

「南部の行列はのんびりしたもんだな、昨日は白坂を遅発ちして白河泊まりか。なんぞ、旦那の関わりかえ」

さすがに忠治の先触れの蝮の幸助だ。影二郎との問答でなにかを嗅ぎつけたらしい。

「南部利済様が病気のようだ。お医師が城下の薬屋で唐渡来の解熱剤を買っていった」

ふーんと鼻で答えた幸助が、

「大名行列というものは、他国の城下には泊まらぬものだがな。病はよほどひどいとみえるな」

するとそれを聞いていた乞胸が言い出した。

乞胸とは、人様の門に立ち、相手の胸中の志を乞うところから付いた名だ。物貰いの一種だが、乞胸には仁太夫という頭がいて、鑑札を出していた。

「なんでも芦野《あしの》宿あたりから高い熱を出されてよ、魘《うな》されているという話だぜ」

「俄かの病か」

「あれは薬では治りませぬぞ」

と言い出したのは、六部《ろくぶ》だ。かたわらには風雪に耐えた厨子があった。中には仏像が安置され、これを担いで諸国の神仏をお参りして歩く人間だ。むろん行く先々で祈禱《きとう》をしたり、門付けをしたりしながらの旅である。

そのとき、新たな泊り客が入ってきた。

老虚無僧《こむそう》だ。

「すまぬが一夜の宿を頼む」

「虚無僧さん、遠慮はいらぬ。囲炉裏端に来なせえ」

幸助が主の代わりに答えた。

主はすでに一、二杯の茶碗酒に顔を真っ赤にしている。それでも善根宿の主が自分と思い出したか、台所から鉄鍋を抱えてきて、火に掛けた。乞胸たちが城下で受けた施しの麦や野菜などを入れた雑炊が火に掛けられるばかりに用意されていたのだ。

「おい、六部さんや。さっきの話はどうなったえ」

幸助が催促して、話が再開された。

「へえっ、南部様には岩木山のサイゲがとり憑《つ》いていますな」

「サイゲとはまた聞き慣れない言葉にございますが、なんでございますか」

おこまが聞いた。

「江戸の方には分かりますまい。弘前の城下は岩木山の麓に広がってましてね、津軽の人々は岩木山をお岩木さん、お山と呼んで信仰の対象にしています。岩木山の修験者が奥宮詣でをするときに、紅染めの木綿を着て御幣を手に、サイゲサイゲと登るのでございますよ。岩木山には山の霊をわが身に乗り移らせるサイゲ行者がおりまして、諸々の祈禱加護を行うんで」

「そなた、サイゲを見たのじゃな」

夏目影二郎が聞くと六部が大きく頷いた。

「へえっ、私は昨晩、白坂宿外れの破れ寺で眠りましたんで。そしたら、子《ね》の刻過ぎに津軽のサイゲふたりが破れ寺の本堂に姿を見せて、田中本陣に向けて黒護摩《ごま》を焚《た》き、南部の利済《としただ》様、呪い殺しの祈禱をはじめたんで。わっしはもう生きた心地もなく息を殺して明け方を待っていましたんでございますよ」

「なんとおどろおどろしいな」

幸助が苦い顔をして、

「旦那、おまえさんの南蛮殺法もイタコだ、サイゲだとなるとご利益ないぜ」

と言い放ったものだ。

「となると唐渡来の万能散もだめか」

「だめだねえ」

おこまに酒を注いでもらって一口二口飲んだ老虚無僧が、

「いや、明日には平癒《へいゆ》されておられますよ」

と請合った。

「ほう、薬が効くか」

「いえ、旦那、私は脇本陣に呼ばれて密かに病気治癒《ちゆ》の祈願を頼まれたのでございますよ。いえ、重役方ではありませぬ。殿様のお駕籠を担ぐ陸尺の方々が、どうにも見ていられないからと通りすがりの私を呼び込まれたんで。ところがつい最前、もう御用は済んだと追い出されました。どうやら、待ち望んだお国の親子イタコが本陣に入って、殿様の病気快癒の祈禱を始めたそうで、他国の人間はもういらぬということのようでございます」

「南部利済どのの熱を冷ます者と亡き者にしようというものが、夜通し祈禱合戦を続けておるというわけか」

「そういうことでございますよ」

老虚無僧が言うと残った酒をうまそうに飲み干した。

雑炊が炊き上がり、大根の漬物で椀が振舞われた。

旅の人間は朝も早い。早々に夕餉を食べて男女が部屋に引き取った。

残ったのは影二郎ら三人だけだ。

あかも雑炊の残りを貰って土間の隅に蹲《うずくま》っていた。

影二郎もおこまも酒を止めて、雑炊の椀を抱えた。その影二郎の視線がまだ酒を飲む幸助に向けられた。

「幸助、忠治は赤城山に新しい砦を建てたんじゃなかったか」

「それだ、また風向きが変わりやがった」

国定忠治は天保七年、碓井《うすい》峠の裏関所、大戸関所を鉄砲持参で押し破り、幕府から追われる身になっていた。

夏目影二郎と関わりを持つようになったのはこの直後のことだ。

勘定奉行公事方支配下の関東取締出役、通称八州廻りに追われて、赤城山に立て籠もり、砦を潰されて再び他国に逃れる暮らしを続けていた。だが、忠治には忠治の行動をよしとして、幕府の目を盗んでは、応援してくれる者たちがいたのだ。

だが、天保九年には世良田の賭場が八衆廻りに急襲されて、腹心の三木文蔵が捕縛されていた。

関所破りの忠治一家に対する捕縛の網はだんだんと狭まっていた。

「おめえの親父の仲間がひでえや。佐橋長門守佳富とかいう勘定奉行はよ、目付の鳥居甲斐守忠耀の後押しをうけて厳しい取締りだ。折角建てた赤城山の砦を捨てての旅暮らしだ」

「父上は勘定奉行を辞職なされた」

幸助がふーんという顔をした。

「ならばおめえさん方はなんで旅をしている。どう考えても物見遊山じゃねえや」

「大目付に転じられた」

「それで白河の関を越えて北まで足を延ばそうというわけか」

「鳥居様は佐橋様を応援なさっておられるか」

「どうやら鳥居とおまえさんの親父どのは反りが合わぬとみえるな。それで妖怪鳥居甲斐守が目をつけたのが佐橋だ。折角おまえさんが愚図の八州廻りを始末なさったが、いまや元の木阿弥、いや前よりひどいぜ。八州廻りをお目こぼしにする代わり、なにがなんでも忠治一家を捕まえて獄門にかけろって命らしいぜ」

「そいつはお気の毒に、忠治の尻に火がついたか」

「南蛮の旦那、そんな暢気《のんき》なことを言っていていいのかえ。妖怪どのは、高野長英《ちようえい》を捕まえて、伝馬町の牢に放り込んだだけじゃ、満足してないぜ」

前年の天保十年、幕府は蘭学に関心を示す蛮学社中の中心人物、渡辺崋山《かざん》や高野長英らを召還、捕縛した。小関三英は自殺して果てた。

林大学頭述斎の次男の鳥居甲斐守忠耀は徹底した蘭学嫌いの保守派として知られ、幕府の弾圧の先頭に立ってきたのだ。

「なにをなさろうというのだ」

「いやさ、おれが言いたいのは、高野長英のお国が南部との国境の水沢郡《みずさわ》ということさ」

「高野どのの国許は陸奥であったか」

「妖怪鳥居はいったん敵に回した人間には厳しいからね。旦那も、伊豆代官の江川太郎左衛門様と親しいや。徳川幕府をなにがなんでも守ろうとする鳥居は、海の向こうの学問を学ぼうとする高野様や江川様を絶対に許してねえってことさ、つまりはよ、旦那の陸奥行きだって、妖怪の目が光ってないとは言い切れないぜ」

「せいぜい注意していこうか」

「もっとも追われているのはおれっちの方だ」

蝮の幸助が苦笑いした。

「幸助、奥州道中にも昔馴染みがいろいろと顔を出してくれそうだな」

「鬼が出るか蛇が出るか、楽しみが増えたぜ」

「ならば、蝮、南部様の本陣の霧が晴れたか、深くなったか。見物に行かぬか」

おこまと幸助が立ち上がる前に土間であかが伸びをした。

二

陸奥盛岡藩南部利済御宿の田中本陣からは夜空に向かってめらめらと熱気の籠もった妖気が放射され、別の妖気が取り囲むように襲いかかっている。

二つの妖気が本陣から出ようとし、また入り込もうとして戦っている。

本陣ではだれもが起きていた。

通りまでも恐山の黒イタコが祈禱する唸り声と利済の呻《うめ》き声が洩《も》れてきた。

南部利済を攻撃する岩木山のサイゲの呪いと、それを防ぎ、利済の体に憑いた呪いを払い落そうとする黒イタコの祈禱の鬩《せめ》ぎ合いに利済はへとへとに体力を使い果たして、弱々しい息をついていた。

サイゲが何日も前からし掛けた祈禱が追い払おうとするイタコの祈りを圧倒していた。

「影二郎様、まずいことでございますね」

おこまが南部の殿様の命を心配した。

「さてサイゲとやらは、どこに潜んでおるか」

影二郎は肩にかけた南蛮合羽をひと揺すりした。するとあかが心得顔に歩き出した。

「あか、案内してくれるか」

あかは田中本陣からおよそ北へ十二、三町ばかり離れた雑木林へ三人を導いていった。

林の中から妖気が夜空に発して本陣に向かって飛んでいた。

「あか、ようやった」

「南蛮の旦那、どうするんで」

幸助が聞く。

「知れたことだ。大名行列の途中で藩主が頓死《とんし》してみろ、藩の行く末はどうなると思う」

「今の幕府じゃあ、まず取り潰しだ。それが親父どのの仕事だ」

「取り潰しにあって迷惑するのはいつも民百姓だ。津軽と南部がなぜいがみ合うか知らぬが、まずは利済様のお命を助けようか」

明かりが洩れる百姓家は潰れにあって逃散《ちょうさん》したものか。

影二郎は奇怪な祈禱の声がする百姓家の戸を開いた。

風が屋内へ入り込み、護摩壇の火が揺らいだ。

サイゲの一行は三人だった。

朱装束の祈禱師、萬祭奥院《まんさいおういん》が顔じゅうを汗みどろにして、御幣を火に向かって振り回していた。

助っ人行者の岩木山凸八《でこはち》と凹助《ぼこすけ》兄弟が立ち上がった。「何奴なるか」兄者の凸八が影二郎を睨《にら》んだ。額が名の通りに大きく出張っていた。紅染めの陣羽織のようなものを着て、下には縦縞の股引を穿いていた。

「南部利済様が呪い殺されるを見逃しにできぬお節介者だ」

「おのれ、邪魔をしおって!」

弟の凹助が叫んだ。

こちらは両眼がくぼんでいた。

凸八の手には丸笠が、凹助は御幣が柄についた直剣を握っていた。

萬祭奥院が命じた。

「陸奥の国、岩木山の百沢寺奥宮の闇祈禱を見られたからには生かして戻せぬ、殺せ！」

夏目影二郎は、ずいっ、と広い土間の真ん中に歩を進めた。

土間の端におこまと幸助、それにあかが控えた。

着流しの腰に差し落された法城寺佐常の柄には手もかけられてない。それが兄弟に余裕を持たせていた。

「サイゲサイゲ、あの世に転がり落ちよ！」

丸笠を手にした兄が叫ぶと笠が投げられた。笠は弧を描いて、柱が立ち並ぶ屋内を飛んだ。そして、破れ障子を突き抜けて、すっぱりと桟を切り分けて、影二郎に襲いかかってきた。

笠の縁には鋭く研《と》がれた刃物が付けられていたのだ。

唸りとともに円弧を描いて飛来する丸笠が影二郎の数間先に迫ったとき、その右手が肩にかけられた南蛮外衣の襟にかかった。

手が翻り、手首が捻られた。すると黒羅紗の合羽の裾が広がり、裏地の猩々緋《しょうじょうひ》が鮮やかに大輪の花を咲かせた。

合羽の裾の両端には二十匁《もんめ》（七十五グラム）の銀玉が縫い込まれ、それが遠心力を見せて大きな黒と緋の花を咲かせたのだ。

「な、なんと……」

丸笠を投げた男の驚きはそれで終わらなかった。南蛮外衣の裾が飛来する丸笠を叩くとその軌道を変えさせて、投げ主のところに弾き返した。

「くそっ！」

丸笠を片手で摑んだ男が御幣の付いた直剣を手にした。

兄弟の助人行者が抜き放った剣を構えて土間に飛び降りたとき、南蛮外衣は影二郎の手に引き戻されていた。

「あか！」

影二郎が呼ぶと、あかが行動を起こした。護摩壇に焚かれる火をものともせず、御幣を振り回す萬祭奥院の頭上に飛んだ。

「あああっ！」

呪殺の黒祈禱を続けていたサイゲの奥院が高座から転がり落ちた。

幸助が水瓶を抱え上げると火の中に放りこんだ。瓶が割れて水が火の上に撒き散らされ、白煙が上がった。

ふいに濃密に放射されていた呪いが掻き消えて、燃え上がる火が弱々しく消えていこうとした。

「おのれ、邪魔をしおって！」

兄行者が直剣を突き出すようにして突進しようとした。

「待て、凸八兄い。もはや黒サイゲは破られておる、出直しぞ」

制止した弟の凹助が影二郎に言い放った。

「黒サイゲを邪魔した者の行く末を占ってやろうか」

岩木山凸八の手から丸笠が飛んだ。笠は四寸角の柱に向かって飛ぶと、音もなく切断して天井の一角を荒れた座敷に崩れ落した。

土煙が巻き起こった。

「また会うこともあろう」

「会うときがそなたの死の刻限よ」

三人の闇サイゲは荒れ屋敷から脱出して消えた。

そのとき、本陣では取り囲んでいた妖気がふいに掻き消え、南部利済の真っ赤な顔が穏やかなものに変わった。

汗も引いて、唸り声も消えた。

「おおっ、殿のお顔が」

家臣たちが見守る中、利済が目を開けられた。

「ようやった、根雪ばさま」

黒イタコの祈禱がだんだんと小さくなり、止まった。

「もはや利済は大事ない」

根雪ばさまの口から発せられたのは男の声であった。

その声は盛岡藩の藩祖南部信直のものであった。

「ありがたき幸せにございます、信直様」

利済の声が応じて、一座から安堵の吐息が洩れた。

「み、水をくれ……」

藩主が水を所望した。


堀川の善根宿の朝は早い。街道を暮らしの場にする遊行者や行商人や六部たちは七つには宿を出て、南に北に街道を歩き出していた。白河城下に残って、商いをしようとする何人かがまだ眠りに就いているだけだ。

板の間の隅に手枕で転がる夏目影二郎もまたその一人だ。だが、すでに蝮の幸助の姿はなく、おこまもあかも善根宿には見つからなかった。

そのおこまがあかを従え、手に朝市で買ったという米や野菜をぶら下げて戻ってきたのは、六つ半（午前七時）時分だ。

影二郎はそのとき、囲炉裏端で煙管《きせる》を弄んでいた。

手の中の煙管がくるくると動いていた。影二郎はなにごとか思案していた。

「おこまがのんびりしているところを見ると、行列は白河に未だ滞在か」

「七つ立ちの気配もなく、未だ本陣はひっそりしておりますれば、まずは動かぬものと見ました」

「よいよい、こちらも江戸から急かされて旅をしてきた。ときに体を休めるときがあってもよかろう」

影二郎もおこまも幸助のことには触れなかった。役人に追われる流れ旅の渡世人が今日一日無事に生き抜くことを胸の中で思っただけだ。

「台所を借りて朝餉を作ります、少しお待ちを」

おこまが瑞々しい青菜などを抱えて台所に行った。

影二郎は手拭をぶら下げると川原に行った。

あかが日のあたる流れのそばに蹲っていた。口の周りに黄色い粉をつけているところを見ると、朝市で黄粉餅でも買って食べさせてもらったか。

顔を流れで洗うと目が覚めた。

あかのかたわらに腰を下ろすと煙草入れから刻みを取り出し、煙管に詰めた。

(さて火をどうしたものか)

と思案していると、おこまが細木に火をつけて持ってきてくれた。

「すまぬな」

細木から火を移した影二郎は、一服吹かしておこまを見上げた。

「喜十郎はそろそろ追いついてきていい時分だがな」

常磐秀信は、影二郎とおこまを奥州路に南部様の参勤行列を追って先行させた。が、喜十郎は江戸に数日残した。それは、

「老中水野忠邦様のご意思未だ定まらず……」

ゆえ、その決定を待って喜十郎を追わせるというものであった。

「水野様はご多忙な身、なかなか会うことも叶わぬそうにございますれば、父もいらいらしておることにございましょう」

大名諸侯監察糾弾がお役目の大目付は、当然譜代の十万石高から選ばれる老中をも監督下に入れていた。同時に大目付は老中支配下の役職の一つであった。監督されつつ監察する、これが徳川幕府の生み出した機構だ。とはいえ、人事権を握る老中の意向によって大目付が動かされるのもまた事実であった。つまりは、南部と津軽の問題は、

(水野忠邦の胸先三寸……)

に任されている。その決断を持って、喜十郎が影二郎らを追ってくるのだ。

おこまは朝餉の仕度に台所に戻った。

影二郎は煙草を吹かしながら幸助が言った、蘭学者高野長英が陸奥の水沢郡の出身ということを考えていた。

影二郎には幕府の行末がどうなるか関心はない。

影二郎に理解がつくのは、家康公が基礎を築いた幕藩体制が二百有余年の時を経て、ぎしぎしと大きな音をさせて軋んでいるということだけだ。それを立ち直らすには妖怪鳥居忠耀らが考える守旧と締め付けだけでは立ち行かないこともはっきりしていた。かといって、高野らが考えるように異国の技術や考えを学んで導入すれば、清新な政治体制に変り得るのか、影二郎の想像を越えていた。

日本という国が大きな波に揺さぶられている。

そのとき、なにをなすべきか影二郎には考えつけないでいた。

ともあれ、父を助けることで世の中の役に立つことを願うしかあるまい。

(人を生かすために人を殺す)

それが夏目影二郎に与えられた役目だ。そんなことを考えていると、

「影二郎様、朝餉の用意ができましたよ」

というおこまの声が川原に響いた。

夏大根の味噌汁に卵が落してあった。菜は茄子の古漬けだ。

味噌や塩は善根宿のものを借りたという。

「おこま、おいしいな」

影二郎は夢中で三杯飯を食べたとき、宿の入口に少年が立った。

「おや、三吉さん、なにかあったの」

「水芸の姉さん、南部の殿様が本陣を出ただ」

おこまは南部の行列の動向を知るために少年に見張りを頼んでいたようだ。

「ほう、利済様は本復なされたか」

「なれば私どもも立たねばなりますまいな」

おこまがそういうと、三吉に小遣いを渡そうとした。

「姉さん、銭はいらねえ。おらのあおに乗ってくれ」

三吉は馬方だった。

おこまが影二郎を見た。

「よかろう、三吉の馬におこまを乗せて水芸一座の道中だ」

「お侍、どっちに行くだ」

「南部の殿様を追って矢吹《やぶき》か、いや、須賀川宿《すかがわ》あたりまでかな。行けるか、三吉」

「須賀川じゃあ、九里はあるぜ。あっち泊りだな」

「おっ母さんは心配せぬか」

「問屋にこと付けていくだ、心配ねえ」

おこまは残り飯を握りにした。その一つを三吉に、

「客のいうことは聞くものよ」

と渡した。

「食べていいけえ」

三吉がうれしそうに笑った。

影二郎は善根宿の老爺に泊り代と味噌塩、薪の代金として一分金を支払った。

「浅草のお頭の知り合いから銭がとれるものか」

「そういわずに心づけだ。今晩の酒代にしてくれ」

「旦那、有難く貰っておこう。帰りもよ、寄って下せえよ」

影二郎とおこまは素早く旅仕度を終えた。

「おこま、それ、馬に乗れ」

「影二郎様が乗ってくださいよ」

「仕方ない。疲れた者が乗ることにいたそうか」

三吉の馬に水芸の道具と南蛮外衣も積むと、白河宿から奥州道中を北へと歩き出した。

刻限は四つ（午前十時）過ぎ、日和は高く晴れ渡って旅には申し分のない気候だ。

城下外れの阿武隈《あぶくま》川に架かる橋で三吉が仲間の馬方に、

「寅十さん、客を送って須賀川宿まで行くだ。帰りは明日だとよ、親方とおっ母さんに伝えてくんろ」

「あいよ、気つけていけ。姉さんは別嬪じゃが、浪人はだいぶ顔付が怪しいでな」

阿武隈川の先で道は、仙台松前道と会津越後道に分岐した。

影二郎たちは仙台松前道をとることになる。白河から根田まで一里、泉田を経由して小田川までまた一里、八幡太郎義家が馬を繋いだという榎《えのき》の先で白河郡に入った。

街道脇の田圃は青々として稲を育てていた。

「今年は豊作の年のようですね」

おこまが豊かな実りを約束した稲穂を見ながら言った。

「四、五年めえはひどかっただよ。うちのおっ父も飢饉続きによ、江戸さいく、ひと稼ぎしてくるから待ってくんろと村を出てから姿を見せねえ」

三吉が影二郎の代わりに答えた。

「それで三吉さんが一家の稼ぎ頭になったの」

「仕方ねえべ、小作が父親なしじゃあ、百姓もやっていられめえ。問屋場の親方にあおを借りてよ、馬方だ」

「えらいな」

「お侍、当たり前のことだ。それにおらはあおが好きだ。なんにも苦になんねえ」

三吉の言葉がわかったようにあおが三吉に鼻面をこすりつけた。

「お侍も変った人だねえ、犬を連れて旅をする人間なんて初めて見ただ」

大田川で旅の人間に蕎麦《そば》を出す茶店を見つけた。

「八兵衛さん、南部の行列はだいぶ先かや」

三吉が伝馬飛脚に声をかけた。

「いやさ、踏瀬で昼食《ちゆうじき》だ」

飛脚が答えたときには半丁も先をすっ飛んでいった。

「となればわれらも蕎麦でも食べようか。三吉、あおを日陰に繋いでこい」

影二郎の命に三吉が馬を繋ぎ、茶店の小女に、

「おちよさん、客を案内してきたぞ」

と声をかけた。

「あおは楽じゃな、空荷同然じゃがな」

小女が笑った。

「お客さん、うちの名物は胡麻切り蕎麦だ」

「名物を三つもらおうか」

「三吉さんも相伴かえ。あおも楽じゃが、馬方も極楽じゃな」

小女が台所に引っ込んだ。

あかは影二郎とおこまの足元に丸まった。三吉が台所に行き、縁のかけた丼で水を持ってきてくれた。そうしておいてあおに水を与え、飼い葉をくれた。さらに体を拭った。

胡麻切り蕎麦が運ばれてきたとき、あおは艶々とした毛並みに輝いていた。

いた。蕎麦も腰があって、影二郎の好みだった。

「これはうまい」

一口啜《すす》った影二郎は唸った。蕎麦の香りと胡麻の香りが合わさってなんともよい味を出していた。蕎麦も腰があって、影二郎の好みだった。

「旅はするものですね、行く先々に名物がございますよ」

おこまもうれしそうだ。

「なっ、おらが勧めるところは間違げえねえべ」

三吉も胸を張って蕎麦を啜った。

「三吉さん、御握りもあるわ。蕎麦をおかずに食べなさい」

おこまが竹皮に包まれた塩握りを渡した。

「おちよさんじゃねえが、今日は極楽旅だ」

「三吉さん、こんな日がたまにあっても罰は当たらないわ」

「そうはいってもよ、なんだか変な気持ちだ」

そういいながらも三吉は蕎麦と二つの握りを食った。

「三吉、南部様の行列は須賀川まで辿《たど》りつけるか」

「九つ半（午後一時）過ぎだべ。大名行列は八つまでには本陣に入るのが習わしだ。この分じゃあ、矢吹までがせいぜいだべ」

三吉は踏瀬から矢吹までおよそ一里半はあるといった。

「出立が遅かったのだ、仕方あるまい」

南部利済公の体の回復もまだ完全とはいえまい。

おこまが心づけを添えて蕎麦代を払い、再び路上の人になった。

三

だが、三吉の予想を超えて、南部の大名行列は夕暮れの矢吹宿を通り過ぎて、さらに須賀川目指して北行していた。

「なんてこったべ」

馬方三吉も呆れ顔で無人の矢吹本陣を見た。

おこまが本陣に聞きにいくと、最初から南部様の宿泊は届けがなかったそうな。本来、本陣宿泊は、さて最低でも五十日から百日前に届けが出され、本陣ではその日のために応援の助っ人を用意して待ち受けるのだ。

南部では須賀川宿と決めて、先触れ役人に変更させていないという。

「三吉、矢吹から須賀川まで何里あるな」

「四里はたっぷりあるだよ」

夜道の四里、須賀川に到着するのは夜半になろう。病が癒えたばかりの利済にはつらい夜旅だ。

「三吉、あおは大丈夫か」

「なあに郡山だっていけるぜ」

影二郎たちも提灯を点けての夜旅になった。先頭にはあかが立ち、あおの両側を三吉とおこまが並んでいき、最後に影二郎が着流しで足を進めた。

影二郎たちが南部行列の明かりを認めたのは、矢吹からおよそ一里半の久来石《きゆうらいし》を過ぎたあたりだ。

南部利済のお乗り物を真ん中に十六騎の侍、徒歩《かち》侍足軽百二十七人、人足二百二十四人が明かりを煌々《こうこう》と点しての行軍である。

「これは路用の金を節約する旅ではないな。だれぞを釣り出そうとしての夜行だぞ」

影二郎が数丁先の行列に目を凝らした。

生来、大名行列は、軍装しての旅である。槍隊もいれば、鉄砲隊も弓隊も控えていた。だが、徳川幕府も時代が下ると、参勤行列も簡略になっていた。だが、この夜の南部藩の行列には、殺気まで放たれていた。

「津軽の闇サイゲを引き出すつもりでしょうか」

「さてな」

夜の奥州道中を粛々として進んでいく。時折りせせらぎの音が響いてくるのは阿武隈川の流れか。白河に発した川は、奥州道中とほぼ並行するように陸奥の角田《かくだ》盆地で太平洋に流れこむ。

行列は速度を速め、ときにのろのろとした歩みに変った。

「影二郎様、様子を見て参ります」

三味線を肩に担いだおこまがそう言い残すと闇に紛れた。

影二郎は三吉に並びかけた。

「お侍さん、おまえ様方は江戸の隠密だべ」

「そう見えるか」

「見えるようでもあり、そうでもねえようでもあるだ」

「三吉、街道には南部様のような殿様から胡麻の蠅まで様々だ。犬連れの隠密などがいるかどうか心配にせずともよい」

「心配はしねえが、気になるだ」

「そのうち、化けの皮もはがれよう」

「大した正体でもねえと思うがな」

三吉は平然と言った。

夜の気配をわずかに揺らしておこまが戻ってきた。

「南部様のご一行は弘前藩の黒忍びを誘い出そうと待ち受けているように思えます」

「千住宿に黒イタコを襲った連中か」

「おそらくあの者たちか、仲間と思えます。鉄砲隊は弾込めして引金に指をかけての進軍です」

「南部公の御加減はどうかな」

「お元気の様子にて、脇を固める番頭の侍と話しておられます」

影二郎はしばらく沈黙したままに歩を進めた。

「三吉、須賀川までの間、一番寂しきところはどこかな」

「石川滝あたりだべ」

「あとどれほどだ」

「半刻もすれば着くべえよ」

影二郎はそう聞くとまた黙した。


半刻後、影二郎の足が止まった。

石川郡から岩瀬郡に入ったあたりだ。

石川滝の轟《とどろ》きが風に乗って聞こえていた。

「待ち人ですか」

おこまが聞く。

「おれの推測があたっておるかどうか、待ってみようか」

一行は路傍の藪陰にあおを引き入れ、提灯の明かりを消した。

待つことおよそ半刻余り、ひたひたとした足音が聞こえてきた。

小さな提灯の明かりに先導された一行は、乗り物を真ん中にして徒歩の侍たち、十数人に護衛されていた。

「だれだべえ」

三吉が聞いた。

「待っておれ、そのうち分かろう。まだ役者が揃っておらぬわ」

夏目影二郎が答えたとき、一行のあとから黒雲が湧くように人影が現われ、乗り物の一行を二重に取り囲んだ。

が、それを乗り物を護衛する侍たちは全く気付かなかった。

新たな出現者たちは動きを止めて、自らの位置を確かめ合った。

無音の気合を発して、襲撃者たちが姿を見せた。

「あっ!」

「しまった!」

乗り物を護衛する侍大将の口から驚きの声が洩れた。狼狽の声は誘い出そうとした相手に反対に待ち受けられていたことを示していた。

「お乗り物を固めよ!」

その声が響く前に黒い集団が動き出した。大小二つの輪が乗り物を囲み、二つの輪はそれぞれ反対方向に走り出して、南部の侍たちを幻惑した。

新たな登場者は津軽の黒忍びたちだ。

輪の中から光が走った。

十字手裏剣が乗り物に、護衛の侍たちに投げ打たれた。

動く輪から投げられた手裏剣は、乗り物の担ぎ手を、刀を構えた侍たちの背後から側面から襲って傷つけた。乱れ打ちされる飛び道具は闇の輪のあちらこちらから飛来してくるのだ。避けようがなかった。

ただ無抵抗にばたばたと倒されていった。

さらに手裏剣は乗り物の扉に壁に突き立った。

「うっ」

「固まれ、なんとしても死守するのじゃ！」

乗り物を護衛する侍大将が悲痛な声を上げた。

が、最後に侍大将も倒された。

夜風が巻き起こり、黒イタコの老婆親子が黒御幣の桑の杖を手に姿を見せた。

飛び道具が矢継早やに黒イタコに投げ打たれたが、老婆根雪と地嵐は桑の杖ですべてを打ち払った。

二つの輪はさらに動きを早めると輪を縮めて、黒イタコに襲いかかろうとした。

そのとき、夏目影二郎が立ち上がった。

同時におこまの手から四つ竹が飛んで、攻撃に没頭する黒忍びたちを背後から襲った。

「ううっ!」

輪が乱れた。

渦を巻くような動きが遅くなった。

「闇夜とはいえ、天下の五街道の一つで許されぬ所業じゃな」

影二郎の声が響くと、輪が止まり、隊形を素早く変えて散開した。

乗り物の一行が第二の護衛たちを従えていたかと考えたからだ。が、黒忍びから、吐き捨てられた罵りの声には、

(またおまえか)

という意が込められていた。

黒イタコの根雪と地嵐も様子を窺うつもりか、影二郎を見た。

「われらはすでに相知った者同士だな」

黒忍びが気配もなく動いた。

手に隠し持っていた飛び道具が影二郎に向かって投げられ、影二郎の周りに南蛮外衣のあでやかな花が咲いて、手裏剣を払い落した。そして、長衣はそのまま、影二郎の手を離れ、ふわ

りとあおが隠れ潜む闇へと着地した。

おこまがすかさず合羽を回収した。

黒忍びの無音の命が出された。

陣形が組み直され、影二郎に向かって反撃の態勢を整え終えた。

影二郎は孤影を引いてその前に立った。

黒の着流しに法城寺佐常の落し差しだ。

「忍びが、気配を悟られては終いよ。どうだな、奇襲の成功に満足して退散せぬか」

「………」

「ならば、鏡新明智流の無頼の舞を一差し舞うことになる。おれの舞は、江戸の悪所仕込み、ちと派手だがよいな」

その声が終わらぬうちにおこまの三味線が陽気に掻き鳴らされた。

「肥前長崎、一平次という者が始めた四竹節《よつたけぶし》、なんの為にもなりませぬ。芸は身を助けぬ、見本のごとき芸にございます。さあてさてさて、四つ竹ゆえに上方に上り、芝居に上げられ、大評判を呼んだり見たり………」

さすがの津軽の黒忍びもにぎやかな鳴り物に出鼻をくじかれたか、一瞬の迷いの後に、
ふうっ
と姿を闇に消した。

三味線の音が消えた。するとそこには呻き倒れた南部の侍たちがいた。

夏目影二郎は、

「三吉、あおの出番じゃぞ」

と声をかけると、乗り物の前に片膝を付いた。

「な、何者か」

侍大将が必死の形相《ぎょうそう》で聞いた。

「乗り物の中のお方をな、われらが須賀川宿の本陣までお送りいたそう」

侍大将が必死で影二郎の下に這いずってきた。

「心配致すな、主どのは確かに本陣へ届けて遣わす」

乗り物の引き戸を開けた影二郎は、ぐったりとして乗り物の背板に寄りかかられておられた南部利済様の体を抱え上げ、
すいっ
と身を引いた。

「申したとおり、お送り致すだけだ」

黒イタコの根雪ばさまと娘の地嵐はいつの間にか姿を消していた。

三吉が引いてきたあおの背に利済様を押し上げた。利済の体がぐらぐらとあおの背で揺れた。

「おこま、二十万石の殿様と相乗りせえ」

「お、恐れ多いことにございます」

「相手はまだ十分に回復しておらぬ半病人じゃぞ、遠慮はいらぬ」

おこまが仕方なしに利済の背後に相乗りして、戦いの場を離れた。


夜明け前、須賀川本陣では、先乗りの南部盛岡藩の家臣たちが門口《かどぐち》にかがり火を焚いて、夜行してくる南部利済の一行を待ち受けていた。が、刻限が過ぎても偽装された本行列も後発の利済の乗り物も姿を見せなかった。

「大事ないであろうな」

「何百人もの行列が戦陣を組んで進んでくるのだ。津軽の黒忍びなどなにごとかあろうか」

「それに利済様には黒イタコの親子も従っておるでな、心配なかろう」

先乗り二人が先ほどから何度も同じ言葉を掛け合い、答え合っていた。

朝靄《あさもや》が流れて、靄の中にゆったりした馬蹄が響いた。

二人の先乗りが靄を透かし見た。

馬の背にゆらゆらと揺れる南部利済のお姿がおぼろに見えた。

「な、なんと殿が……」

「まさかそのようなことはあるまい」

「いや、利済様じゃぞ」

先乗りの藩士が走り寄った。

三吉が、

「あおよ、よう歩き通しただ」

と愛馬を褒《ほ》めると首筋を叩いた。

「これはどういうことか」

馬の背後から着流しの浪人と女芸人が姿を見せて、

「夜旅の道中、南部利済様とお会いしたでな、本陣までお届けに上がった。くたびれておられるが、お体に差し障りはない」

本陣から新手の若侍たちが飛び出してきて、

「お差配、何事です」

「と、殿が……」

馬上の利済と影二郎らを見た若侍たちが、

「怪しい奴が」

と一斉に剣を抜き連れた。

「お連れした者への労《ねぎら》いの言葉もなしに剣の礼か」

「ま、待て」

お差配と呼ばれた壮年の家臣が若侍たちを止めた。

「まずは利済様をお寝所にお連れするのがそなたらの務め」

影二郎に叱咤されて、若侍たちが慌てて刀を鞘に戻し、あおを囲んだ。

「差配どのに申し上げる。利済様をお護りしていた家臣たちは石川滝で黒忍びにふいを衝かれて倒れておられる。早々に迎えを出されるがよい」

「はっ、はい」

影二郎の一行は本道を迂回して、南部の行列に先回りして須賀川の本陣に辿りついたのだ。あおの背から南部公が下ろされて本陣に連れ込まれていった。

「さて参ろうか」

おこまと三吉に声をかけた影二郎が、

「まだ利済様、ご本復とも思えぬ。無理を致さず、ゆっくりと養生なされて旅を続けられるがよかろう」

と差配に言い残した。

「あいや、しばらく。貴殿は何者にございますな」

「夏目影二郎、一介の素浪人と覚えておいてもらおう」

「それがし、盛岡藩道中方先乗り差配、権藤晋一郎《ごんどうしんいちろう》にござる」

「またお目にかかることもござろう。さらばじゃ」

権藤晋一郎は、女芸人に小僧の馬方に犬連れの奇妙な一行が朝靄に紛れるように消えていくのを呆然《ぼうぜん》と見送った。

「三吉、遠くまで連れてきたな」

「なあに仕事だ、おれのことは仲間の馬方やら飛脚に知らせてあらあ。心配はねえだよ」

「ならば、郡山《こおりやま》まで付き合うか」

「なんなら、南部でも津軽でも一緒してもいいだよ」

「そうもいくまい」

「白河に戻ったらよ、南部の殿様をあおに乗せたと自慢するだよ」

「だれも信じまい」

「おらもまだわれが目を疑っているだよ」

夏目影二郎の笑い声が響いた。

一行が郡山外れの阿武隈川の川原の善根宿に辿りついたのは、昼前のことであった。

浅草弾左衛門の書付を見せるまでもなく、古びた一文字笠を指し示すと、

「江戸から珍しい御仁がござったな」

と女主が笑って迎えてくれた。

奥州道中が並行して走る川原からなら南部様の行列の通過も見落とすことはない。

「三吉、ゆっくりな、あおの体を休めて白河に戻るのだ」

「お侍さんもここに泊りか」

「まずは南部の行列次第。あの分では二、三日ここにおることになろう。そなたもゆっくりしていけ」

影二郎は夜旅をさせた三吉とあおに一分の駄賃を渡し、

「これはそなたの苦労賃だ」

と一両を褒美に渡した。

「お侍、おれは一両なんて手にしたのは初めてだ」

「おっ母さんに渡せ」

「驚くべえよ、腰を抜かすかもしんねえな」

三吉は流れのそばであおの体をきれいに洗ってやり、草が生えた土手に連れて行くと日陰に繋いだ。

「お侍、郡山の伝馬宿まで行ってよ、おらの帰りを親方に知らせるついでにこの小判を送ってくるだ」

「私もいくわ」

おこまが郡山で夕餉の支度を買いにいくと言い出した。

「おこま、なんぞおいしきものがあれば買ってこい」

影二郎が懐の巾着をおこまに渡した。

「さて、なにがありますか」

そういい残したおこまと三吉が去り、善根宿に残されたのは影二郎とあかとあおだ。

「ばあ様、酒はないか」

「会津は酒どころだ。用意はしてあるが、うちに泊る人間は頼むことはねえな」

そういいながら、茶碗になみなみと酒を注いできた。

影二郎は、あおが草を食む土手に出ると、腰を下ろした。

あかものそのそとやってきた。

「そなたらが酒の相手か、なんとも風流だな」

影二郎は奥州路の風に吹かれながら、茶碗酒をちびちびと飲んだ。

徹夜の疲れが酒の酔いでゆっくりと散っていった。すると眠気が影二郎を襲ってきた。

馬と犬に囲まれて、影二郎は、草原に身を横たえた。

四

眠りの中で懐かしい声を聞いた。

夏目影二郎が目を覚ますと、あかが尻尾を振って善根宿に戻ってきたおこまと三吉を迎えに出ていた。二人は両手に鶏やら野菜やらの大荷物を下げている。おこまのかたわらには、父親の菱沼喜十郎が菅笠《すげがさ》を手に立っている。

「喜十郎!」

影二郎の呼び声に、勘定奉行監察方から大目付主席が兼帯する道中奉行監察方に転じた菱沼喜十郎が、

「おおっ、そちらにおられましたか」

とやってきた。

「よう、会えたな」

「伝馬宿に参りましたら、偶然にもおこまに会ったのでございますよ」

「おら、驚いただ。いつも威張りくさっていやがる問屋役人がぺこぺこしている侍がいると思ったらよ。水芸の姉様のお父《とっ》つぁんなんて、信じられねえだよ」

三吉が口を挟んだ。

道中奉行は、五街道の監督が職務だ。宿場役人が菱沼喜十郎にぺこぺこしても不思議はない。

「そのせいでよ、おれは郡山から仕事を貰って白河に戻ることになっただよ」

「それはよかったな」

笑みを浮かべた影二郎は、三吉に酒と茶碗を一つもらってこいと命じた。

「あいよ、おら、これでよ、大威張りで白河に戻れるぞ」

三吉は影二郎について、遠く郡山まで来たことを心の中では心配していたとみえる。

「私も夕餉の支度をしてきますよ」

おこまが二人の下から立ち去ると、喜十郎は阿武隈川の川原を蜻蛉が飛ぶ光景をちらりと眺めて、土手に腰を下ろした。

「同じ季節とはいえ、どこか涼しいですな」

喜十郎はそういいながら、背の道中嚢《のう》から書状を出して影二郎に渡した。それはしっかりと封がしてあり、親披との添え書きもあった。

「後ほど読ませてもらおう」

影二郎は懐に秀信の書状を仕舞った。

「それがしが江戸を発ちましたのは、影二郎様に遅れること三日の後のことにございます」

「水野忠邦様も考えをまとめるのに苦労なされたとみえる」

「そのおかげで江戸において、弘前の津軽順承《ゆきつぐ》様と盛岡の南部利済様の確執が分かってございます」

「それは重畳《ちょうじょう》……」

「と申せますか。津軽公十代の信順《のぶゆき》様が隠居なされたのは、昨年のことであったそうです。ですが、信順様に子なきゆえ、支藩の黒石の九代目の順徳《ゆきのり》様が順承と改名されて養子に入られ、津軽の十一代藩主になられたのでございます。この度の出府にて将軍家のお目通りが叶い、家中一同は安堵なされた。その日、偶然にも南部の利済様と城中にてお会いになられ、利済様は、順承様に祝いの言葉をかけられたそうにございます」

「隣国同士、麗しき光景ではないか」

「それが利済様のお口がすべられた。一言多かった……」


二人が出会ったのは城下がりの刻限、御入側であった。

決して仲がいいとはいえない南部公から祝いの言葉をかけられ、ほっとした順承が会釈をして行き掛けると、利済が周りに人なきを見て、

「津軽どのは上方の鴻池や茨木屋のみならず、江戸にても多大な借財がおありとか。それも座頭金に手を出されておられるやに聞く。このような時期に大変なことにございますな」

と言葉を潜めて言った。

聡明を謳《うた》われた順承だが祝い気分を害されて、
きいっ
と振り返った。

座頭金とは、徳川幕府は目の不自由な仲間および寺社に対して座頭金を貸付け、官金同様の取り扱いの特権を与えていた金のことだ。

津軽が両替商の借財多額をもってこれ以上の借財禁止を申し渡されたのも事実、そのために

座頭金の借財に頼らねばならなかったのも事実であった。

だが、順承にしてみれば、将軍家のお目通りを許された日になにも嫌味をいうことはあるまいと腹に据えかねた。

なにしろ南部と津軽、長い諍いの歴史があった。

「利済どの、いらざるお節介にございますな。南部のご先代、利用《としもち》様は二人おられるとか。昔の話とは申せ、将軍家のお耳に入れれば、いかがなものかな」

(おのれ、津軽の盗人めが)

利済が反撃を食らって立往生する間に順承はさっさと玄関先に去っていった。

盛岡二十万石にとって二人利用は家名断絶を招じかねない秘匿の事件であった。

十一代利敬の死後、家督を継いだ十二代大膳太夫利用は、一族の南部信丞の長子であった。つまり利敬に子なきゆえの処置だ。

文政三年秋、この利用が家督を継いだとき、まだ若年であった。翌年のこと、利用《としもち》が庭で遊んでいるときに足を怪我した。

この怪我が因で利用は急死した。

世子もなく将軍家の初謁見も終わってない。後継がなくば藩断絶は避けられない。色をなした南部藩は極秘に南部信丞の養子の駒五郎を第二の利用に仕立て上げることにした。それほど二人の年齢も体格も似ていたからだ。

この策が効を奏して将軍家のお目通りを許され、第二の利用は南部の十二代当主になった。

つまりは利用は二人いたわけだ。

それが利済の先代である。

三十余年前のこととはいえ、極秘中の極秘事項だ。

利済が色をなしたのも無理はない。

「影二郎様、どうやらこの一件がきっかけになって津軽が独立したときのような血の抗争が国許でも江戸でも再燃したようでございます」

「そのような話、どこからか洩れて城中にも広がろう」

「二人の話を襖のかげから茶坊主が聞いていたそうにございます。幕府としても成り行きを興味津々に窺っているところ」

「なんとのう、二十万石と十万石の大名家の暗闘は口の災いから始まったか」

「津軽の座頭金も南部の二人利用様も幕閣では黙認されていたことにございます」

「そのままにしておけばよいものをつまらぬ抗争を繰り返すゆえ、われらが奥州の奥まで旅をする羽目になる」

「忠邦様の腹一つで南部と津軽の命運が決まりますすな」

喜十郎が影二郎の懐を見た。

影二郎は旅に出て、見聞したことを反対に喜十郎に話して聞かせた。

なんと、喜十郎が慨嘆した。

「津軽の道中はどこにおるな」

「昨夜は白河泊りにございます。それがしは、夜道をかけて行列を追い越して参りました」

「それはご苦労であったな。となると須賀川宿の利済様のお加減次第では津軽の行列に追いつかれることになるぞ」

喜十郎は、

「それはちと厄介にございますよ。津軽の行列は、藩祖以来、南部藩領を一切通らずに参勤交替を続けてきたほど。二つの行列が行き違うと大変なことになります」

と言った。その上で、

「まずは先乗りが様子を見ながら行列を進めますゆえ、さようなことにはなりますまいが懸念は懸念にございます」

「ともあれお二人が国許に戻られた後、この諍いにどうけりをつけるか」

「なにしろ根が深うございます。双方ともに熱くなっておりますゆえ、そう簡単には収まりますまい」

「さて、どうしたものか」

「他藩内で双方の行列がぶつかるということもございますまい。となれば、われらは一気に盛岡に先回りして、なにが国許で待ち受けているか、調べるのも手にございますな」

「それもこれも懐の手紙次第……」

と影二郎は、水野忠邦の意向を記してきた秀信の手紙を読んでから決めようと考えた。

「今ひとつ、興味深きことがございました。小才次を津軽屋敷に見張りに立てていた成果にございますよ」

「……なにかな」

「過日、江戸で殺された黒オシラを持参したイタコは、津軽の殿様のご寝所からなんぞ大事なものを盗み出したとか、そのような噂が屋敷に流れているそうにございます」

影二郎は盗み出されたものは、承知していた。それは影二郎の手にあって、陸奥へと旅をさせていた。が、そのことを喜十郎にもだれにも伝える気はない。それはあの若いイタコが一命を賭して影二郎に託したことだからだ。

「影二郎様、津軽順承様のご滞在の屋敷に鳥居忠耀様がお見えになられて、会見を申し込まれた様子にございます」

「なにっ、妖怪どのがな」

「それがしも小才次に聞かされて、耳を疑いましてございます」

「津軽藩主と目付、職務上の接点はないな」

「忠耀様は騒ぎのあるところ、どちらにでも首を突っ込まれます」

「水野忠邦様がそのことを許されておられるからな」

水野忠邦の人事は敵対する者を登用して、互いに競い合わせるというものだ。

また鳥居甲斐守忠耀の耀と甲斐をくっつけて、妖怪と呼ぶのは、それなりのわけがあったのだ。

豪腕の目付を背景にどこにでも顔を出して、辣腕を振るい、強権を働くからだ。むろん老中水野忠邦の庇護があってのことだった。

「小才次の知り合いの中間などの伝を手繰って、会見の内容を調べてみました。どうやら、妖怪どのは津軽を使って、南部をひと揺すりする気でいられるようにございます。何しろ、南部領は、歌にも歌われる黄金の地にございますからな」

「南部の金に鳥居が目をつけたというのか」

影二郎は南部が今も金所なのかどうか知らなかった。

「鳥居様の黄金好きは有名なことでございます。また南部を知るには、津軽公は一番の人物にございます」

「鳥居どのの手が南部領に入ることも考えられるか」

「はい」

と喜十郎が言い切った。

「鳥居屋敷には小才次を張りつけてございます。動くようなれば、小才次がぴったりと張りつく手筈をしてきました」

「これで役者が揃ったか」

夏目影二郎の高笑いが響いた。

三吉が大徳利と茶碗を運んできた。おこまに二人の話が終わるのを待てと命じられていたようだ。

「お侍様、遅くなりました」

三吉が喜十郎に茶碗を持たせ、酒を注いだ。

「上手じゃな」

「おっ父がいたときよ、こうやって酒を注いだこともあっただよ」

そう答えた三吉は影二郎の茶碗にも酒を注ぎ、かたわらに腰を下ろすと懐からきび餅を出して食べ始めた。

夕刻、善根宿ではおこまの手で大鍋一杯に鶏と野菜をたっぷりと炊き込んだ汁が作られていた。

「えらいおいしそうな匂いがする宿じゃな」

付け木を売りながら旅をしているという男が宿に入ってくると言った。

「今晩、泊る客は幸せ者だぞ、あちらの浪人さんからの驕《おご》りでな、鍋も酒も食べ放題、飲み放題じゃそうな」

数日前から泊って郡山近郊を薬売りに歩いているという男が言った。

「それはご奇特な御仁じゃな、富にでも当たられたか」

付け木売りは川原に手足を洗いに行った。

「すまねえが今晩一晩泊めてくだっせえ」

二人の子を連れた百姓夫婦が疲れきった顔で宿に入ってきたのは、わいわいがやがやと賑やかに酒を飲みながらの夕餉が始まった刻限だ。

女房の背に乳飲み子が眠り、亭主の手には三歳ばかりの男の子が引かれていた。

長旅をしてきたと思える夫婦は呆然と立ち竦んだ。

男の子は羨ましそうに飲み食いする影二郎らを見た。

「さあさ、お上がりなさいな。今晩、だれもが無礼講にございますよ」

おこまが手招きした。

「あのう、わしらは宿銭もねえ、旅の人間でごぜえますだ。とても酒やまんまというわけにはいかねえだ」

亭主が困った顔をした。

椀を抱えて必死に食べていた三吉が立ち上がると、

「おれだってこんな贅沢《ぜいたく》する銭もってねえ。今晩は、浪人さんの驕りだ。だれも銭なんぞ払った者はいねえよ。さあ、上がって、仲間に入ってくんろ」

男の子を抱え上げると自分の席に連れていった。

「おこま様、新しい椀をくだせえ」

「あいよ」

おこまと三吉がてきぱきと親子連れの世話をして、腹を減らしていた男の子は夢中で食べ始めた。

亭主も女房も狐につままれた顔をしていたが、おこまに勧められて鶏鍋を啜《すす》り、亭主は酒を飲んで、ほっとした顔をした。

「そなたら、どこから来たな」

「白河宿からめえりました」

「えらく疲れているようだが、朝早く出たか」

「いやさ、昨晩、白河城下でえらい騒ぎがありまして、わしらは騒ぎに巻き込まれたくねえ、一心でここまでやってきたのでございますよ」

「なにがあったな」

「津軽の殿様が泊っておられる本陣の寝間近くに何者かが忍び込んで、火を放ったとかで城下はえらい騒ぎにござえますだ」

影二郎と喜十郎とおこまは顔を見合わせた。

「白装束の忍びだという話ですが、わしらには分からねえこっだ」

南部もまた後から進んでくる津軽に襲撃者を送りこんでいたか。

「それは難儀であったな」

「お侍様、ほんとにただで馳走になってよいのでごぜえますか」

「おれの気まぐれ、気にするでない。それにそなたらはもはや十分に酒代も飯代も払ってくれた」

「はあっ」

亭主が怪訝《けげん》な顔をした。

「なあにこっちのことだ」

影二郎が言うと、

「酒も飯も存分に飲んで、食え」

と笑いかけた。

影二郎が善根宿で酒を振舞うには理由があった。街道を旅して門付けや行商をする人間の情報を求めてのことだ。酒が入れば自然と旅の噂話になった。それが影二郎に役に立つこともあるのだ。

宴が終わったあと、酒に酔い、たっぷり腹を満たした泊り客たちがそれぞれの相部屋に引き上げた。

徹夜してきた喜十郎も三吉もすでに眠りについていた。おこまだけが後片づけをしていた。

囲炉裏端にいるのは夏目影二郎一人だ。

秀信から一人だけで読めと指定してきた書状を出すと封を開いた。

〈瑛二郎殿、取り急ぎ認め候、本日、城中において老中水野忠邦様に面談、津軽と南部両藩についての幕閣の考えを披瀝なされ候。

結論から申さば、瑛二郎、そなたらのこの度の旅の目的は、
一　奥州盛岡二十万石の改易
一　陸奥弘前藩十万石の改易
一　盛岡、弘前両藩の改易
のいずれかを遂行することに御座候……〉

なんという非情の指令か。

大名家の改易となればどれほどの家臣が浪々の身に落ち、領内の民百姓が難儀迷惑するか。

老中水野忠邦様にはその察しがつかないのか。

影二郎は舌打ちすると手紙の続きに目を落した。

おこまが影二郎を見た。が、なにも口を差し挟まなかった。

〈忠邦様のお言葉によれば、弘前藩の財政状態劣悪も盛岡藩の先代当主利用殿偽事件も藩政怠慢も幕府をないがしろにした罪軽からず。十分に御取り潰しの対象なれど大名家の財政悪化は津軽一国のみならず、数多《あまた》の大名家が共通に抱える問題なり。また盛岡藩の二人利用は幕府が

黙認したことが原因なり。旧聞を理由に御取り潰しは無理かと忠邦様は申され候。

そこで老中総意は両国内において新たな改易理由を探り、津軽か南部か、あるいは両国の御取り潰しを実行するにたる証拠を見つけ出すことが密偵の任務と厳命なされ候。つまりはこの度の江戸の騒ぎを徹底的に調べよとの命に候。

幕閣の考えは幕府財政の悪化に伴う、基本政策なれば、なんとも抵抗のしようもなきに候。

さて、付記致さば水野忠邦様ら老中職ご意思決定には目付鳥居甲斐守忠耀殿が深く関わりし事、明白に候。秀信、つらつら考えるに幕府と三百諸侯の命運は表裏一体に御座候はば、わずか十万、二十万石の大名家改易にて幕府の財政が好転するとも考えられず、他に策なきやとも思案し候。

水野忠邦様の命は絶対也。なれどなんぞよき方策あらば、父はそれに従うを迷わず。そなたの決断を尊重し候。

ともあれ、盛岡も弘前も江戸を遠く離れた異郷なれば、心身に十分に気をつけられて、任務を遂行せられんことを切望し候。秀信〉

気弱で人柄のよい秀信らしい手紙であった。

影二郎は、父の手紙を囲炉裏の火にくべて燃やした。

それを台所からおこまが見ていた。

「おこま、われらは盛岡に急行致すことになった」

「畏まってございます」

おこまは何も聞くことなく畏まった。

第三話　中尊寺憤怒行

一

篠突く雨が奥州道中を叩いていた。巻き上げるような風が加わり、時に横殴りの雨に変った。それが犬を連れた三人の旅人を苦しめる。

旅人は南蛮外衣をぴったりと体に張り付かせ、一文字笠の紐を顎でしっかりと結んだ夏目影二郎一行だ。

影二郎の背には水芸の道具が負われていた。

半合羽を着た菱沼喜十郎の手には幟が竹竿に巻きつけられて持たれていた。

おこまは油紙でしっかりと包んだ三味線を肩から斜めに背負っていた。むろん道行衣もびっしょりと濡れて、おこまのしなやかな体に張りついていた。

耳をすぼめたあかが頭を下げ、目を細めて先導していく。

雨はいつ止むとも知れず、夜明けはまだ遠かった。

郡山の阿武隈川土手の善根宿で三吉と南と北に別れた影二郎たちは、ひたすら北行を続けてきた。街道上の旅籠に素泊りするか、地蔵堂のようなところに野宿しながらの急ぎ旅だ。

一日のうち、体を休めるわずかな時間をのぞいてひたすら足を動かしていた。

そんな風に本宮《もとみや》、二本松《にほんまつ》、桑折《こおり》、白石《しろいし》、大河原《おおがわら》と阿武隈川に沿って歩いてきた。

岩沼《いわぬま》宿で奥州街道は陸前浜街道、別名浜通りとぶつかり、さらに北上する。

昨夜、伊達様のご城下を迂回して先へ進もうと歩き出した刻限から雨が降り始め、だんだんと強さを増した。だが、もはや泊るべき旅籠も地蔵堂も見つからない。

こうなれば意地だ。

三人ともに足腰に自信があった。それが無理をさせていた。

それと今ひとつ、二本松あたりから付きまとう影を意識していた。大人数ではない、一人か二人、付かず離れずぴったりと影二郎らを尾行してくる。考えられる監視の目は、

一に盛岡藩の白忍び

二に津軽の黒忍び

三に鳥居忠耀の配下の者

が考えられた。

影二郎らは行く手に立ち塞がる者なれば、切り伏せもできる。が、姿を見せない敵は放って

おくしかない。それが雨の中も執拗に付いてくる。

影二郎たちには、姿を見せない目を困らせたいという意地悪心がむくむくと湧いてきた。自らが濡れ鼠になるのもいとわず、尾行者を引き回す快感さえ覚えていた。

江戸からおよそ九十一里（三六四キロ）、仙台宰相伊達六十二万五千石を迂回しようとしたあたりからさらに雨脚が酷くなり、三人と一匹は街道を外さないことだけに注意しながら進んだ。

「おこま、大丈夫か」

影二郎が声をかけた。口を開けると大粒の雨の塊が入ってきた。

「私はなんともありませんよ」

「あか、どうか」

犬は小さく吠えた。が、歩みは止めようとしなかった。

あかにはあかの意地があった。主たちを夜明けまで安全に導く、生き物の本能がそう命じていた。

ともあれ、一行は豪雨に打たれながらも足の運びは衰えることはなかった。

東空がわずかに白んだ。

横殴りの雨もわずかに弱くなったようだ。すると三人の鼻腔に潮の香りがかすかにした。

あかもそれを嗅いだか、顔を傾げた。

「どうやら本道を外したやも知れぬな」

影二郎の声が菱沼喜十郎とおこま親子の耳に届いた。

「仙台城下を迂回して海に出るとなると、塩釜《しおがま》あたりにございましょうかな」

喜十郎の言葉もよく聞こえるようになった。

さらに四半刻後、あれほど降り続いた豪雨もふいに姿を消した。

一様に三人の足が緩くなり、吐息を吐《つ》いた。

あかが元気になって走り出した。

塩釜の湊《みなと》だ。

「喜十郎、そなたの勘が当たったな」

「どう致しますか」

「ご城下に戻るも無駄だ。われらは郡山を出て、強行軍に道を急いできた。今日はどこぞでゆっくり体を休めて、その後のことはまた考えようではないか」

「なればまずは塩竈神社にお参り致しますか」

おこまが手拭で顔を拭いながら言い出した。

「おおっ、それは気がつかなかったな」

湊からわずかに戻ったところに塩竈神社があった。

第六十八代後一条天皇のとき、朝廷の奉幣使を受けた神社は源頼朝ら武門の人々に敬われ、伊達家とも深く関わりをもち、伊達家では社殿を造営した。創建年代ははっきりしないが、祭神は武甕槌命《たけみかづちのみこと》、経津主命《ふつぬしのみこと》である。

三人が清々しい気持ちになって湊に戻り、どこかに旅籠はないかと探していると、湊から今しも一隻漁船が出ようとしていた。あの雨の中、塩釜に魚を運んできた漁師船のようだ。

「どこまで戻るのかな」

「松嶋だ」

若い漁師がぶっきらぼうに答えた。

「舟賃は出す。すまぬが松嶋までわれらを乗せてはくれぬか」

影二郎の咄嗟の思いつきに漁師が頷いた。

「喜十郎、おこま、今日は松嶋で休みじゃ。明日、脇街道から本道に出ようではないか」

あかがまず舟の舳先に飛んだ。

影二郎らも舟に乗り込むと若い漁師が舟を出し、一枚帆を張った。

朝風を受けた舟がすべるように進み出す。

水芸の道具を下ろし、南蛮外衣を脱いだ影二郎が塩釜の湊を振り返り、

「どこぞで慌てておる者がいような」

と笑った。

「影二郎様、からかいなさるとあとが怖うございますよ」

「忍びは執念深いものかな」

「さてさて」

朝ぼらけの中、舟は俳聖松尾芭蕉が、

「松嶋や　ああ松嶋や　松嶋や」

と絶句して得意の五七五が詠めなかったという海に入っていった。

小さな八百八島が点在して、その島々から千変万化のかたちに突き出した松の模様が雨にうたれたせいでなんとも清々しい。

朝日が上がり、鉛色の海が茜色に変じて、さらに一際島と松を浮き上がらせた。

「なんという景色にございますか」

「雨に打たれて夜道を歩いてきた褒美を神仏が与えてくれたか」

影二郎は一文字笠を脱いだ。顔を潮風がなぶって気持ちがいい。

「漁師どの、松嶋にわれらを泊めてくれる宿がござろうかな」

喜十郎が漁師に聞いた。

「旅籠はねえこともねえが、なんぞ望みはあるか」

漁師が聞いた。

「夜通し歩いてきたで、のんびりと体を休められ、松嶋の魚を食べられるところならどこでもよい。ちと贅沢な望みか」

影二郎が笑った。

しばらく黙りこんでいた漁師が、

「うちは旅籠ではねえが、部屋数もあるだ。ばあ様の手料理しか食えんが、うちではどうだ」

と言い出した。

「造作になってよいか。旅籠賃はむろんお支払いいたす」

喜十郎が律儀に言うと、今度は漁師が笑い出した。

「姉様は芸人じゃな、今晩うちで披露してくれぬか。それが宿代でどうか」

「それは一向に構いませぬが世話になってよいのでしょうか」

とおこまがどうしたものかと影二郎の顔を見た。すると漁師が、

「いつまでも濡れ鼠では姉様が可哀想じゃ」

と若い漁師が笑い、白い歯を見せた。

「そなたの家は、松嶋か」

影二郎が聞いた。

「おらの名は捨吉郎だ。家は五大堂を望む浜にあるだ」

「世話になろうか」

影二郎の一言に捨吉郎が頷いた。

影二郎らは松嶋の漁師の家を訪ねて、捨吉郎の鷹揚さに納得した。

松嶋の網元が捨吉郎の家であった。漁師を何人も抱え、何隻も舟を所有しているという。

「なにっ、あの雨の中、夜旅をしてきたと申されるか。それは難儀でございましたな。まずは濡れた体を風呂で温めなされ」

当代の網元が勧めた。捨吉郎の親父どのだ。

「朝から風呂が沸いておるのか」

「漁師の贅沢でな」

捨吉郎の家では夜の漁から戻った漁師のために朝風呂を立てる習わしだという。

「そいつは思いがけない馳走だな」

影二郎と喜十郎の二人が入っても、まだ広々とした湯船で、二人は新湯に手足を伸ばして、この世の極楽を感じた。

「これで生き返ったわ」

影二郎らが風呂から上がり、おこまに替わった。

三人に当てられた座敷からは浜越しに松嶋の海と五大堂が正面に見えた。さらにその奥には福浦島が望めた。

捨吉郎の母親が茶碗酒を運んできた。

「今な、女衆が風呂から上がられたらよ、まんまにするでな。それまでつなぎ代わりに酒など飲んでいなされよ」

茶碗の中には干した鰻の骨を焼いて入れてあった。それがなんとも香ばしい。

「これは初めて飲む酒かな」

影二郎と喜十郎は一杯の酒に陶然となった。

湯上りのおこまが加わり、三人の前に松嶋の海の幸をふんだんに入れた汁とご飯に干物が運ばれてきた。さすがに男衆が大勢出入りする網元屋敷、手際もよければ、盛りも豪快だ。

あかも影二郎たちの座敷が見える庭先でたっぷりとした魚の骨を貰って食べていた。

「世の中はよくしたものだ。あの雨の中では、この世は地獄と思うたが、こうやって他人様の世話になってみると人生、地獄極楽が交互に巡ってくるのだということがよう分る」

「まったくにございますな」

三人はたっぷりした朝餉を食べ終えると、海風が吹き込む座敷で朝寝をした。


夕刻前、影二郎はあかを連れて、松嶋の名刹青龍山瑞巌寺を見物に行った。

菱沼喜十郎とおこまの親子は捨吉郎の屋敷で催す水芸のために準備があるといい、昼下がりに寺見物を済ませていた。

慶長十五年、臨済宗妙心寺派瑞巌寺は、伊達政宗が仙台に移ると同時に建設されていた。見物すべきところは多々あった。寺宝として銅鐘、梵鐘、太鼓塀、御成門など江戸にも知られていた。

影二郎は格別に信心深い人間ではない。

政宗公の威徳をしのびつつ、夕暮れの境内をそぞろ歩いた末に、物静かな佇まいに引かれて瑞巌寺の裏手に回った。

鬱蒼とした杉木立の間に苔むした石段が延びて、山腹の堂宇に導いていた。

影二郎とあかが足をそちらに向けたのは旅の感興だろうか。

先を進むあかの背筋の毛が逆立った。

着流しの影二郎は、一文字笠の縁を上げて前方を見た。

薄い夕靄が流れていた。

静寂の中に生臭い異臭がこもっていた。

靄が途切れると石段の上に四斗樽が置かれてあった。

(なんのまじないか)

異臭はそこから漂い流れてきた。

あかが低い唸り声を上げた。

影二郎は主従を取り囲む殺気の輪にゆっくりと入っていった。すると輪が閉じた。

「夏目影二郎と知ってのことか」

影二郎が静かに問いかけた。

が、どこからも応答は返ってこなかった。包囲の輪だけが確実に縮まりつつあった。

石段に置かれた酒樽の蓋がわずかに外れて、異臭はそこから漂い臭ってくるのだ。

あかはなぜか落ち着きをなくして、樽の周りをぐるぐると回った。

影二郎は、蓋を外した。

なんと馬の、いや、あおの頭部が虚空を睨んでいた。

（な、なんとしたことか）

あおは口に一枚の紙片を銜えさせられていた。

影二郎は胸の中であおの成仏を唱えつつ、紙片を摑み取った。二つ折りの紙を開くと、

〈馬方三吉の身柄、津軽の黒忍び宝坂連角《ほうざかれんかく》が預かり候。返してもらいたくば、仙台領内平泉で相見えん〉

とあった。

影二郎が読んだのを確かめた津軽の忍びがその気配を消し去ろうとした。

「待て！　そなたらは幼き子を拘引《かどわ》かし、馬を殺めることしかできぬのか。津軽の下忍は卑怯未練な男《おのこ》よのう」

去りかけた気配が乱れた。

「宝坂連角はおるか」

「……」

「あか、下がっておれ」

影二郎の言葉にあかが石段から外れて紫陽花《あじさい》の藪かげに身を潜めた。

一統の頭領がいないのか、去るべきか残るべきかの煩悶は続いていた。

影二郎が一文字笠の縁に手をかけると両刃の唐かんざしを抜き、気配もなく堂宇の庇に投げ打った。

靄を付いて唐かんざしは一直線に飛んだ。

「うっ」

薄闇が揺れて、一つの影が転がり落ちてきた。

その瞬間、黒忍びが姿を見せた。

およそ十六、七人、こやつらが昨夜から張り付いた者たちか。

「なにを画策してのことか知らぬが、ちとあくどいな」

影二郎は堂宇の前から必死で逃げようとする黒忍びに近寄った。

忍びは胸に突き立った唐かんざしを抜くと影二郎に投げ返した。

影二郎はいとも簡単に片手を虚空に差し出して飛来する道具を摑み返した。

そのとき、輪の何箇所からか殺気を乱して突進してきたものがあった。

正面から襲いくる影を右手一本に抜いた法城寺佐常二尺五寸三分が反撃した。

薙刀を刀に鍛ち変えた豪剣が忍び刀と胸部を両断すると、襲撃者は地面に顔面から倒れ伏した。

右と左から新たな疾風が来た。

左手の唐かんざしを虚空高く投げ上げると先反佐常を両手に持ち替えて、一閃また一閃させた。

影二郎の憤怒が佐常に乗り移っていた。

瞬く間に津軽黒忍びの三人が倒れた。

虚空から唐かんざしが落下してきた。

それを影二郎は悠然と掬い取った。

堂の階に立った兄貴分の忍びが、

「引け！　棟梁の連角様がおらぬとき、勝手な戦いは許さぬ」

と仲間に命じた。

迷いながらも影二郎との戦いを止めた黒忍びたちが瑞巌寺裏の堂宇から姿を消した。

影二郎は、瑞巌寺の庫裏に引き返し、寺男に頼んで鍬を借り受けたいと申し出た。

「お侍、なんをする気かね」

「裏手の堂宇の前に馬の首を塩漬けにして放り出していったものがおる。哀れでな、どこぞに埋めたいと思うて道具を借りにきた」

寺男が影二郎の顔を長いこと凝視していたが、

「嘘ではねえらしいな」

と小屋から二本の鍬と提灯を持ち出すと影二郎についてきた。自らも手伝う気持ちのようだ。

あおの頭部を詰めた樽は、すでに日が落ちた石段の上にあった。

寺男の持つ提灯の明かりにあおの無念と悲しみが浮かんだ。

「だれがかようなあくどい悪戯をしただべ」

寺男は口の中で経を読むと、

「御堂の裏手なれば、だれにも迷惑がかかんねえべ」

影二郎と寺男は半刻ばかりかけて、深さ四尺余の穴を掘り下げた。

この穴にあおの頭部を引き出して埋めた。

あかは時折り悲しげな鳴き声を上げた。そして、じっと影二郎らの鍬の運びを見ていた。

この作業の間じゅう、寺男は経を唱えてくれた。

「助かった」

土をかけ終えたとき、寺男に礼を言った。

「お清め料だ。取ってはくれぬか」

影二郎が一分を差し出すと、

「なんぞこの生き物といわくがありそうじゃが、いい供養をされただ」

と言いながら、素直に受け取ってくれた。

あかが一際高く鳴いてあおの埋葬は終わった。

影二郎が捨吉郎の屋敷に戻ったとき、広間をぶち抜いた見物席には網元の家族や奉公人、それに松嶋の漁師たちが六、七十人も集まって、すでに始まったおこまの三味線と四つ竹の曲奏に聞き入っていた。

おこまを助けて喜十郎が娘のかたわらに控えていたが、影二郎をちらりと見やり、安堵の表情を浮かべた。

影二郎はおこまの曲芸にも似た爪弾きを聞きながら、胸に黒い怒りが渦巻くのを抑えきれないでいた。

二

あの光景に接したとき、影二郎は憤怒に身が締め付けられた。あれから丸一日の時が過ぎたが、憤怒は静かに沈潜していつ爆発するとも知れなかった。

松嶋から海を離れて脇街道に入り、鹿島台《かしまだい》を経てから小牛田《こごた》村で西に向かう道に移った。

奥州道中の本道に戻ったのは古川《ふるかわ》宿だ。

三人はただひたすら新谷、高清水《たかしみず》、筑館《つきだて》、下宮野《しもみやの》、城生野《じょうの》、沢辺《さわべ》、金成《かんなり》と歩を進めた。

捨吉郎らから、

菱沼喜十郎とおこまの親子に事態を告げたのは、おこまの水芸が拍手喝采のうちに終わり、

「何日でも泊っていってくんろ」

と懇願されたのをようよう断り、三人になったあとのことだ。

話を聞いたおこまが、

「これからすぐにも平泉に発ちとうございます」

と旅仕度をするのを影二郎が引き止め、

「まだ戦いは始まったばかり、ここで半刻、一刻急いだところでどうにもなるまい。それより明朝早く出立いたそう」

と一仕事を終えたおこまを横にならせた。

が、眠れるものではない。悶々としたあげくに八つ半（午前三時）には捨吉郎の屋敷を出て、平泉を目指してきたのだ。

影二郎らは歩き続けることで胸の憤りを忘れようとしていた。

奥州道中八十一番目の有壁《ありかべ》宿でさしも長かった一日がくれようとしていた。次の一関《いちのせき》まではニ里三丁もあるうえに女ころし坂の難所が待ち受けていた。

「喜十郎、今宵は有壁に泊ろう」

と影二郎が一軒の旅籠に入ろうとした。すると一関の方から歩いてきた旅人が、

「影二郎様」

とうれしそうに声をかけた。

振り向くと汗みどろの小才次が立っていた。

「小才次か、北から参ったようだが、どうしたな」

常磐秀信の中間の小才次は、菱沼喜十郎に鳥居忠耀の目付屋敷の出入りを見張れと特命を任されていたはずであった。

「鳥居様の屋敷にちょいと風体の似つかわしくねえ剣術家が三人呼ばれてございます。その者たちが屋敷を出た足で奥州道中を北へ上がって参りましたので、わっしも金魚のうんこのようにへばりついてきました」

なんと見張り先からいきなり奥州道中を旅してきたという。

「ご苦労であったな、路銀は持ち合わせていたか」

影二郎は小才次を労い、尋ねた。

「菱沼の旦那がかようなこともあろうかと、路用の金子と大目付の通行切手をわっしに預けてくれたのが助かりました」

「さすがに菱沼の旦那、手配り、見事であるな」

喜十郎はしれっとした顔で立っていた。

旅籠の手配は様子を飲み込んだおこまが終えていた。

離れの二間続きが空いているという。

「よろしゅうございますか」

「よいよい」

ときに脇本陣として使われるという旅籠の離れに通された。

あかも庭伝いに影二郎らの顔が見える縁先に寝場所をもらった。

部屋に落ち着いた影二郎らは、小才次の報告を聞くことにした。

「鳥居屋敷に呼ばれた剣術家は、お玉が池の千葉周作成政様の門下であった法源新五郎、燵村《たつむら》左五平、幕内権太左衛門様の三人にございます」

「千葉様の門弟とな」

影二郎には三人の名前に記憶があった。影二郎が父に反抗して無頼の徒と交わるようになった前後、

「千葉道場に若法師あり……」

と評判が立つようになったのが、水戸三羽烏といわれた法源らだ。

「法源らは千葉の秘蔵っ子といわれた逸材たちではなかったか」

天保期の三剣術家の一人、千葉周作は北辰一刀流の祖であり、影二郎の師匠の鏡新明智流桃《もも》井《のい》春蔵と神道無念流の斎藤弥九郎と並んで、

「位は桃井、技は千葉、力は斎藤……」

と謳われた天性の剣客の一人である。

当然、桃井の若鬼といわれた影二郎もその存在は承知していたが、竹刀は交えたことがなか

った。

（千葉の水戸三羽鳥がなぜ鳥居と……）

訝しい顔をする影二郎に喜十郎が、

「影二郎様、こやつら、吉原にて酒に酔いくらい、乱暴狼藉を働いてそれを鎮めようとした吉原詰め所の隠密同心に怪我をさせたことがございました。三年ほど前のことにございますよ。千葉先生は即刻、法源新五郎ら三人の破門を申し渡され、以後、お玉が池には出入りが禁じられたのでございます」

とその疑問に答えた。

「それは知らなかった」

「影二郎様が小伝馬町の牢におられた時分にございますかな」

「法源新五郎ら千葉周作門下の逸材もおれと同じ無頼の道に落ちたか」

と苦笑いした。

「いえいえ、あやつらがその後、やってきた所業は千葉先生のお顔に泥を塗ることばかりです。それがいつの間に妖怪と結びついておったか」

と喜十郎が首を捻り、

「小才次、話の腰を折ったな」

と謝った。

「なんの、わっしの話はもはやございませんや。法源新五郎様らは、仙台ご城下にて津軽藩の家臣の方と会われましてございます」

「津軽の家臣とな」

「なんでも津軽順承様ご一行は桑折宿から七が宿街道に出られ、羽州街道を津軽へと上がられたそうにございます」

「津軽公の行列は南部領内通過を避けるそうだな」

「はい、そのお行列から一人残っておられたのは御用人様です。申し訳ないことですが、その方の名前も話の内容もまだ摑めていません。その翌朝には法源新五郎様ら三人は御用人と一緒に奥州街道を平泉に向けて再び旅を続けてこられたのでございます」

「よいよい、法源新五郎らが平泉を目指したことで話は知れるわ」

と影二郎が言い切った。

夏目影二郎らの行く手、平泉には宝坂連角の率いる津軽の黒忍びがおり、それに法源新五郎らが加わったとすれば、三吉をおとりに影二郎らを待ち受けて殲滅《せんめつ》せんと図っていると想像された。

「わっしは南部様のお行列を追い越しました。が、影二郎様方の行方が知れませぬ。ええ、郡山の善根宿までは確かに足取りを辿ることができました。この数日がどうにもあてがなかった。一体全体、どこで追い抜いたか。平泉の様子では影二郎様たちが先に行った様子はねえ、それで引返してきたところなんで」

と小才次の話が終わり、首を傾げた。

「雨に打たれて仙台城下を迂回するときに道を間違え、塩釜に出たのだ。おれたちが奥州道中の本道に戻ったのは古川宿だ」

「わっしと相前後して北上しながら、影二郎様方が脇街道に入ったときに追い抜きましたか」

小才次が納得した。

「ともあれ、小才次が加わってくれたのは心強い」

影二郎は馬方の三吉が人質に取られて、平泉の中尊寺に呼び出された経緯を語って聞かせた。

「子供を人質にとるなんて、なんてことをしやがるんで」

小才次も憤りを見せた。

「影二郎様、津軽の黒忍び一統に法源新五郎らが加わったとなると、ちと手強いですな」

菱沼喜十郎が影二郎に策が要るのではという顔を向けた。

「さてどうしたものか」

そのとき、旅籠の女中が風呂にするか、めしにするかと聞きに来た。

「一風呂浴びて靄がかかった頭をほぐそうか」

「なれば浪人の旦那から入ってくだせえよ」

影二郎が手拭を下げて風呂に行った。

薄暗い湯殿には行灯の光がぼうっと灯っているばかりで、目が慣れるまで時を要した。すると湯船の端に一人の髭面が浸かっていた。

「これはこれは、夏目の旦那」

「蝮と会ったでな、おまえとどこぞで会える気はしていた」

湯船に体をつけた男は、天下の無法者、国定忠治その人だ。

「こっちは八州廻りに追われてみちのく旅だ。旦那と遊ぶ暇もねえ」

「それにしてはのんびりした顔付きだがね」

「南蛮の親父どのは大目付に出世だそうですね」

「長らく無役にいた父上は、この度の出世も正直に喜んでおられる」

「それで旦那が働かされるわけですね」

「忠治、おれとおまえに貸し借りはない。が、腐れ縁と思って一つ頼まれてくれぬか」

「奥州路に黒イタコやら忍びやらが跳梁《ちょうりょう》跋扈《ばっこ》しているようだね」

「おまえと無縁ともいえまい。勘定奉行公事方の佐橋佳富の尻を叩いておる妖怪どのの刺客が平泉に待ち受けておるのだからな」

「鳥居の旦那にはおれたちも何度も煮え湯を飲まされてきた」

影二郎は少年馬方の三吉が人質に取られている経緯を忠治に語った。

「なんとも汚ねえ野郎どもが平泉に顔を揃えましたか」

「津軽と南部の殿様が角突き合わせる経緯は、埒《らち》もない言葉の言い合いらしい。だがな、妖怪どのが津軽と組んで、南部に面を突き出す理由が分らねえ」

鳥居忠耀の上役たる老中水野忠邦は、大目付の常磐秀信を通じて、津軽一国か、南部一国か、あるいは二国の改易の証拠を摑めと影二郎に命じていた。

それが鳥居忠耀は、津軽と組んで南部に手を伸ばそうとしていた。その動機が正直わからなかった。

「南蛮の旦那、今から三十一、二年前まで南部の禄高は十万石だったというのを知ってなさるか」

「なにっ、改易の種ばかり探しておる幕府が一気に二十万石の格上げをなされたというか」

「それが南部の苦しみの因だ……」

忠治はふいに唄い出した。

「田舎なれども南部の国は　西も東も金の山
金が出る出る白金黄金　鉄も鉛も赤がねも
金の牛こに錦の手綱　おれも引きたい引かせたい」

なんとも絶妙な節回しと声が湯殿に響いた。

「鹿角金山奉行の南部重左衛門が光り武者として大坂落城のときに名を馳せたのは昔の話だ。いまや金は出ねえ、代わりには銅が出るそうだがな。ともあれ、元禄の凶作やら近くは宝暦、天明の大飢饉で南部は借金だらけ、とても津軽の座頭金の借用を笑う余裕はねえ。それが格上げされたのは、ひとえに幕府の都合だ。蝦夷地《えぞち》に異国の船が来るようになったのは、寛政年間のことらしいな。幕府は寛政十一年に東蝦夷地を直轄することにして、その守備を盛岡藩と津軽藩に命じた。文化五年に南部利敬《としのり》様が二十万石に格上げされた背景《うら》には、北辺警備を二十万石格でやれという幕府の都合だ。南蛮の旦那、二十万石格なれば、一万人を動員して幕府の命に当たらねばならないってね。蝦夷地は陸奥の人すらも驚かすほどの寒さだそうな。実際、蝦夷地警備を申し付けられた藩士は家族と水杯で別れるというじゃねえか。冬を越せずに何十人何百人もの番士が死んでしまうそうな。藩主は喜んだかもしれねえが、藩士にとっても領民にとってもえれえ負担だ。つまりは津軽よりも蝦夷地警備で負担と犠牲が重いのは南部だ」

影二郎には初耳の話だ。

「蝦夷地警備を仰せつかっていいことなしか」

「北の海は荒いや、ときに難破船が漂着するくらいで、さほどの益はなかろうぜ」

「ちょっと待ってくれ、蝦夷地警備は盛岡と弘前二藩に課せられたといったな。津軽も格上げされたか」

「されたされた」

と忠治が笑った。

「九代藩主寧親様のときに四万七千石から七万石に、さらに三年後の文化五年には十万石に高直りだ。南部も津軽も格式だけが高くなって、内証は苦しいや」

「そんな津軽に妖怪が手を出しておる」

「鳥居の考えることは、どうにも上州の渡世人には分らねえな」

そう言った忠治は、ざぶっと湯を揺らして湯船から出た。

「幸助も言ったそうだが、高野長英様のお国が仙台領内の水沢宿だ。おまえさんとは江川太郎左衛門様を介して関わりがあらあ。養父の玄斎様がおられるはずだ、会ってみねえ」

忠治はそういうと、

「またどこぞで会いましょうかね」

「近々な……」

「忘れた時分かもしれねえ」

「互いに風の吹き具合だ」

忠治が湯から丸い体を消した。

影二郎は、なぜ藩の財政が苦しいはずの南部利済が津軽順承の将軍家お目見えの日に座頭金の一件を持ち出したか、そのことが気になった。

忠治の話だと南部も津軽同様に借財だらけ、蝦夷地警備の負担が重くのしかかっているというではないか。

(同じ病気持ちが片方を笑う真似をしたか)

やはり大川端で影二郎の懐に黒イタコがねじ込んだものが関わりを持っていた。

小才次が湯に入ってきた。

「知り合いでしたか」

「なあにゆきずりの客だ」

小才次は不思議そうな顔をしたが、それ以上のことは問いたださなかった。


有壁宿から二里三丁余の一関は、伊達様の支藩、田村家三万石の城下町だ。

藩主の田村氏は、坂上《さかのうえの》田村《たむら》麻呂《まろ》の子孫とも伝えられる。歴代の藩主は学問を家臣や領民に勧め、蘭学者の大槻玄沢《おおつきげんたく》など数多の学者を輩出した土地柄でもある。

小さな城下で菱沼喜十郎は弓と矢を購った。

喜十郎は道雪派の弓術の名手だ。

ここで時を過ごした一行は、まず昼下がりに小才次とおこまが出立した。さらに菱沼喜十郎が弓矢を携え、北に向かった。

夕暮れ前にあかを従えた夏目影二郎が最後に有壁宿を出た。

一文字笠の下、着流しの肩に南蛮外衣がかけられてあった。

一関城下を出ると山目《やまのめ》を経て、平泉は二里の地に北上盆地の南端にあった。だが、どこに、いつ津軽の黒忍び一統が待ち受けているか、わからなかった。

奥州藤原の祖清衡《きよひら》は、嘉保《かほう》年間に一族の本拠を江刺《えさし》から平泉に移した。

平泉は北上盆地の南に位置し、南北を大田川と衣川に挟まれた自然の要害であった。

元々、この地は清衡の母方の先祖、蝦夷《えみし》の頭領として安部一族が支配していた。つまり藤原清衡の体には藤原と安部氏の血が流れていた。

その藤原一門の頭領として清衡はなんとしても平泉に京に勝る都を造りたかった。交通の要衝の平泉を押さえることが陸奥を制覇することでもあったのだ。

清衡は平泉に中尊寺を建立した。それは幾多の戦いに命を落した死者の霊を弔うためであったとか。さらに清衡の子、基衡《もとひら》が毛越寺《もうつう》を建て、孫の秀衡《ひでひら》の時代にそれは完成した。

平泉は藤原三代の努力により、僧坊三百余の中尊寺、五百余の毛越寺を中心に、政治の場である伽羅御所、平泉館、高館《たかだち》などが集まって栄えた。

夏目影二郎とあかは、日没の刻に毛越寺の道を辿っていた。すると舞鶴ケ池が影二郎の眼前に淡く浮かび上がってきた。

この舞鶴ケ池と大泉ケ池の周りには、僧坊五百余が甍を競い、毛越寺は、

「荘厳吾朝無双《しょうごんわがちょうむそう》」

と称されたという。

影二郎はしばし藤原三代の栄華百年を誇った地に立ち尽くしていた。

津軽の黒忍びたちは、ただ平泉にて相見えんと伝言をあおの口に残したのみだ。それがどこ

か影二郎には分らなかった。

しばし足を止めた後、左手を袖に入れたままの影二郎は、観自在王院の跡へと足を向けた。

悠久のときの流れに比して百年の栄華は瞬余の夢まぼろし、泡沫《うたかた》の栄光に過ぎまい。

影二郎とあかはただ、藤原の夢を辿って歩く。

三吉がどこに捕らえられているかは知らぬ。が、こちらが見つけぬとも、津軽の黒忍びと妖怪どもの刺客が姿を見せよう。

影二郎はただ平泉に到着したことを風が吹く地に告げればよかった。

主従は半刻後、慈覚大師《じかくだいし》を祀った開山堂の前に立っていた。変化のきざしはなしだ。津軽が指定したはこの毛越寺ではないらしい。影二郎はあかに、

「次なる地に参ろうか」

と告げた。

そのとき、闇の中に潜むものたちの気配を影二郎は感じとった。が、その歩みが変わることはなかった。

影二郎とあかが次に回ったのは北上川の高館《たかだち》の跡だ。夏草が月光に青く見えた。芭蕉はかつてこの地に立ったとき、源義経《よしつね》主従を偲んで、

「夏草や　兵《つわもの》どもが　夢の跡」

と詠んだという。

平泉が頂点を極めた文治《ぶんじ》三年（一一八七）、源義経は秀衡を頼って高館に戻った。義経が伊豆で挙兵した兄の頼朝《よりとも》を助けるために平泉を出たのは、二十二歳の夏であった。平家討伐の先陣を務め、その武勲の数々は兄の嫉妬を生んだ。そして、ついには鎌倉幕府に追われる身になっていた。

義経は秀衡に庇護を求めた。だが、鎌倉幕府の引渡しを拒み続けた秀衡がなくなると四代泰《やす》衡《ひら》は義経の館を襲ったのだ。

悲劇の武将の最期の地が高館だった。

影二郎を見守る目はさらに増えていた。だが、襲いくる気配も姿を見せる気配もない。

影二郎とあかは月光が地面に映す薄い影を引いて、さらに中尊寺へと向かった。それは北上川に注ぐ細き流れを上流に伝えば辿りつけた。

三

藤原清衡は、長治《ちょうじ》二年に中尊寺建設に着手した。まず多宝寺を建て、二年後には身の丈三丈の阿弥陀と脇侍を安置した大長寿院を、さらには本堂、左右廊、三重塔、経蔵、鐘楼などが次々に建立されていった。

藤原三代の栄耀栄華は鎌倉の軍勢の兵火によって燃失して、昔のきらびやかさを今に止めるものは少なかった。わずかに木瓦葺の一面に金箔《きんぱく》が押された金色堂は残り、昔の栄光の日々を伝えていた。

影二郎とあかはその地に立つと、金色堂のゆるやかな階段に片足を置いた。

左右の杉木立に殺気が止まった。

「津軽の黒忍びの頭領、宝坂連角に申す。少年馬方三吉の体に傷一つでもつけたるとき、夏目影二郎は、阿修羅と化す。そなたらの黒忍びの術が勝るか、おれの無頼剣法が勝つか、互いに息の根を止めるまで相戦うことになる」

影二郎の声が響いた。

だれも答えない。

耳を澄ます者が無数いることは分かっていた。だが、姿も見せず、答えもない。

影二郎はゆっくりと石段を上がり始めた。

月光に金色堂が浮かんで見えてきた。

影二郎の目に戦に倒れた兵が見えていた。

「藤原清衡様、基衡様、秀衡様、さらには源義経様の霊に申し上ぐる。われ、永久《とわ》の住処に再び戦いの火種を蒔かんとする輩を成敗致す。とくと御覧あれ」

朗々とした音吐が響き渡り、石段の両脇の古木の杉を揺らした。

石段に一つの影が立った。

「夏目影二郎、よう蝦夷《えみし》の国に参った」

　黒装束の男は、六尺をはるかに越えた大男であった。

「宝坂連角か」

「いかにも」

「そなたの命に従い、道の奥までやって参った。三吉を戻せ」

「新任の大目付常磐秀信の小倅とか。われらが呼びもせぬにずかずかと陸奥の国に踏み込んで来よって、その言い草はなかろう。ともあれ、そなたは目障り千万。古来、隠密は姿を晒したときが最期と決まり相場……」

「忍びが他国にて笑止の言い草かな」

　ふいに杉がざわめき、弦の音が響いた。

「あか、足元に寄れ！」

　影二郎の叫びがわかったか、あかが影二郎の着流しの足元に蹲った。同時に影二郎の肩にかけられた南蛮外衣が右手一閃の捻りに応えて虚空に舞った。それはいつもの大輪の花ではなく影二郎の体を中心に波打って広がった。

　あかの目には裏地の緋が激しく波動するのが映った。

　短矢が影二郎の体に吸い込まれるように撃ち込まれ、それがことごとく二つの銀玉が描き出す布の波形によって弾き飛ばされた。

矢嵐がふいに止んだ。

影二郎の手元には南蛮外衣が引き寄せられた。

「まずは挨拶代わり」

連角が叫ぶと手を振った。

杉の枝から黒い塊がこぼれ落ちるように影が地面に下り立った。

「そなたらとは瑞巌寺以来か」

「黒忍びは頭領の命令一下、動くもの。瑞巌寺では勝手に動いて失敗《しくじ》りおった。あやつらは、すでに津軽岩木山に戻した。頭領の命に背いた者がいかなる地獄を味わうか、後悔しておろう」

「ほう、新手であったか。宝坂連角、津軽忍びの本気を見せえ」

「夏目影二郎が最期にこの世で見る津軽黒忍びのねぶた舞じゃぞ！」

忍び刀を抜き連れた黒忍びたちが、
わっせわっせ！

と掛け声をかけながら影二郎の周りを舞い始めた。

すると杉木立の向こうから笛、太鼓、鉦《じやがらぎ》の音がにぎやかに鳴り渡った。

影二郎は、法城寺佐常の柄に手をかけて待った。

黒い輪はうねるように影二郎に近づき、遠ざかった。

乱調子と輪のうねりが中心に立つ影二郎に幻覚を覚えさせる。

あかが怯えたか、呻り声を上げた。

うねり狂う輪が縮まろうとしたそのとき、先ほどとは明らかに異なる弦音が囃子《はやし》に混じって響いた。

月光に照らされた石段に飛来した矢は、黒い輪の一角に吸い込まれて消えた。

「げえっ!」

呻き声が洩れて、輪が乱れた。

囃子も乱れた。

再び弦の音がした。

二つ目の綻びが輪に生じた。

石段の下に菱沼喜十郎が半身の構えで立ち、道雪派の弓術八射の腕を披露していた。その動きに淀みなく、次から次へと矢が番《つが》えられ、射かけられた。

「糞っ!」

宝坂連角は罵り声を発すると新たな命を配下の忍びに送った。すると乱れかけていた輪が変幻して二つに分かれた。

再び囃子が勢いを取り戻した。

一つは影二郎を包囲して残り、今ひとつは石段の下の菱沼喜十郎に襲いかかった。

その瞬間、銃声が轟き渡った。

菱沼喜十郎に襲い掛かろうとした黒忍びの輪が一人二人と倒されていった。

囃子が止んだ。

喜十郎は一人ではなかった。

わずか数間、離れた木陰におこまが片膝を突いて両腕に阿米利加《アメリカ》国で製造された輪胴式の連発短筒、古留止《コルト》を構えていた。さらにそのかたわらには小才次が控えていた。

短筒は数年前、影二郎が倒した悪党、筒持たせの礼五郎の遺品だ。

この最新式の古留止は、かの国で開発されたばかりのものが長崎に密輸され、無頼者の手に流れてきたものだった。

影二郎はおこまに、

「そなたの親父どのは弓の名手、そなたに飛び道具の勘が伝わっておろう」

と下げ渡し、女のおこまが大型短筒を使いこなすように工夫を命じていた。

おこまは、異国人が使う大型短筒を両手で保持するやり方を考え出して、使いこなしていた。

もはやおこまの最強の隠し道具といってよい。

影二郎たちは三吉を助けるためになんでも惜しみなく使うと決めていた。

三人、四人と黒忍びが倒されていった。

輪は停滞して、陣形を変えざるを得なくなった。

喜十郎も弓を小才次に渡して、剣の柄に手をかけていた。

影二郎は輪を従えて、宝坂連角の下に歩み寄っていた。

「手の内すべてを晒したのは夏目影二郎、そなたのほうか」

金色堂の回廊に津軽藩士と三人の剣客が立ち現われた。

藩士は仙台城下に妖怪鳥居の刺客らを出迎えた御用人だろう。となれば、剣客らはむろん元千葉周作門下の法源新五郎たちだった。

黒忍びが一人、口を手拭で塞がれ、縄で手足を縛られた三吉を担ぎ上げて、宝坂連角の下に歩いてきた。

石段の下に菱沼喜十郎とおこまの親子はいた。

石段の上には宝坂連角と影二郎が向き合っていた。影二郎らは二つに分断されて、その周囲を黒い輪が囲んでいる。

影二郎は南蛮外衣を左手に引きずっていた。

あかは異国の長衣に隠れるように忍んでいた。

三吉の体が宝坂連角のかたわらに下ろされた。

「馬方小僧一人の命に引きずられて出てきたは夏目影二郎、そなたの負けよ」

連角が三吉の手拭を忍び刀で切り落とすと、刃先をそのまま右手一本に、三吉の首筋に当てた。

「苦労をかけたな、三吉」

「お侍さん……」

「今、助けて遣わす」

「あおが、あおがよ……」

「三吉、承知しておる」

影二郎は低い声音で三吉に応じた。

「夏目、少しでも動いてみよ。三吉は地獄へ一直線に落ちることになる」

「連角、なにが望みか」

「そなたがこの世から消え去ることのみ」

「津軽が江戸の妖怪どのと組んで、南部領内に押し入ろうとする企てにちと関心があって参上したが、迷惑か」

「いらざる節介」

連角が左手を上げ、

「夏目影二郎、まずは奇妙な合羽を捨てよ」

と命じた。

「三吉を人質に取られては、動きもつくまい」

影二郎は左手に引いていた南蛮外衣を輪の前に押し出すように、静かに投げた。が、指先から片襟を放さなかった。

伸びた長衣の下をあかが走った。黒忍びの輪の足元をすり抜けたあかが、一息に三吉を抱えていた黒忍びに飛びかかった。

連角が気がついたとき、すでにあかの体は中空にあって、次の瞬間には、黒忍びに体当たりしていた。

黒忍びと三吉とあかが境内に転がった。

あかは素早く体勢を整えると三吉の身を庇うようにその前に立った。

金色堂の回廊にいた法源新五郎らも無言のうちに回廊から飛び降りた。

影二郎に殺到しようとした黒い輪が引き戻された南蛮外衣に襲われた。

法源新五郎が剣を抜いて、闘争に加わろうとした。

そのとき、丸っこい影が法源新五郎の前にゆっくりと姿を見せた。

「子供や犬相手に大の剣術使いがやるこっちゃあ、ありませんぜ」

「だれだ！　おまえは」

「上州は国定村から湯治がてらにみちのくに流れてきた忠治でさあ」

「なにっ！　国定忠治とな」

法源新五郎も宝坂連角も驚いた。

忠治の名は諸国津々浦々まで知られていた。それだけの大物、貫禄だ。

「ちょいとばかり南蛮の旦那とは縁があってねえ、助太刀だ。夏目影二郎様に頼まれたのは、子供の行方を捜すことだったが、見知らぬ土地で後手に回り、ようやく中尊寺金色堂の場に間にあったぜ」

法源新五郎がじりじりと迫ってきた。

「おまえさん、忠治一人と思ったら、間違いだぜ。見てみな、おめえらの雇い人の後ろには、おれの子分が控えているんだ。今夜のところは、赤城山から流れてきた忠治に花を持たせちゃあくれめえか」

忠治がどすの利いた声で言い放つと、顎を振った。

法源新五郎と宝坂連角が同時に金色堂を振り見て、舌打ちした。

津軽藩の御用人の左右に道中合羽に三度笠姿の日光の円蔵らが立っていた。だれもが歴戦の兵ばかりだ。

江戸幕府を通じて鉄砲を持って、関所を押し通り、代官を叩き切った渡世人は忠治くらいのものだ。その行動は、道の奥の国にまで知られていた。

「どうだえ、忠治は嘘と坊主の髷は結ったことのねえ男だ」

宝坂連角が、

「今宵は引き上げじゃあ」

と一統に命じた。

その直後に金色堂から津軽の黒忍びたちが消えた。

「南蛮の旦那、いい役を貰おうと思ったが、わいわい組の一人で出番だ。許してくんな」

「おまえがいつ出てきて、素人芝居を引き締めてくれるか、冷や冷やしたぜ」

影二郎が笑った。

「南蛮の旦那、中尊寺の北が水沢《みずさわ》宿だ、覚えていなさるか」

国定忠治はそういい残すと道中合羽を翻して、すたすたと闇に溶け込むように消えた。そして、子分たちの姿も消えた。

「あの人が忠治親分なのかい」

三吉がびっくりした顔で聞いた。

「三吉さん、怪我はなかったの」

おこまたち三人も影二郎らのところに走り寄ってきて、おこまが聞いた。

「水芸の姉さん、怪我はねえがよ、あおが……」

おこまが三吉の体を両腕に抱いた。

「あおには可哀想なことをした。三吉、おれが松嶋の瑞巌寺にあおを埋めた……」

影二郎が説明した。

「そうだったか、お侍はあおと会っただか」

「ひどい目に遭わしてすまぬことをした。この通りだ」

詫びる影二郎に頷き返した三吉が別の心配をした。

「おら、親方にどう謝ればいい」

「そのことは夏目影二郎の責任だ。三吉、次の宿場から白河の親方とおっ母さんに飛脚を立てな、まずそなたが元気でいることと事情を知らせようか」

「おらはどうするべ」

「ここまで来たのだ。旅に付き合わぬか」

「お侍の旅におらもいくだか」

三吉はちょっぴり元気が湧いてきたようだ。

「なにか手伝うことがあるべえか」

「私が水芸をやるとき、助っ人ってのはどう」

おこまが提案した。

「あおもいなくちゃ、おらは商いにもならねえべ。こうなりゃ姉様の仕事を手伝うべえ」

三吉が答え、影二郎が頷いた。

「影二郎様、このまま奥州道中を北上して南部領内を越えますか」

おこまが旅仕度を調え直しながら聞いた。

「ちと立ち寄りたきところがある」

影二郎は金色堂の石段を歩き出した。

影二郎一行が消えて金色堂は再び静寂を取り戻した。

戦いの一部始終を見つめていた影がまだ一つ、金色堂の甍にへばりつくように残っていた。

南部領の恐山の黒イタコの、地嵐だ。

影二郎たちが中尊寺からはるかに遠のいたとき、地嵐は立ち上がると、

「さてさて夏目影二郎をどうしたものか」

と呟くと桑の杖を手に金色堂の屋根から地面へと軽々と飛んだ。


南部領内の焼石岳《やけいし》から流れ出る夏油川《げとう》ぞいに一軒の秘湯があった。江戸期にすでに近郷近在にその名を知られた夏油温泉は、

「数々の霊妙な名薬を含み、万病に効く名湯なり……」

と古来より伝えられてきた。

その湯治場に影二郎たちの一行が辿りついたのは、平泉の中尊寺で三吉を取り戻した三日後の夕暮れのことだ。

一行は前沢《まえさわ》、水沢、金ヶ崎《かねがさき》と奥州道中の宿場を伝って、三ヶ尻の間の宿を越えた。

この先に仙台領相吉御番所の手形改めがあった。

南部領は鬼柳《おにやなぎ》宿の先に盛岡領分御番所があって切手を改めるのだ。

街道脇に鄙びた茶店があった。

「影二郎様、御番所の様子を見てきます。ちょいとお休みになってくだせえ」

と小才次が言い出した。

むろん夏目影二郎らは道中手形を持参していた。

それも大目付の道中手形だ。だが、幕府の手形がどこの大名領でも大手を振って通れるとは限らない。それればかりか、かえって幕府が派遣した密偵かと疑いの目で見られかねなかった。

それに三吉は白河宿の馬子の書付を持っているだけだ。遠く南部領になんのようだと尋ねられても困る。

「小才次にこの場は任せましょうか」

喜十郎も賛意を示した。

小才次が街道のかなたに姿を消し、影二郎たちは往来を見ながら渋茶と草餅を食べた。が、小才次はなかなか戻ってこなかった。

「影二郎様、私が一走り様子を見てきます」

とおこまが立ち上がったとき、小才次が戻ってきた。

「遅くなりまして申し訳ございません」

おこまが台所から水を貰ってきた。それを一息に飲んだ小才次が報告した。

「仙台の相吉御番所は、格別なんの厄介もございません。問題は鬼柳の南部領の二所ノ関御番所にございます。切手改めが厳しい上に、影二郎様の手配が回っておりまして、一文字笠に南蛮合羽、着流しの浪人を待ち受けております」

「なにっ、おれの手配書が南部に回っておるか」

「へえっ、そいつを調べるのに手間取りまして、今になりましてございます」

「小才次、ようやった」

まず小才次の機転と探索ぶりを褒め、

「喜十郎、おれもこれで忠治親分と一緒だぜ、御番所が自由に越えられぬ身になった。どうしたものかな」

とうれしそうに言った。

「裏街道を抜けますか」

「それもそうじゃが、今晩はどこぞの湯にでも浸かって、これからの行動をとくと考えようか」

おこまが茶店のばあ様に茶代を払うついでに温泉があるかどうか聞きにいった。

「影二郎様、金ヶ崎まで戻って裏街道を伝えば、南部領にも入れるそうですし、夏油川ぞいに霊湯といわれる夏油の湯が沸いているそうにございます」

「そこに参ろうか」

そんなわけで夏油の湯に一行が辿りついたのは夕暮れの刻だ。

四

夏油は仏教の言葉で外道が転じた名だという。その昔、腕を切られた鬼がこの湯で治した言い伝えがあった。

近郷近在の百姓や杣人《そまびと》は、

「夏油の湯は医者知らず」

と呼んで農閑期などに湯治にきた。

湯治宿は元湯やがただ一軒、おこまが問い合わせに行くと、うまいぐあいに一部屋空いたばかりという。

夏油川のせせらぎが耳に響く川岸に建てられた湯治宿は二階建ての黒ずんだ建物だった。部屋は清流を見下ろす二階の端部屋だ。

「お侍、おら、湯治なんて初めてだ」

三吉が喜んだ。

「まずは男衆が名物の湯に入ってくださいな。私は夕餉のことなど、台所で相談してまいります」

おこまの言葉に影二郎たちは甘えた。

流れのそば、自然の岩を刳《く》り抜いて造られた湯壺に数人の老人たちが浸かっていた。

「一緒させてくだされ」

菱沼喜十郎が丁寧に挨拶した。

老人たちが黙って頷く。

なんとものどかな湯治場だった。ぶなの古木に囲まれた大湯に身を浸した影二郎らは、流れの上を覆う緑の葉群の清々しさに御用であることを忘れた。

「影二郎様、ちと手を考えねば、南部領を旅することすら叶いませぬな」

喜十郎が声を潜めていった。川のせせらぎがひびいていた。湯壺の端にいる老人たちに聞こえる心配はない。

「そのことよ」

影二郎は、まず南部領で何が起きているか、知ることが大事だと思った。

「手配されている影二郎様は、しばらくこの湯に滞在なさいませぬか。われらは散り散りになって盛岡まで潜入いたし、探索いたします」

菱沼喜十郎が言い出した。

影二郎たちはしゃにむに陸奥の国を旅してきたのだ。

「それがしにおこま、それに小才次の三人を斥候に出して下され」

「まずは初心に立ち返り、調べ直すと致すか」

「さよう、影二郎様の出番はそれからでもようございましょう」

「よかろう」

「なれば今晩体を休めて、明朝には三人ばらばらに出立いたします」

「お侍、おらにもなんぞ役をくれ。ただ飯食うばかりでは心苦しい。それに水芸の姉様はおらに手伝いせえというただ」

と二人の話を聞いていた三吉が言い出した。

影二郎も喜十郎も再び三吉が拘引されるような目に遭わぬかと心配したが、

「二度と同じ目には遭わねえ、大丈夫だ」

と三吉が言い張った。

「ならばこう致すか。喜十郎と小才次が組、もう一組はおこまと三吉の二人だ。南部領内は広いと聞いたがまずは二組で調べてみよ。なんぞわかったら、盛岡城下の北上川川原、尻内平右衛門どのが主の善根宿をつなぎの場に致す」

影二郎は、浅草弾左衛門から紹介の善根宿を喜十郎らに知らせた。そして、

「三吉、できるか」

と聞いた。

「おらも白河の馬方だ。姉様の手伝いくらいできねえでなんとするよ」

と胸を張った。

影二郎たちが湯から上がった。すると内湯に入ったというおこまが手拭を干していた。

膳も五つ用意されていた。

湯治宿の料理は夏油川で穫れた岩魚の塩焼きに山菜づくしだ。

小才次が台所に走り、おこまが命じていた酒を運んできた。

「まずは影二郎様」

小才次は数日の旅で影二郎たちの旅の仕方と呼吸を飲み込んだようだ。

「湯上りの一杯があるから、御用が務められるようなものだ」

三吉はおこまによそってもらったご飯を食べている。

「姉様、明日っから姉様と二人旅だ、お願い申し上げますだ」

三吉がぺこりと頭をおこまに下げた。

影二郎が湯で話し合ったことをおこまに聞かせた。

「私もそんなことを考えておりました」

おこまも言い、

「こちらこそよろしくね」

と三吉に頭を下げた。

翌朝、四人が暗いうちに出ていき、夏油の湯に残されたのは、影二郎とあかだけだ。

影二郎は一人だけの朝餉を済ませると、帳場から半紙を何枚かもらってきて張り合わせた。

そして、陸奥の国の絵地図を描いた。

まず南部の盛岡領地は和賀《わが》、稗貫《ひえぬき》、志和、岩手、閉伊《へい》、二戸《にのへ》、九戸《くのへ》、三戸《さんのへ》、北、鹿角《かづの》の十カ郡を要して、領内には大南部と称される盛岡南部藩二十万石と小南部と呼ばれる支藩の八戸《はちのへ》藩二万石があった。ともあれ、南部藩の海岸線は陸奥湾の野辺地《のへじ》から下北半島を一巡りして三陸海岸の釜石、気仙郡境までと長大で、想像を絶するものがあった。さらに南部藩にとって負担は蝦夷の警備である。津軽どころか、南部の方が経済的な危機に瀕していても不思議ではない。

それを津軽が、いや、妖怪の鳥居忠耀が触手を伸ばすような、

(金のなる木……)

が南部藩領内に、なければならぬ。

白い地図が菱沼喜十郎らからもたらされる情報に塗り潰されるとき、それが見えてくるはずだ。

昼食に田舎蕎麦を食したあと、影二郎はあかを連れて夏油川の上流へと上っていった。なんの目的があってのことではない。ただの退屈しのぎだ。

流れに沿って進むこと一刻余り、焼石岳四千六百余尺の頂がかすかに見える岩場で休んだ。

岩場に寝そべっていたあかがふいに立ち上がった。すると上流から老人が一人、すたすたと岩場を伝ってきた。

猟師かと思ったが犬も鉄砲も持ってない。腰には山刀のほかに金槌を持参していた。

「山歩きか」

影二郎が声をかけると老人も岩場に上がってきた。陽光に焼けた顔には深い皺が縦横に走り、まばらな髭は真っ白だった。

「山師だども」

ぼそぼそと答えた。訛りの強い言葉を影二郎はようやく理解した。

「山師か、金の鉱脈を探す山師だな」

「んだ」

「南部は昔から金のなる木が生えておるそうな」

「昔はそうだ、いまはなんにもねえ」

老人は首を振った。

「新しい鉱脈が見つかったと噂に聞いたがな」

影二郎はふと思いついて聞いてみた。

「生まれてこの方、南部の山は歩き尽くした。だども一度だって出会ったためしはねえだ」

「なぜ、歩く」

「爺様に連れられて鹿角に入って以来、一度だって金の鉱脈《すじ》なんぞはみたこともねえ。親父も光ものを手にすることもねえでおっちんだ。こうなりゃ、おらにも意地がある」

「だがな、このところ津軽の者どもが南部の領内を窺っているという話だ」

「お侍、なんの考えがあって南部に入られたかしらねえ。殿様のなさることは見猿言わ猿聞か猿だ」

「覚えておこう」

老山師は岩場から立ち上がった。そして今一度、

「もはや南部には光ものの鉱脈はねえ」

と言いきった。


影二郎とあかはのんびりと夏油の湯に浸かる日々を過ごしていた。

ときに山師の老人と落ち合い、川原で酒を酌み交わしながら、恐山のイタコのことや風習などを聞いて時を過ごした。

名も知らぬ山師から話を聞く度に、陸奥のことが見えてくるようになった。

菱沼喜十郎らが夏油を出立していって四日目の夕暮れ、まず喜十郎の手紙を持って飛脚が元湯やに到着した。

「ご苦労であったな」

盛岡城下から来たという飛脚に小遣いを与えて帰したあと、影二郎は手紙を手に夏油川の岸辺に行き、法城寺佐常を抜き取ると岩場に置いて腰を下ろした。

あかに見守られながら、封を切った。

〈取り急ぎ近況書き記し候。盛岡城下は南部利済様の下番行列を迎え、ほっと安堵の空気が漂っており候。ただし江戸より道中、利済様が津軽の下忍に襲われ、一時《いっとき》、行方を絶った事件は重く家臣たちの間にのしかかって陰鬱な空気に候。むろんこの事件、厳重なる緘口令が敷かれおりしが、かようなことはだれからともなく洩れるものにて御座れば城下の多くのものが知りおり候。さて、南部が津軽に狙われるべき景気よき話、残念ながら街道筋にもご城下にも見当たらず。それがしと小才次、市場にて漁師に聞き込みし事あり、宮古街道を浄土が浜に参り候。確証ありし時、小才次をつなぎに盛岡の善根宿まで走り参らせ候〉

市場にて聞き込みしこととはなにか。菱沼喜十郎は確証が持てなかったか、内容には触れてなかった。

影二郎が湯治場を振り返ると、新しい湯治客が酒樽などを担いで到着していた。どこぞに参詣に行った帰りに立ち寄った雰囲気だ。

あかの様子が妙で落ち着かなかったそのことを影二郎は訝しく思った。

しばらくした後、湯治宿に戻った影二郎は無腰で、手拭だけを手にぶら下げていた。

囲炉裏端には新たな顔が揃って、酒盛りを始めていた。

花巻《はなまき》外れの石鳥谷《いしどりや》から来たという南部杜氏《とじ》の一行だという。

「お先に休ませてもらっていますだ」

杜氏の頭と思える老人が影二郎に挨拶した。

「お侍は江戸の人だべ。ここへきてわしらが担いできた南部の酒を試してくらっせいよ」

陸奥の人間にしては如才のない杜氏の頭領だ。

「それは楽しみじゃな」

影二郎はそのまま囲炉裏端に座った。すると杜氏の一人が茶碗に酒樽から新しい酒を注いで差し出した
「すまぬな」

影二郎が受け取ったとき、黒澤尻から湯治に毎年来るという隠居が囲炉裏端に顔を出し、

「こりゃ、賑やかなこった」

と影二郎のかたわらに座した。

「ご隠居、南部杜氏の職人衆だそうな、まずは隠居様からお先に馳走になられよ」

影二郎は手にしていた茶碗酒を隠居に回した。

「これはすまんこって」

酒好きな隠居は両手で茶碗酒を押し頂くと、口に持っていき、香りを鼻で嗅いで、

「これはなかなかの出来だ、さすがに杜氏の衆の飲む酒は違わあ」

と感想を述べた。そして、舌先でぺちゃぺちゃと味見していたが、咽喉を鳴らして飲み、

「これはよい」

と満面に笑みを浮かべた。

杜氏の頭が、

「酒には間違いございませんでな」

と胸を張り、新たに影二郎に注いでくれた。

「馳走になろう」

影二郎は職人たちが豪快に飲む様子や隠居がちびちびと口にする様子を眺めながら、付き合った。

夕餉が供された間も酒盛りが続き、新たな客たちの話に前からいた湯治客たちが沸いた。

宴が終わったのはいつもより遅い刻限だった。さすがの杜氏職人たちも名物の湯にも入らずいきなり宴会を始めて飲んだせいか、部屋にあがって眠りこむ者や囲炉裏端で倒れこむ者がいた。

「こ、これは深々と頂戴した。河原の湯に入って酔いを醒まそうか」

影二郎がよろよろと板の間から土間に降りた。が、草履を履くのにだいぶ手間取った。敷居を跨ぐのにも足先を突っかけて転びそうになりながら、なんとか外に出た。

あかが心配そうについてきた。

河原の湯には深夜のことだ、だれも入ってはいなかった。

月光に湯も流れも青く光って見えた。

影二郎はぶなの枝が湯壺の上に差しかけた湯に入り、流れに手を差し伸べて手拭を濡らすと顔に被せた。

濡れ手拭がなんとも気持ちがいい。

瀬音を聞きながら、影二郎は湯に浸かり、長々と体を伸ばしていた。そのうち影二郎は鼾《いびき》をかいて眠り込んだ。

あかが不安そうに影二郎に寄り添っていた。

どれほどの刻限が過ぎたか、湯壺の周りに白い影が取り囲むように浮き上がってきた。

あかが背中の毛を逆立てて唸った。

そんなことは知らぬげに影二郎は顔を半ば湯に浸けて眠り込んでいた。

輪が縮まった。

腰から忍び刀が抜き取られた。

杜氏の頭が森に呼びかけた。

「地嵐あねさ、もはや、こやつは死んだも同然にござる」

黒々とした森の対岸に金色堂の屋根にへばりついて、津軽の黒忍びと夏目影二郎らの戦いの模様を見ていた黒イタコの地嵐あねさが姿を見せた。

「油断をするでないぞ」

そう言い放った地嵐あねさは、流れの上を飛んで湯壺の端に立った。

「押し包んで殺せ」

地嵐あねさの命に白装束らが動き出そうとしたその瞬間、湯壺から笑い声が起こった。

「杜氏職人にしてはえらく気前がいいと思ったが、正体を出しおったな」

「こやつ、酔い潰れたのではなかったか」

杜氏の頭の声が腹立たしげに言い放った。

「おのれ！」

白忍びの一人が湯壺を高々と飛んだ。

その手には忍び刀が構えられていた。

湯壺の上で前転した白忍びが顔に手拭をかけて長々と寝そべる影二郎に襲いかかった。

顔の手拭が一条の線となって、襲いくる白忍びの顔面を、

「発止！」

と叩いて湯壺に落とした。

影二郎はすっくと立ち上がった。

湯壺に差しかけられたぶなの枝に手を伸ばした影二郎は、隠していた法城寺佐常二尺五寸三分を摑んだ。

「そなたらの正体に気がついたはあかよ。犬の嗅覚は忍びに勝るわ」

湯から飛び上がった影二郎は、夏油川の流れに浮かぶ岩場に飛んだ。

「そなたらの現れるのを待つうちにいささか湯あたりを致した。夏油の舞いを見せてくれる、そなたらには夏油川が三途の川に通じよう」

真っ裸の影二郎は、先反佐常を抜き放つと鞘を岩場の上に投げた。

「参れ、南部忍びがいかほどのものか、見て遣わす」

「南部領内に忍び込んだは夏目影二郎、そなたの間違い」

杜氏の頭の言葉を合図に忍びたちがひらりひらりと夏油川の岩場に乗り移り、影二郎を囲んだ。

一糸まとわぬ影二郎は、佐常を軽く八双に立てて構えた。

岩場の白忍びたちが岩から岩を伝い、飛び跳ね始めた。

それは影二郎の視覚を狂わせるように右に飛ぶ者あり、左に連続して移動する者あり、さらには影二郎の頭上を飛び越える者ありとなかなか目まぐるしい。

が、影二郎は微動もすることなく、混然と飛び跳ねる者たちが放つ殺気を知覚しようと待ち構えていた。それは修羅場を潜り抜けて生きてきた者だけがなせる技だ。

流れの上をひらりひらりと飛び回る中から小柄な忍びが軌跡をふいに変えて、影二郎を横手から襲ってきた。

影二郎の豪剣が存分に引き寄せておいて飛来する者の肩口から胸を裁ち割った。

「ぐえっ!」

ざぶん！

と流れに白忍びが落下して、月光に血が散るのが見えた。

だが、そのときには四方から忍びたちが影二郎の岩場へと襲来してきた。

薙刀を鍛造し直した佐常が右に左に流れるように一閃、また一閃した。

次々に斃された白忍びたちが流れに白装束を浮かべて、下流へと押し流されていった。

「南部の黒イタコ、地嵐へ物申す。今宵は互いに挨拶代わりの一舞は終わった。どこぞで雌雄を決するときもあろう」

「夏目影二郎相手に小細工をし過ぎたな」

地嵐あねさが吐き捨てると、

「頭、引き上げじゃ！」

というと自らの体を夏油川の流れの白波に飛び乗らせて、下流へと下り消えていった。そして、白忍びたちもまた青い闇に消えていった。

翌朝、夏油の湯の一軒宿、元湯やでは、

「石鳥谷から来た杜氏の衆が掻き消えただ。どういうこった」

「あやつら、持参の酒だけかき食らって夜逃げをしただか」

「世の中には不思議なことがあるもんだ」

と首を傾げ合っていた。

この夕刻前、夏油の湯に馬蹄の音が響いた。

あかがふいに馬に向かって駆け出していった。すると馬上から馬方少年三吉が大きく手を振った。

「お侍さん！」

「おお、よう使いが果たせたな」

「姉様が伝馬宿で馬を借りてくれただ。馬さえありゃあ、こっちのもんだ」

三吉は馬上からひらりと飛び降りると、

「姉様からの手紙だ」

と懐から出して渡した。

影二郎が封を切ると、

〈影二郎様急ぎ一筆候。盛岡藩の御用商人廻船問屋近江屋重左衛門様方において、金吹職人を雇用なされてどこぞに連れ出されたという風聞あり。その職人の一家族に面会し処、藩からも厳しい達しにて行き先は知らずと答えつつもその顔には不安が漂いおり、ちと奇怪なことにござ候。新しき金山開発なれば、他の業者も噂を知るところになり、それなりの動きもあらんと城下を探訪したれどもだれもが首を傾げるばかり、ともあれ、宮古湊以北になんぞ謎が隠されてあるように覚え候。また津軽との国境には南部の将兵が集結しておるとの噂も聞こえ候。北上川の善根宿、尻内平右衛門様は、元南部藩士のように思われ、なかなかの人物にて影二郎様と話が合うものと考え候。ともあれ、早々の盛岡到着を乞い願い候。なお高札所には夏目影二郎様の手配書きが張り出されしゆえ、くれぐれも用心のこと……。　おこま〉

「三吉、待っておれ。夏油の湯も飽きたでな、引き上げじゃあ」

影二郎は元湯やの帳場に行くと湯治の代金を支払い、引き上げることを告げた。

「これからお帰りにございますか」

「おれの朋輩から催促がきたでな、御輿を上げる潮時だ」

影二郎と三吉は馬の背にわずかな荷を積んで、あかを従え、夏油川を下っていった。

第四話　中津川幻夢舞

一

南部一族の拠点盛岡は、中津川、雫石川、北上川が合流する所、北上盆地の中心に開けた城下町だ。

藩祖の南部信直の命を受けて嫡子利直が築城に着手、三十余年の歳月の後、寛永十年に完成を見た城は、不来方《こずかた》城と呼ばれた。それは盛岡が古くは不来方と呼ばれていたことに由来する。天和《てんな》三年には武家人口二万、商家一万余を越えて、堂々たる奥州の都であった。

夏目影二郎と三吉が一頭の馬に相乗りして、盛岡城下に辿りついたのは、深夜の刻限だ。

手配が回っていることを考えに入れて、影二郎らは深夜に到着するように道々休み休み、北上川を上がってきたのだ。

浅草弾左衛門が影二郎に仲間の宿として紹介してくれた善根宿は川原ではなかった。北上川と中津川が合流する近くの土手内にあって、なかなか歳月を感じさせる、堂々とした佇まいだ。

馬のいななきを聞いたおこまがすぐに飛び出してきた。

「ご苦労にございましたな」

おこまは影二郎らの到着を気にして、出入り口近くの板の間に寝ていたという。

三吉は流れで自らの手足を洗う前に馬の世話を始めた。

影二郎はそのかたわらで顔を洗った。

「お侍さん、先に行ってくだせえよ」

すでに善根宿を承知している三吉の言葉に影二郎が玄関を潜ると、梁も柱もどっしりと太く、黒ずんでいた。

囲炉裏端に初老の男が座っていた。善根宿の主の尻内平右衛門のようだ。

「夏目影二郎様、ようこられましたな」

尻内はおこまが推量したように武士であったのではと思わせる言葉遣いで、物腰も落ち着いていた。

「すまぬ。かような刻限に到着いたして騒がすな」

「なんのなんの、到着は夜分であろうとおこま様と話していたことにございますよ」

おこまが台所から大徳利と茶碗を運んできた。

「あとで三吉さんと一緒に夜食を食べていただきます」

おこまはあかの餌を用意すると台所に戻っていった。

「かように立派な善根宿は見たこともない」

影二郎が天井の造りなどを見回した。

「三代の重直様がご理解のある藩主にございましてな。それに南部領内には朴木金山《ほうのききんざん》から産する金で栄えた、盛岡のよき時代の賜物にございますよ」

「平右衛門どのは南部藩士であられたか」

影二郎は正直に聞いた。

「腰に重いものを差したのは大昔のことにございました」

と苦笑いした平右衛門は、

「利済様の危難を影二郎様はお助けになられたそうな。誠にお礼の言葉もございませぬ」

と深々と頭を下げた。

「平右衛門どの、さようなことは無用になされ。こちらは気紛れに致したことゆえな」

「もし影二郎様のお助けなくば、南部がどうなっていたかと思うとぞっと致します。いまの南部藩にはそのことに気がつく御仁もおらぬ」

平右衛門は嘆いた。

「いや、先乗りの道中方権藤晋一郎どのは、ものがわかった御仁とみたが」

「ほう、晋一郎に会いましたか。あの者、私の甥にございますよ」

と満足そうな笑みを浮かべ、話題を変えた。

「弾左衛門様から書状を頂きましてな、影二郎様の世話をせよと申し付かっておりますのじゃ」

「弾左衛門様と面識がおありか」

「若き日に勤番侍であったころ、江戸にて何度かお目にかかりました。まだ先代の弾左衛門様がお元気なころにございますよ」

「平右衛門どの、それがしの盛岡入りは藩にとってよきこととは一概に言い切れぬやも知れぬ。ご迷惑がかからぬか」

「弾左衛門様からは夏目影二郎様にすべてを任せよとのお達しにございます」

平右衛門の口調にはなんの淀みもない。

「そうなればよいが」

「それがし、正直にお伺い致す。夏目様、幕府から派遣された密偵にございますな」

「それがしの父は、新任された大目付常磐豊後守秀信にござる。大目付の職責は大名家の監督でござれば、それがしが幕府の密偵ではござらぬとは答え難い。だがな、それがし、凶状持ちでしてな……」

影二郎は自分の出自や無頼の徒に混じって怠惰な暮らしを送ったあと、女のために御用聞きを殺す羽目に陥り、偶然にも勘定奉行に就任した父の力で牢の外に出され、腐敗した役人たちを始末する影の人間になったことなどを話した。

「この度、父が大目付に転任されたことに従い、老中水野忠邦様のお指図で、陸奥入りしたゆえ、密偵といえば密偵にございますよ」

「弾左衛門様が申されるとおりの正直な方ですな」

と笑った平右衛門が、

「水野忠邦様のご指示は南部にとって一大事でござりましょうな」

「過酷と申してよかろう。南部と津軽の諍いを巡って、なんぞ改易に値する証拠があらば探って参れとの命にござる」

「な、なんと……」

さすがの平右衛門も絶句した。

「尻内平右衛門どの、それがし、水野忠邦どのの走狗になった覚えはこれまでない。幕閣の都合で父が勘定奉行になったは、人並みの忠義心と人のよさに目をつけられただけのこと。都合悪き場合が生じた折りに幕閣の者たちに捨て駒にされることと父の身を懸念して、影仕事を手伝うことになったのだ。そのことは昔もいまも変りはない」

「なればお尋ねする。父、秀信様は水野忠邦様と異なる意見をお持ちか」

「いかにもさよう」

「そのご指示はいかに」

「大名家を取り潰すことはいと易し。なれどそれでは幕府のためにもならず、藩士領民が塗炭の苦しみを味わうのみ、第三の道を探れとお命じあった」

尻内平右衛門が正座すると平伏した。

「頭を上げて下され」

「夏目影二郎様にお会いして、弾左衛門様の指示が適切なご忠告と察しました。影二郎様にお任せしておけば、南部にとって悪いことではありますまい」

と自分を納得させるように言い出した。

その言葉には、津軽藩との諍いの解決を影二郎に任せようという覚悟が見えた。

だが、これは善根宿の主が考えることか。

ともあれ浅草弾左衛門は常磐豊後守秀信と夏目影二郎親子のことを適切にも尻内平右衛門に書き送ってくれたのだとその好意に感謝した。

「さてな、平右衛門どのの願いに応えられるか」

影二郎は、夏油川で会った老山師の忠告を話した。

「山師は繰り返しもはや南部領内には金の鉱脈はないと言った。が、いま、津軽と江戸の妖怪どのが触手を伸ばすなにかがある、それが南部と津軽に諍いの種を播いておる」

平右衛門が溜め息をついた。

影二郎は懐に一枚の金貨を持参していた。が、それがこの度の騒ぎとどう関わるか、理解がつかなかった。

「そのことにございますよ」

しばらく自分の考えをまとめるように囲炉裏にかかった鉄瓶から急須に湯を注いだ。

おこまが茄子の漬物を運んできた。

影二郎は徳利の酒を茶碗に注いで口に含んだ。さすがに南部杜氏の国の酒、芳醇な香りが口一杯に広がった。

「影二郎様、こちらに参って平右衛門様の世話になりっぱなしにございますよ」

そういったおこまは二人の話の邪魔をしないように、

「三吉さんにご飯を食べさせて寝かしつけます」

と囲炉裏端から去った。

「おこまさんがうちにこられたあと、昔のお覚え書きなどを引っ張り出してみましたのじゃ……」

平右衛門は湯飲みに白湯を注ぎ、口に含んだ。

影二郎は酒を咽喉に落とした。

「常磐秀信様の心遣いに応えるためには南部も裸になることが肝要かと思う。影二郎様、山師の言うとおり、もはや南部は関ヶ原の合戦の折りの光り武者、南部重左衛門様の威勢は消えうせてございます。元禄の凶作、宝暦、天明の大凶作で藩の財政は無残の一言にございます。さらに幕府の沙汰、蝦夷地警備は、盛岡をさらに悲惨なものに致しました」

影二郎は頷いた。

「夏目様、盛岡は元来奥州十カ郡で実高十万石相当の領地にございます。それが寛文《かんぶん》四年に、八戸藩に二万石を分地して八万石、その後、新田開発で石高十万石に戻しましたが、領地は五分の四のまま、体面を保つためのかさ上げにございます。そして、蝦夷地警備が追い討ちをかけた。私の記憶はちと古うございますが、いまもそうは変わってはおりますまい。南部が蝦夷地警備に割く要員は箱館《はこだて》三百四十二人、松前《まつまえ》百三十人、国後《くなしり》三百八十など千二百四十余人を数えます。さらに南部領には津軽と接する陸奥湾の野辺地から三陸海岸の大槌《おおつち》浦まで長い海岸線の番屋に一千六百余人を派遣します。およそ三千人の防人《さきもり》が盛岡を遠く離れているのでございますよ。恐らく三百諸侯の中でこれほど長い海岸線の防備を任された大名はございますまい。それが老中水野忠邦様の内命では、取り潰しの種を探せと申される。許しがたくも理不尽な話にございます」

「平右衛門どの、さように過酷な警備を三十余年も続けてきた南部が、なぜ近頃急に津軽の垂《すい》涎《ぜん》の的になったか、これが謎だ」

平右衛門が深い息を吐いた。

「おこまの手紙には城下の近江屋重左衛門なる廻船問屋が金吹師など職人を集めて、船で北に送ったという話じゃが真か」

頷いた平右衛門が、

「まず近江屋から申し上げます。古来、南部は海運が盛んな地にございます。不来方城下の北上川新山河岸などからひらた舟に物産を積んで、石巻湊《いしのまきみなと》に下ろし、石巻から千石船に載せ変えて、常陸の那珂湊《なかみなと》、海老沢《えびさわ》、下吉影《しもよしかげ》、串引、北浦、銚子、利根川、境、江戸川を経て、南部藩の江戸屋敷に運びます。この物産の往来は江戸幕府になってからのこと、それ以前の交易の中心は上方にございました。上方の物産は近江の大津に集められ、琵琶湖、海津《かいづ》、駄口《だぐち》、敦賀《つるが》と運ばれ、敦賀湊から庄内藩の土崎《つちざき》湊に到着、仙北《せんぼく》の国見《くにみ》峠を越えて、南部にもたらされたのでございます。ここに近江商人が南部と関わる縁ができた。酒も醬油も呉服も近江商人が独占して、巨額な利益を得てきました。藩の中枢部は何軒かの近江出の御用商人に握られております。近江屋もその一つにございますよ」

平右衛門は白湯《さゆ》を飲んだ。

「近江屋の先代が先物買いに走り、上方で失敗して借財をつくったことがございました。そのせいで近江屋はこのところ青息吐息の商いにございました。それが盛り返したのは、国家老楢山板学様の病気と次席家老の志波忠満様の台頭にございます。それがいまから十余年前のことにございましょうか」

どこにでもある藩の重役と御用商人の癒着だ。

「志波様と近江屋重左衛門は縁戚関係にございます。次席家老の三男が城下にて医家を開いておいでだが、この嫁が近江屋の総領娘にございます。ですが、夏目様、この十年余、志波家と近江屋のつながりはさほど目立つものではございませんでした。なにしろお話したとおりに貧乏藩、南部駒のほかは食い尽くすべき物産もございません。また、病がちとはいえ、楢山様の黒い目も光っていた。三年前に国家老の病が亢進して、南部の藩政を志波様が手中に収められた頃から、江戸との交易の大半を近江屋重左衛門に委託されるようになり、近江屋も家運を盛り返し、志波忠満様のお力も強くなられてきたのでございますよ」

影二郎には南部藩の状態がおぼろに見えてきた。

「平右衛門どの、それがしがこの一件に関わって、黒イタコやら白忍びやらが暗躍しておるのに遭遇いたしたが、こやつらは藩と関わりがあるのか」

「あれは南部藩の手勢にあらず、志波様と近江屋の私兵と申してようございましょう」

「藩の重役は志波だけではあるまいに」

「津軽との諍いが関わってまいります。数年前、オロシャの船が津軽と南部の国境の海で難破したときの扱いをめぐって、両国は一触即発の事態を招きました。ところが南部には、屈強な若者は蝦夷地と海岸線防備に回され、津軽に対抗すべき兵がいなかったのです」

「待て、蝦夷地警備は津軽とて一緒であろう」

「はい。おっしゃるとおりにございます。ですが、蝦夷地も家格に合わせて、南部の負担が大きく領内の海岸線も津軽が短うございます。それに津軽は南部侵略の遊軍ともいうべき、岩木山の闇サイゲを用意していた。緒戦は押されっぱなしにございました」

「なんとそのような小競り合いが陸奥であったか」

「そのとき、志波次席家老と近江屋が津軽の黒忍びに対抗すべき忍びの一族を盛岡に呼び寄せ、戦闘集団、白忍びに仕立て上げたのでございますよ。これらの金はすべて近江屋から出ているのは言うまでもないことにございます」

「志波忠満の望みはなにか」

「病気の楢山様に代わって南部の国家老に就き、藩政を一手に握ることにございましょう。そのために資金と私兵が必要なのでございます」

「恐山の黒イタコ、根雪、地嵐親子も志波の息がかかったものか」

「この親子、おそらくは、忍びたちよりも志波様との関わりが古うございますが、残念ながら、真相は分かりかねます」

「南部は志波と近江屋に牛耳られておるといってよいか」

「その通りにございます。志波様に反対の藩士は遠き蝦夷地に送られるか、僻地の海岸防備に回されます」

「城に残ったは二人の意に添う者たちばかりか」

「はい。津軽が南部領を窺えば窺うほどに二人の力は強くなる。このところ津軽との国境線に南部の藩士たちが増派されております。となれば、城下の警備もこの度の下番行列も白忍びの力に頼らざるをえない」

「さてそろそろ、近江屋が金吹師などを雇って宮古から北へ送り込んだという謎解きをしてくれぬか」

それがはっきりせぬのですと平右衛門が首を捻って断った。

「おそらくこのことを承知なされているのは、志波様と近江屋だけにございましょう。それだけに奇怪な風聞が城下を飛び回っております」

その風聞に踊らされて菱沼喜十郎と小才次は南部領の海岸線を探索して歩いている。

「昨年の天保十年秋のことにございます。馬渕川にて新しい砂金が出たという説あり、下北の地に金脈が発見されたという者ありではっきりしませぬ。いま一つ近江屋の船には潜りの得意な漁夫が雇われて乗船したそうな。このことをうっかり喋った水夫《かこ》の一人は、死体で海に浮かんだそうです。このことを考えますと、津軽との国境線に謎が隠されておりましょう」

となれば菱沼喜十郎らの海岸北行は的確な行動ということになる。が、喜十郎の考えをはるかに越えて、北辺の地に津軽と南部が暗闘する原因があると予測された。

「騒ぎが起こったのは利済様が江戸滞在中のことだな」

「さようにございます」

「利済様は吉報をご存知であろうな」

平右衛門が首を捻った。

影二郎は津軽と南部の藩主同士の諍いの因を平右衛門に告げた。

「なんと利済様が津軽の順承様にそのようなことを仰せになられましたか」

「ついうれしさに口が滑ったのであろうな」

「志波様は殿に領内より新たな金脈が発見されたことを少なくとも知らせていた。それで……」

「……ついうっかり子供じみた真似をなされた」

「殿はご着任以来、藩の財政についてはご心労の連続にございます。ときに、参勤の費用さえままならぬことがございます。ご気性を考えると、うれしさの余り、ありえないことではない」

「いかな次席家老でも、参勤を終えて国許に戻られた利済様に詳しい報告を申し上げずばなるまいな」

「あるいは真実を隠蔽し続けられるか。それほど下北の地は盛岡から隔絶した異国にございます」

「ちともものを聞きたいが、南部藩に毛馬内式部太夫様と申される方はおられぬか」

影二郎が話題を変えて、平右衛門の顔に驚愕の表情が浮かんだ。

「なぜ式部太夫様の名を」

「それがし、水沢宿で高野玄養先生の下を訪ねた。その玄養先生から式部太夫どのの名を聞かされたのだ」

「夏目様は玄養先生と知り合いにございますか」

平右衛門が不思議な顔をした。

「おれが幼きころから世話になったのが伊豆代官江川太郎左衛門どのでな、その縁で渡辺崋山どののお仲間とも知り合った。だが、高野玄養様のことを教えてくれたのは、国定忠治と申す凶状持ちだ」

平右衛門が呆れた表情を見せた。

「志波忠満に対抗しうる人物がいるとしたら、毛馬内式部太夫どのと玄養様に聞かされてきたのだ」

平右衛門がようやく頷いた。

「志波様に対抗しうる人材が南部にいないわけではありません。たとえば石井伊賀守様にございますが、ただいまは江戸の家老職にございます。さて、毛馬内家は代々家老職を務めてこられた家系です。不運なことに先代も先々代も早死になされて、当代の式部太夫様は永の無役にございます」

「年はいくつか」

「三十六歳にございます」

「人物はどうか」

「当代の毛馬内式部太夫様が家老職におのぼりなら、かような醜態《しゅうたい》は南部も見せなかったはずにございます」

「式部太夫どのはお仲間はおられぬのか」

「むろん式部太夫様を担いで藩政改革を考えられた家臣もござりました。今はその多くが蝦夷か、海岸防備の防人、島流しです」

「利済様と式部太夫どのの仲はどうか」

「藩主の利済様とも学問仲間、おそらく利済様が一番の頼りにと思うておられる方にございます」

「なぜ式部太夫どのが要職に就かれぬ」

「志波様は式部太夫様の人柄と指導力を嫉妬なされておられます。だれもいまの志波様のご意向には逆らえませぬ」

と平右衛門は言い切った。

「平右衛門どの、式部太夫様と会う手筈をお願いできぬか」

しばし瞑目した平右衛門が、

「それが一番よい道かもしれませぬな。だが、盛岡に波風が立つことになる」

「なぜかな」

「式部太夫様は、ふだん屋敷にて蘭学などをひっそりと藩士の子弟に教えておられます。その身辺は志波様の私兵、白忍びの監視下にございます」

「なんと家臣まで白忍びは見張っておるか」

「式部太夫様だけではありませぬ。志波様の言動をよからぬと思うておる家臣の屋敷、町人たちの家までも白忍びが監視しております」

なんと南部藩に恐慌政治が敷かれているという。それも次席家老と一商人によってだ。

「白忍びの頭領はだれか」

「孜々邨《ししむろ》譚山《たんざん》入道と申す流浪の剣術家にございます」

と答えた平右衛門は、

「毛馬内様につなぎをつけますので、一日二日、時を貸してくだされ」

と言った。

影二郎は囲炉裏端で地図を広げて見入った。

夏油の湯で手作りした地図だ。そこへ平右衛門から聞きとった話を加えていった。なんにしても妖怪どのと津軽が関心を示し、次席家老の志波忠満と近江屋重左衛門が秘密を保持しようという謎が下北の地にあるのか。

未だ影二郎の地図は、白の部分が大半をしめていた。

二

盛岡城、別名不来方城は西側を北上川に東側を中津川の流れに守られ、花崗岩台地の上に聳《そび》えていた。

奥羽一帯では珍しい総石垣造りで本丸は高さおよそ七丈の丘陵に築かれ、本丸腰曲輪《こしぐるわ》、本丸、二の丸、三の丸が南北に連なるように建てられていた。城の総面積は九万坪に及び、城郭を取り囲む内堀、外堀、総構えの三重の防衛線を敷き、中津川や北上川の流れがさらなる防御線となって侵入する敵の前に立ち塞がっていた。

天守の御三階櫓は寛永十三年に焼失した。が、延宝《えんぽう》四年に再建されて、威容を見せていた。

汚れ手拭に頬被りした影二郎は、馬の手綱を引いて中津川に架かる中ノ橋を渡った。継ぎだらけの単衣の裾を帯にたくし込み、これも古びた股引を履いて、冷や飯草履を突っかけていた。

中ノ橋の袂には、南部藩士たちが張り番をしていた。

「こら、とろとろせんでしっかり付いてこねえか。日が暮れるど」

先を行く三吉が影二郎を怒鳴った。

「馬っこがなかなか言うこときかねえもんで」

「言い訳すんでねえ、馬を扱うのが馬方の仕事だっぺ」

三吉に怒られて大の男がぺこぺこするのを番士たちが笑って通した。

夕暮れ前、馬の背には刈り取られた青草がいっぱいに積まれていた。

橋を無事渡った二頭の馬は上ノ橋に向かう。さらに紙町の通りから本町、大工町と抜けて、花屋町と油町の間の通りに馬は入ってきた。

町家が途切れて寺町になった。

三吉に引かれて先導された馬は、光照寺の辻に回った。鬱蒼とした竹藪が夕風にざわざわと鳴っていた。

二頭の馬はあたりの様子に気を配り、開け放たれた光照寺の裏門に入っていくと、門が閉じられた。

「三吉、しばらく待っておれ」

影二郎は、頬被りをとると門を閉じた修行僧に従って本堂へと入っていった。

宿坊の一部屋には、南部藩家臣たち三人が緊張の面持ちで集まっていた。三人のうちの一人は顔見知りだった。道中方差配の権藤晋一郎だ。

「お連れ致しました」

修行僧が影二郎を座敷に案内すると、庫裏に戻っていった。

「ささっ、こちらに」

一座のうち、壮年の者が影二郎に声をかけた。

「むさい格好で失礼致す」

「事情が事情でござれば、斟酌《しんしゃく》なしにしていただこう、夏目影二郎どの」

影二郎は、継ぎはぎだらけの単衣の裾を下ろして、座った。

「それがしが南部藩家臣、毛馬内式部太夫にござる」

と挨拶すると、

「すでに権藤とは知り合いでござったな。いま一人は、金山奉行支配下鬼柳《おにやなぎ》丑松《うしまつ》にござる」

「よしなに」

影二郎は頭を下げた。

「善根宿の尻内平右衛門よりぜひとも会っていただきたい御仁がといわれて、それがし、菩提寺に参った。単刀直入にお聞き申す。夏目どのは、公儀密偵でござるか」

「それがしの父は、大名諸家を監督糾弾致す大目付常磐豊後守秀信にございます」

鬼柳が、

「うっ」

と息を詰まらせ、緊張した。

「虚心坦懐にそれがしの役目を各々方にお話申す……」

毛馬内が小さく頷く。

影二郎は、大川端で津軽藩の藩士たちに追われていた若いイタコとの遭遇から南部に旅してきた道中のことの諸々を告げた。

毛馬内式部太夫ら三人はしばらく言葉を発しなかった。

「毛馬内様、われらも正直に夏目影二郎様のお心にすがるときにございます」

権藤晋一郎が決然と言った。

「いや、権藤、待て。公儀の密偵をさように信用してよいものか」

金山奉行支配の鬼柳が影二郎のことを気にしながらも反対した。

「鬼柳、夏目様は利済様のお命を助けられたのだぞ。命の恩人が南部を取り潰すことなどあろうか。毛馬内様、ここはわれらが腹を割るときにございます」

同年輩の権藤と鬼柳が同時に毛馬内式部太夫を見た。二人と毛馬内はせいぜい二、三歳しか違いがあるまい。だが、式部太夫には代々南部家の家老職を務めてきた血筋が持つ貫禄と思慮があった。

「それがしも尻内平右衛門の判断を真似たい。そのほかにわれらになにができる、鬼柳」

式部太夫に問われた鬼柳は言葉を詰まらせた。

「ともあれ、われらが協力しようとすまいと、夏目様の手に南部の命運が握られているということだ」

毛馬内が影二郎に向き直った。

「毛馬内どの、それがしにそなたに会えと命じられたのは、仙台領の水沢宿の高野玄養様にござる。それがし、幼少のころより江川太郎左衛門様に可愛がられてな、その縁で蛮学社の人たちとも些か関わりがござる」

影二郎が毛馬内を知った経緯を語った。

玄養先生が私のことを、と呟いた毛馬内が腹を決めた顔で言い出した。

「夏目どの、南部が陥っておる苦境、そなたはもはや察しておられるな」

「一に次席家老と御用商人の癒着と強権、二に北辺で発見された金の有無でござろうか」

「ふーう」

と鬼柳が重い息をついた。

「それがし、夏油の湯で偶然にも南部の山々を歩く老山師に会い申した。老人は南部にもはや新しい金の鉱脈《すじ》はないと断言した。なれど、いま、南部をあらぬ風聞が飛び交っているようだ」

「夏目どの、新しい鉱脈など見つかってはおりませぬ。だが、どうやら、南部は金を手に入れたようだ……」

毛馬内式部太夫は、懐から一枚の金貨を出した。式部太夫の差し出した金貨は、異国の女の横向きの姿が彫り込まれたものだ。

江戸から持参した金貨とは、同じ図柄ながら影二郎の金貨のほうが毛馬内式部太夫のそれより一回り大きかった。

影二郎は懐からその金貨を出した。

「な、なんと夏目どのもお持ちか」

「江戸で殺されたイタコがそれがしに預けていったものだ。吹雪と申す女は、津軽順承様のお命を狙ったというよりも、この金貨を津軽藩から取り戻す役を負わされていたのではないか」

「志波様と近江屋が見つけた金の宝を津軽も承知していて、その一部が津軽に流れているということですかな」

「それが江戸で妖怪と恐れられる目付の鳥居甲斐守忠耀様が津軽と組む理由ではないか」

権藤も鬼柳も言葉を失っていた。その表情はそのことを今の今までなにも知らなかったことを示していた。

「この二つの金貨はおそらくオロシャのものですよ」

毛馬内式部太夫がふいに言った。

「近江屋重左衛門が募った金吹職人の中にそれがしの知り合いを一人潜りこませました」

「この金貨は、その者が密かに持ち帰ったものか」

式部太夫が顔を横に振ると、

「近江屋に雇われたものは未だ一人も盛岡に戻ってはおりませぬ」

と答えた。

金吹職人が密かに手に入れた金貨は極秘の経路で盛岡に送られてきたのか。

なにかが北辺の海で起こっていた。

「毛馬内どのが近江屋の一行に潜入させていた者はその後、連絡をつけてきたか」

「いえ」

「殺されたか」

「あるいは……」

影二郎はしばらく無言のあと、

「どういう経緯か知らぬが、南部藩領地でオロシャ金貨が見つかった。それを察知したのが、南部では志波忠満と近江屋だ。そして、同時に津軽も知った。それが江戸城中での南部利済様と津軽順承様の間に新たな確執の火種を播いた」

と改めて考えを整理して述べた。

毛馬内が頷くと、

「異国の金貨は南部と津軽に争いをもたらそうというのか」

と嘆いた。

「夏目様、毛馬内様、ご家老と近江屋は、オロシャの金貨を南部の金山で採掘されたように細工しようとした。そのために金吹師を募って、近江屋の船に乗せたということでございますかな」

権藤が聞いた。

「まずはそう理解するのが穏当なところ」

影二郎が答えた。

「志波どのは、利済様に金山開発について報告されたのであろうか」

「盛岡にお戻りになられた利済様のお加減が芳しくないこともあって、延び延びになっております」

「毛馬内どの、南部の番所が海岸線に点在しておるときいたが、それらの者たちから情報はもたらされてはおらぬのか」

毛馬内が顔を横に振り、言った。

「南部領の海岸警備は、南は石巻から北は津軽の国境の野辺地までにございます。ですが警備は海に向けられたもの、下北の内陸は恐山の霊たちが支配する地にございます」

「毛馬内どののお考えを聞こうか」

「真実を把握することが先決であろう」

「毛馬内様、もしそれが南部に災いをなすことであればどうなさるな」

金山奉行支配の鬼柳が問うた。

「獅子身中の虫はわれらの手で退治いたさねばなるまい。そのうえで、大目付の隠密どのの判断にすべてを委ねるつもりだ。それが南部が御取り潰しを逃れるただ一つの途であろう」

毛馬内が言い切った。

「まず志波様が利済様にどう報告なされるのか、それを知った上で行動致したい」

と言った式部太夫は、

「晋一郎、丑松、そなたらは夏目様に同行して北へ参れ」

と命じた。

「はっ」

「われらが夏目様に加わるのでございますか」

「南部が独自の道を選ぶことは得策とはいえまい。宮古に知り合いの船がある」

と権藤晋一郎らが毛馬内の命を受けた。そして、鬼柳丑松も続いた。

「夏目様、よろしくお願い申し上げます」

「こちらこそな」

「志波一派の目も光っていよう。光照寺の帰路にも十分に気をつけよ」

解散を宣告した毛馬内はその夜、光照寺に泊っていくという。

権藤が先に寺を出て、鬼柳が続き、最後に影二郎が辞去すると寺の裏へと回った。

三吉が二頭の馬とともに待っていた。すでに背中の青草は下ろされて、蓙《ござ》に包まれた法城寺佐常一剣が括り付けられているだけだ。

「待たせたな」

「用は済んだか」

「われらはさらに北に行くことになる。三吉、どうするな」

「こうなれば、お侍とどこまでも行くべ」

「ならば、平右衛門どのの宿に戻って、旅仕度だ」

影二郎と三吉は馬の背に跨った。

月光の明かりが差す南部城下を避けて、中津川へと回る。

上ノ橋から中ノ橋に向かって影二郎が先頭にゆっくりと進んでいく。

影二郎は遠くに剣戟《けんげき》の音と罵り声を聞いた。視線を凝らすと中ノ橋上で白い衣が一人の男を囲んで躍っていた。

「三吉、あとから参れ」

影二郎は叫ぶと馬腹を蹴った。

馬が一声嘶《いなな》くと中津川土手を突進し始めた。

影二郎は菰包《おおお》から法城寺佐常を抜き取った。

「待て、待て待てぇ!」

影二郎は土手から中ノ橋に馬を乗り入れると、ひらりと飛び降りた。

白忍びの群れが一人の武士を押し包んでいた。

輪の外に小柄な坊主頭が立っていた。

指笛が鳴らされた。

輪が広がった。

すると白い衣に押し包まれていた輪の中に先ほど別れたばかりの鬼柳丑松がよろめき立っていた。

影二郎と丑松は視線を交わらせた。

だが、互いに言葉は発しなかった。

丑松の顔は月光に血塗《ちまみ》れだ。

剣が手から力なく落ちた。

「見れば南部のご家中の者を寄ってたかって、大勢の忍びが押し包んで殺すとは不届き至極」

「こやつが公儀の密偵夏目影二郎か」

小柄な頭分の口からその言葉が洩れた。

「許せぬ」

影二郎の口をついたのは怒りだった。

法城寺佐常二尺五寸三分を継ぎはぎだらけの単衣の帯に差した。

「中津川の流れを血で汚すは心外なれど、驕《おご》り高ぶった家老と御用商人に操られた、そなたらの所業見逃すわけにはいかぬ」

「ここは盛岡南部領、江戸者が首を突っ込むところではないわ」

「白忍びの頭領、孜々邨譚山入道か」

「いかにも」

孜々邨の手が振られた。

輪の中で鬼柳がどさりと橋上に腰を落した。

囲んでいた白忍びの輪が後方へと跳躍した。すると二つに分かれた白の一団は、橋の欄干に飛び移っていた。さらに忍び刀を持った一団は両手を高く翳した。すると影二郎は二つの白い壁に囲まれ、立つことになった。

影二郎は先反佐常を抜き放つと、脇構えにおいた。

二つの白い壁の外に立つ孜々邨の口から奇怪な調べが流れてきた。すると一つの欄干からもう一方の欄干へと白忍びが影二郎の頭上を飛び越えて移っていった。それも順番があってのことではないように見受けられた。あちらが飛ぶと思うとこちらが飛躍した。二人が同時のときも、三人がわずかな時間差をおいて飛ぶときもあった。

孜々邨の調べの高鳴りに併せて動かされていた。

玄妙な調べと舞が早さを増した。

白の乱舞は影二郎の視神経と脳細胞を狂わせようとしていた。

影二郎は白装束の舞の背後に隠された攻撃がいつ始まるか、五感を集中させていた。

ふいに孜々邨の足が橋板を叩き始めた。

さらに白の舞が激しさを増した。月の明かりにきらきらと忍び刀の刃がきらめいた。

早や影二郎の集中が乱されていた。

(どうしたものか)

影二郎に迷いが生じていた。

孜々邨が刃を抜いた。そして、幽玄の舞を踊るように摺り足で影二郎に近づいてきた。

影二郎はそれを知覚していた。が、その対応に動けば、白い舞が雪崩れ落ちてきて、剣先を揃えて押し包むだろう。白い舞に抗そうと思えば、孜々邨のゆるやかな攻撃を身に受けることになる。

影二郎の逡巡を見計らったように孜々邨が刃を翳して接近してきた。すでに孜々邨の調べと足を叩く音が身近に迫り、あと半間で生死の間仕切りを切る。

いまや白い幻影が夜空を覆い尽くしていた。

逃げ場所も攻撃のすべもない。

佐常は脇構えに固定されていた。

動きたくも動けない。

「そらにふるゆきは無限の境をしょうじさせ、地に舞う刃はああ、死の翳をとらえたりぃ……」

謡の調べに、

とーん!

と音が入った。

孜々邨の刃がゆるゆると影二郎の喉首に突き出された。

影二郎は金縛りにあったように身動きつかなくなっていた。それでも影二郎は孜々邨に抵抗すべく法城寺佐常を振るおうとした。と、そのとき、中ノ橋上に、

「はーいよ!」

の叱咤の声が響き、橋が馬蹄に乱れ揺れた。

馬に乗った三吉が影二郎の乗っていた空馬を追い立てて、突進してきた。手綱が左右に激しく振られて、馬の腹を叩く。二頭の馬と三吉が白い舞の下に突っ込むと、

「お侍さん! 目を覚ましてくんな!」

という三吉の声が夜空に響いた。

馬が孜々邨に乗りかかるように突進して、足で蹴った。孜々邨が跳び下がって避けた。さらに橋上を覆う白い幻影を吹き飛ばした。

影二郎は、三吉がかたわらを駆け抜けていった疾風に意識を覚醒させていた。

脇構えの剣が乱れた白い集団に襲いかかると一閃、さらに一閃された。

どさりどさり、
と二人の白忍びが橋上に倒れ伏した。

白い幻影に綻びが生じた。

影二郎は、

「眠りを覚ましたからには、そなたらの息の根、ことごとく止めてみせる」

と喚き様に先反佐常を左右に振るった。さらに二人が倒された。

「ちえっ！」

と吐き捨てた孜々邨が、

「出直しぞ！」

と叫ぶと欄干を飛び越えて中津川へと飛躍した。すると次々に白忍びたちが倒れた仲間を抱えて流れに飛んだ。

影二郎が流れを見下ろすと、孜々邨譚山入道を先頭に白い影が流れのうえを下流へと走って姿を消した。影二郎が倒した白忍びは流れに体を浮かべて漂っていた。

影二郎は佐常に血振りをくれると鞘に収め、橋上に倒れた鬼柳丑松のかたわらに膝をつくと、上体を抱え上げた。

死がすでに鬼柳の顔に取り付いていた。

「なんぞ言い残すことはないか」

「な、南部藩をお、お頼み申す」

それが鬼柳丑松の最期の言葉であった。

影二郎の腕の中の丑松の体から力が一気に抜けた。

「お侍さん……」

影二郎を助けてくれた三吉がかたわらに立っていた。

「鬼柳どのを平右衛門様の宿まで運ぼうか」

「馬を連れてくらあ」

三吉の声が中ノ橋に悲しげに響いた。

三

この夜明け、宮古湾を一隻の船が出帆した。

百六十石船の陸中丸だ。船は普段、三陸沖の湊から湊を回って食料品や雑貨を売り歩いているという。船頭は昔、毛馬内家の奉公人だったという壮年の小太郎、水夫は次郎松《じろきち》、豊吉《とよきち》、海造《かいぞう》の三人の若者だ。

この朝、陸中丸には奇妙な一団が客として乗っていた。

着流しに一文字笠の下の顔は彫の深い風貌を持つ夏目影二郎だ。その腰には薙刀を鍛ち変えた法城寺佐常二尺五寸三分の豪刀が落し差しにされ、南蛮外衣が左の肩にかけられてある。

二人目は、船が嫌いで嫌いでたまらない水芸人姿のおこまが胸前に三味線を抱え、背には水芸の道具を負って、離れいく宮古の湊に目を向けていた。そのかたわらには幟を巻きつけた旗竿を持つ馬方少年三吉がいて、足下にはあかが緊張した様子で寄り添っている。

艫《とも》で小太郎船頭と話をしているのは、南部藩の権藤晋一郎だ。

南部城下の光照寺で毛馬内式部太夫との話し合いを持った夜、金山奉行支配下の鬼柳丑松が白忍びに襲われて、落命した。

その場に行き合わせた影二郎と三吉は、白忍びの一団を撃退することが出来たものの、鬼柳の命を助けることができなかった。

影二郎らは尻内平右衛門が宿主の善根宿に鬼柳の死体を運び込み、直ちに権藤晋一郎に知らせを走らせた。

夜明け前に小者を引き連れた毛馬内と権藤らが駆けつけてきて、非業の死を遂げた鬼柳と対面、死体は鬼柳家に運ばれていった。

影二郎らはその日一日、毛馬内の連絡を待った。

旅仕度の権藤が宿にやってきたのはその夕刻で、

「夏目様の旅にはそれがしだけが同行することになりました」

と翌朝の出立を告げたのだ。

盛岡から宮古街道を経て北上山地を二日の旅程で越えた。そして、待機していた小太郎船頭の陸中丸に乗り込んだのだ。

北を目指す影二郎らにとって、気がかりは陸奥の奥に入っている菱沼喜十郎と小才次の動向だ。だが、影二郎は、

「われらの目指すところと喜十郎が探っておる地は同じだ。まずはあちらに行けば出会うことができよう」

と考えた。それでも小才次が尻内平右衛門の善根宿に訪れたときのために置手紙を残してきた。

「影二郎様と旅を致しますと、必ず船に乗せられますな」

おこまが白みいく海を見ながら恨めしそうに言った。

「船は何度乗っても慣れぬものか」

「私は慣れませぬ」

おこまがはっきりと言い切った。

影二郎の高笑いに、

「お侍、おら、海も船も初めてだが、こりゃ楽でいいだ」

と三吉が応じた。

「三吉さん、外海に出たときにいまの言葉が言えるかどうか覚えておいて」

おこまは体を強張らせたあかに、

「あか、船室に下りましょう」

とその場からさっさと消えた。

権藤晋一郎が影二郎のところにやってきた。

「風具合もまずまず、今日じゅうに久慈《くじ》湊まで走れましょうと船頭が申しております」

「まずは目的の大畑までは二日か」

「そんなところでしょうね」

「鬼柳家ではびっくりなされたであろうな」

権藤は盛岡から宮古への旅の間もそのことに一言も触れなかった。

「丑松には弟が二人おりましてな、病死ということで次男の梅次郎への家督相続の願いを藩に出しましてございます」

武士の家系にとって、弔いよりもまずそのことが大事なことだ。

「認められそうか」

「志波様がどう申されるか。もしもの場合、毛馬内様が殿に直訴しても家督を絶やさぬようにするとおっしゃられております」

閉伊岬を右に館ヶ崎を左に見て、陸中丸は舳先を北に向けた。すると大海原から陽が上がってきた。

海が茜色から高さを上げるにつれて群青色に変ってきた。陸中海岸に目を転じれば、切り立った崖にひねこびた松が生える岩場が次から次へと顔を見せて、飽きることはない。

「どうだ、三吉」

「なんとも気持ちいいだよ」

三吉は断崖の間から海燕が飛び立つ光景や岩場に波が打ち寄せる様子を飽きることなく見ていた。

小太郎船頭の操船ぶりはなかなか見事なものだった。

風向きは運よくも南風、帆をいっぱいに膨らませて北進する陸中丸は、順調な船足を保っていた。

「陸中のうちでも田老《たろう》海岸は景勝の地にございます。こればかりは船旅の醍醐味にございます」

「そなたは蝦夷地に出たことがあるのか」

影二郎はふと思いついて晋一郎に聞いてみた。

「天保七年から二年ほどエトロフ島というところに勤番しました」

エトロフ島など影二郎は聞いたこともない。

「この島には享和《きょうわ》二年（一八〇二）の四月から幕府の会所が設けられましてな、二年後に盛岡と津軽の藩の守備隊が詰めることになりました。われらはシャナというところに守備小屋を設け、津軽はシベトロに守備隊の拠点がございます。ここいらにはオロシャの船が参りますので、これを追い払うのが南部と津軽に課せられた命にございます」

「オロシャの船と諍いになったこともあるか」

「文化四年にございました……」

オロシャ軍艦ユノ号の他一隻がエトロフ島の西浦に上陸して、番屋を焼き、南部警備兵を捕らえていった。さらにシャナに上陸して、陣屋と警備隊の小屋に砲撃した。

警備隊の火力はオロシャのものに比べて、前時代的な代物で抵抗できなかったという。警備隊は逃げ散り、警備隊長の幕吏戸田又太夫が割腹し、オロシャの軍船は物品を強奪すると番屋などに火を放って消えた。

このとき、南部藩の火薬師大村治五平が連れ去られていた。大村は後に宗谷にて解放されることになる。

「北の海ではオロシャの軍艦と一触即発にあると申してよいでしょう。いまも南部藩士千二百余名が北の地で警備にあたっています」

「諍いの後、警備隊の火力は増強されたのか」

「南部藩の守備隊には、公儀の御備大筒がございます。筒の長さ一丈三寸、筒口四寸五分の大筒にございます」

「それは頼もしいな」

「それが阿蘭陀《オランダ》国で二百年も前に製造された珍品でして、おそらく実戦には役に立つまいと守備隊では申しておりました」

「なんとのう………」

日進月歩の外国に比べて、徳川幕府の楽天ぶりは計り知れない。

北の国境を警備する最前線は今もその状態になんら変りないのだという。

江川太郎左衛門たちが列国と対等に交渉するにはわが国も最新の大砲を持たねばならないと主張して伊豆の海岸で試射していた光景を影二郎は思い出していた。

「蝦夷地の冬は厳しいそうじゃな」

「それがしが越冬したときにはもはや越年小屋もしっかりしたものでございましたゆえ、餓死する者も凍死する者もございませんでした。ですが、その寒さたるや、われら陸奥に育った人間にも想像を絶するものにございます。病に倒れるものは少なくありません」

南部と津軽に蝦夷警備が命じられた当初、越年隊の半数が寒さと飢えに死んでいったという。

波が荒くなった。

それまで黙って海を見ていた三吉も激しくなった船の揺れに気分が悪くなったようだ。

「姉様の言うとおりだ。おらも部屋に下がろう」

と青い顔をして、船室に下がった。

陸中丸は順調に北進していた。

朝餉と昼飯を兼ねた握り飯を食ったのは船頭たちの他には影二郎と晋一郎だけだ。

昼を過ぎてさらにうねりが加わった。だが、陸中丸の船足は衰えるどころか、さらに速度を増して、北山崎の絶景を回り、今日の停泊地の久慈湾に入っていった。

陸中丸はこの日、海路二十五里を一気に走破していた。

到着したのは七つ（午後四時）前のことだ。

おこまも三吉も湊に到着した様子に船室から出てきた。

久慈湊は久慈川河口に開けた浜街道の宿駅だ。湊には何十隻もの漁師舟が陸揚げされて、湊の賑わいを示していた。

船が入ってきた様子に土地の者たちが湊に集まってきた。

湊は海中に何本も柱を突き立てて、その柱に横梁を巡らし板を張っただけの簡単なものだ。

その湊から小舟で陸中丸に漕ぎ寄せて来る者がいた。

「南部藩の海岸番屋がございまして、二十人ほどの藩士たちが警備に当たっております」

そう影二郎たちに説明した晋一郎が大きく手を振った。すると小舟からも、

「晋一郎ではないか。何事か」

とうれしそうな声が返ってきた。

「あやつは久慈湊の番屋頭の三田村武輝にございます」

そう影二郎らに説明した晋一郎が叫び返した。

「武輝、利済様ご一行は無事、盛岡に戻られたぞ！」

「おおっ、それはなによりの知らせかな」

南部藩士にとって参勤下番は一番の気がかりなことである。

陸中丸の帆が下ろされた。

舳先から綱が投げられ、番士の一人が虚空で摑むときびきびと係船作業に入った。

大勢に囲まれた陸中丸は船着場に停泊した。

「女子が乗っとるでねえか」

「別嬪だのう」

番士たちも漁民たちもおこまの姿をぼうっと見ていた。

おこまがそれに応えて、胸の三味線をかき鳴らし、四つ竹を叩くと口上を朗々と述べ立てた。

「ご当地は初めての参上にございます、江戸は浅草奥山で名高き水芸の水嵐亭おこま一座にございます。陸奥の国とは申せ、いまだ暑さ厳しき折り、夕暮れの一刻、拙き芸をば披露いたしますので、どなた様もお集まりくださいますように湊の隅から隅までずずずいっとご案内申し上げまする！」

おこまの口上に合わせて三吉が幟を振った。

湊から歓声が起こった。

「晋一郎、そなた、芸人の案内にいつから鞍替え致した」

三田村武輝が影二郎を気にしながらも、船を下りた晋一郎に聞いた。

「ちょっとこっちにこい」

と船を取り囲んで興奮する人たちの群れを避けて、晋一郎が武輝を輪の外に連れ出した。影二郎も従った。

「すべては毛馬内式部太夫様のお指図だ」

「なにっ、式部太夫様とな」

「この方を紹介しておこうか。夏目影二郎様は大目付常磐豊後守秀信様のご子息だ」

武輝が呆然と影二郎を、そして、晋一郎を見た。

「まさかご公儀というのではあるまいな」

「大目付ならば公儀に決まっておるわ」

「な、なんだと、晋一郎、そのようなことをぬけぬけと。一体全体、どういうことになっておるのか」

「簡単に申せば、影二郎様は南部藩を助けるために潜入されたのだ」

「ご公儀が大名家を助けることなどあろうか」

「武輝、影二郎様は利済様もご存知だ……」

晋一郎が、津軽の黒忍びに襲われた利済を影二郎が助けた経緯を語り聞かせた。

「そなたにはあとでゆっくりと相談いたす。よいな、毛馬内式部太夫様が考えられた船旅だ、協力いたせ」

「相分かった」

と武輝がしぶしぶながら納得したように言い、聞いた。

「まずなにを致さばよいな」

「差しあたって、おこま様が水芸を催す場所を探せ」

「番屋は狭い。網元の座敷を借りれば久慈湊の人間が入れよう」

といった武輝は、網元に会いに行った。

「海岸警備の藩士、蝦夷地の警備兵は、大半が反志波派と考えてよいか」

「まずはそんなところにございます」

反対に言えば、盛岡城下の南部利済様の周辺は志波、近江屋一派に占拠されているということになる。

「水芸とはなんだべ」

「軽業だべか」

浜街道の宿駅とはいえ、楽しみの少ない寒村だ。

江戸から芸人がきたというので急ににぎやかになった。

番屋の藩士たちも手伝って、網元の屋敷と庭を利用して急ぎ見世物小屋が設営されることになった。さらに女たちは影二郎たちの炊き出しの仕度に取り掛かった。

影二郎と晋一郎は、肩を並べて湊から村に入っていった。すると二人の若侍が通りかかり、晋一郎に会釈した。

「梅次郎、父上から手紙を預かってきた」

とひょろりとした若者を晋一郎が呼び止めた。

梅次郎というからには殺された鬼柳丑松の次弟ということか。

「それがしだけですか」

梅次郎が訝しそうに聞き、

「読め」

と晋一郎が厳しい表情で応じた。連れの若者が微妙な空気を察して、

「あちらにて手伝っております」

と権藤に断り、去っていった。

梅次郎が封を切って読み出したが、すぐに顔を晋一郎に向けて上げた。

「最後まで読むのじゃ」

頷いた梅次郎が父からの手紙を読んだ。さらに読み違いではないかという焦りの顔で繰り返した。

視線が上げられた。

「権藤様、兄者が亡くなったというのは確かなことにございますか」

「残念ながら本当の話だ」

「仔細については権藤様にお尋ねせよと父は書いております」

「丑松は白忍びに襲われて一命を落としたのじゃ」

「な、なんと……」

「ここにおられる夏目様が偶然にも通りかかられて、手助けをなされたが一足遅かった」

三田村が三人のところに戻って来て、異様な様子に気がついた。

「武輝、そなたにも相談があるゆえ聞いてくれ」

梅次郎の視線が影二郎を見た。

影二郎は、死の模様を話して聞かせた。

梅次郎は唇を嚙み締めてその現実を受け入れた。

「白忍びめ……」

その言葉が三田村の口から洩れた。

「夏目様は、兄を知っておられたのですか」

梅次郎が聞いた。

「死の直前に一度だけお会いした」

晋一郎が式部太夫との光照寺の会見の模様を告げ、

「丑松も元気なら、この旅に加わるはずであった」

と言い添えた。

「三田村、梅次郎の番屋勤務を外して明日にも陸路、盛岡城下に戻してくれぬか」

「相分かった」

三田村が承知した。

「梅次郎、番屋に戻りたくば戻ってよいぞ」

「いえ、みんなと一緒に働かせてください」

しばらく考えた三田村が、

「好きなようにせえ」

と許した。


日が沈んだ刻限、久慈湊の網元屋敷は、庭に面した建具がすべて取り払われ、煌々とかがり火がたかれ、見物の衆は座敷や廊下に肩をくっつけ合うように詰め掛けていた。むろん庭にも入り切れない男女がいた。中には持参の酒を飲みながら、おこまの芸が始まるのを待っている者もいた。

水嵐亭おこまの舞台は庭だ。

野天の舞台の隅には、あかだけが寝そべっていた。

ふいに三味線が陽気にもかき鳴らされた。そして、四つ竹が弾むように律動して響き合った。

庭の暗がりに南蛮外衣を身にまとい、一文字笠を目深に被った夏目影二郎が現われた。

「なんじゃ、男でねえか。さっきの別嬪の姉様はどこに行った」

「待て待て、いまに出てこられるわ」

見物の衆がざわめいた。

影二郎は無表情に庭の真ん中に立った。するといったん消えていた四つ竹の音が小気味よく影二郎の体の背後から響いてきた。

「おおっ！」

「どうしたどうした」

影二郎がふいに南蛮外衣を体から引き抜いた。すると黒羅紗の合羽が明かりの中で変じて、猩々緋の真っ赤な花を咲かせた。

影二郎の手首が捻られた。すると黒と緋の大輪の花が虚空にうねり開いた。

その玄妙な花がいま散らんとした瞬間、三味線の音が響いて、大きな花の陰から水玉の裁っ着け袴に肩衣という、なんとも涼しげな装いのおこまが姿を見せた。

「おおおっ！」

「なんという手妻か」

三吉が庭の一隅に現われ、幟を高々と立てた。

竹竿の天辺には小旗が翻っていた。

一頻りざわめく中、三味線と口上が聞こえた。

「さてさて陸奥国は南部領久慈湊の皆様方よ、江戸は浅草奥山の水芸おこまの拙き芸の始まりは、まずと水嵐亭おこま一座の幟旗、勢いよくも流れを登る鯉の滝登りにございます」

影二郎が一文字笠の縁から唐かんざしを抜き取ると、三吉の持つ幟旗の天辺に投げ打った。

すると諸刃のかんざしは珊瑚玉の飾りを揺らして虚空を飛び、小旗を跳ね落とした。竹竿の先から夜空高く水が噴き上がった。

「な、なんということだべ」

さらに三吉が幟旗を振り回すと、旗竿のあちこちからいとも涼しげな水煙が流れ出した。

「さてさて皆様、二人の男衆の水芸は水嵐亭一座の小手調べ……」

おこまは三味線から手を離すと両手に白扇を持った。まだ閉じられた右手の扇がぱっと開かれると水が噴き上がり、さらに左手の扇を開くとそこからまた水が噴き上がった。

「これから始まりますは、夏の夜空を彩る扇千本水煙の滝にございます！」

おこまが両手の扇を虚空に放り上げた。

夜空に飛ぶ扇からは水煙が噴き上がり、さらにおこまの両手には新たに二本の扇子があって水を噴出しながら空に舞った。次から次に水を噴出しながら扇は夜空を舞い、落ちてきた扇はまたおこまの手で虚空へと投げ返された。

「これはなんとしたことか」

南部藩士も久慈浜の領民たちもただ啞然とおこまの至芸に見入っていた。

白い扇が網元屋敷の上を乱舞して何条もの水を涼やかに流し続けていた。

「新緑紅葉四季折々の水の流れが織り成す、奥入瀬は白銀の流れにございます！」

見物の衆から一斉に拍手と喝采が沸き起こった。

庭の片隅に立っていた影二郎が再び南蛮外衣を虚空に回すと、

（あらあら不思議）

網元屋敷の庭に水を吐き出しながら飛びまわっていた扇子が一瞬のうちに掻き消えた。

再びどっと歓声が沸いた。

四

翌朝、陸中丸は久慈湊の総出の見送りを受けて、船着場を離れた。

「おこま様、帰りにも寄ってくだされよ！」

「太夫、待っとりますぞ！」

昨夜、おこまの水芸を堪能した人々は、名残り惜しそうにいつまでも陸中丸の船影に手を振り続けた。

久慈湾を出た船の行く手の海は、穏やかだった。

次の寄港地は下北の尻屋崎《しりやざき》を回って大畑湊まで海上に二十余里の船旅だ。ここにも田名部《たなぶ》浦守備隊の大畑番屋があった。

この日、おこまも三吉も日が高く上がっても胴の間に張られた板の間にいた。

陸中丸には新しい船客が一人加わっていた。

兄の死を知らされ、盛岡への帰国を許された鬼柳梅次郎だ。

おこまの水芸が終わり、番屋でのささやかな宴が終わったあと、梅次郎は久慈浜番屋頭の三田村武輝に申し出た。

「三田村様、盛岡に戻るよりは夏目様や権藤様の旅に加わり、兄の代わりを務めとうございます。お許しいただけますか。私は今年の冬まで野辺地番屋に勤務しておりましたゆえ、幾分は北の地を知っております。なにかの役に立とうかと思います」

必死の形相で訴えた。

「梅次郎は盛岡に戻らぬというか」

「戻ったところで兄者の弔いは終わっておりましょう」

三田村が権藤晋一郎を見た。

「野辺地から北を知っておる藩士は少ない、連れていってよいか」

「おれはかまわんが……」

と三田村の言葉で下北行きが決まったのだ。

「梅次郎、野辺地から北を知っておるといったが、難破したオロシャの船でも捜しに行ったか」

影二郎が船での朝餉のあと、梅次郎にずばりと聞いた。

はっ、と顔を上げた梅次郎が答えを戸惑った。

「梅次郎、夏目様には知っていることがあればなんでも話せ。それがわが南部藩のためになるのだ」

権藤晋一郎に言われて、梅次郎が頷いた。

「兄の丑松が突然鹿角の尾去沢金山から金吹職人を伴って、野辺地番屋に姿を見せたのはこの冬のことにございました。私はまだ野辺地番屋に勤務しておりましたゆえ、久しぶりの再会にございました……」

金吹職人は盛岡城下だけではなく、南部の金山でも集めて北に送られていたのだ。

「丑松にそんなことがあったのか」

晋一郎も驚いた。

丑松は光照寺ではそんな気配は微塵も示さなかった。晋一郎にさえ告げなかったということは、公儀隠密の影二郎を信用していなかったということだけではなさそうだ。

「兄が金吹職人を野辺地に連れてきたのは、次席家老の志波忠満様の特命にございましたそうな。そして、野辺地で待機していた近江屋の船に職人たちを手渡すと直ぐにも盛岡へ戻ることを命じられておりました。そのころ、私は編成替えに従い、久慈浜番屋へ転勤することが決まっておりました。私ども兄弟は揃って野辺地番屋を出て、七戸への街道を盛岡に向かいました……」

丑松が足を止めると、

「梅次郎、ちと立ち寄り先がある」

と言い出したのは野辺地外れの街道だ。

「盛岡に帰城なされるのではありませぬか」

「梅次郎、おまえは久慈浜に直行せえ。おれは野辺地に戻る」

「なぜにございますか」

「考えてもみよ。下北の地に金の鉱脈などないわ。おれは十数年、金山奉行支配下で働いてきた人間だ。もはや尾去沢にも細々とした金脈しかない。ともかく南部領内では尾去沢しか金吹職人の働く場所などないのだ。なぜ志波様と近江屋は野辺地の北に職人を連れていく」

「さてそれは……」

「梅次郎、おまえは野辺地番屋に勤務しておった。なんぞ噂は聞かぬか」

梅次郎は兄の顔を見て、小さく首肯した。

「野辺地番屋では緘口令がしかれておりますが、昨秋の嵐の折に陸奥湾にオロシャの船が避難してきて沈没したとか。その船にかなりの金貨が詰まれていたとか、そんな話が流れております」

頷いた丑松が、

「近江屋の船が陸奥湾に姿を見せるようになったのはいつのことだな」

「冬の荒れ海をものともせずに乗り越えてこられたのは昨年末のことにございます」

「梅次郎、風聞をどう思う」

「おそらくは真実かと」

「おれはそれを確かめに行くのだ」

丑松は足の向きを変え、北に向けた。

「兄上、おともします」

梅次郎は、丑松に従った。


「……下北の奥に入るには季節が悪うございました。私と兄はそれでも陸奥湾ぞいに吹越というところまで行きました。が、吹雪にさえぎられて、ついにはその先に行くことができませんでした」

影二郎は手製の地図を懐から出して板の上に広げた。夏油の湯で描き始めた地図は書き込みがだいぶ増えていた。

晋一郎が驚いた顔で影二郎を見た。

「北の地理には疎いでな、かようなものを作った。安心せえ、江戸まで持ち帰るような真似はせぬ」

と断った影二郎は、

「梅次郎、そなたらが歩いた道を描き入れてくれ」

と矢立から筆を出して渡した。

「ここが陸奥湾、野辺地はここにございます」

梅次郎が陸奥湾の一角に野辺地番屋を描き入れ、津軽との国境を引いた。さらに陸奥湾ぞいに四、五里奥に入った海岸に吹越の地名を入れた。

「そこから引き返したのだな」

「はい」

「なんぞ村の者から話は聞かなかったか」

「漁師から聞いた話ならございます」

「申してみよ」

「オロシャの船は陸奥湾の北に吹き寄せられ、大湊の芦崎沖の岩場にぶつかって沈没、水夫が何人も死んだとか。事実吹越の浜にも異国人の水死体が流れついたそうにございます。ただ、それが、オロシャの船の水夫かどうかは分りませぬ。兄者はなんとしても真実を探り出したいと考えていたのでございます」

梅次郎はこのことがあったから、影二郎らの旅に参加したいと申し出たのか。

(丑松は城下に戻って近江屋の周辺に探りを入れていたのではないか。それゆえに白忍びに悟られ、志波に始末を命じられる羽目に落ちたのではないか)

そのことを梅次郎に聞くと、

「兄者の気性です。ひょっとしたら、近江屋に問い質したかもしれませぬ」

という答えが返ってきた。

「丑松は長らく金山奉行に勤めたものだ。近江屋がどこでオロシャの金貨を金塊に鋳造し直しているのか、見当つけていたな」

梅次郎が頷くと、一箇所に筆をおいて書き入れた。

「よかろう、丑松の推測が当たっていたかどうか、確かめに参ろうか」

と言った影二郎は、

「梅次郎、そなたは大湊に行けば、丑松を殺した白忍びと会えると思っておるのではないか」

「夏目様、兄者の敵を討ちとうございます、いけませぬか」

「よかろう。そなたがどれほど役に立つか、とくと見せてみよ。その上で白忍びの孜々邨譚山入道一派を倒そうというのなら、夏目影二郎、微力を貸そうか」

「はっ、はい。ありがとうございます」

「夏目様、われらの行き先は尻屋崎、大間崎《おおまざき》と回って陸奥湾になりそうですな」

権藤晋一郎がいい、

「小太郎船頭と相談してまいります」

と立ち上がった。

南風を受けた陸中丸は昼過ぎに小南部と呼ばれる南部の支藩、八戸藩の沖を通過した。さらに下北半島の平坦な海岸線を視野に入れつつ、大海原に鋭角に突き出した尻屋崎を一気に回った。

無口だが小太郎船頭の腕はなかなかのものだ。それに陸中から下北の海と風を知り尽くしていた。

「日暮れぎりぎりには大畑に着きましょうぞ」

船頭の託宣どおりに日没前に大畑湊が見えてきた。

ここにも南部藩の田名部浦守備隊の大浦番屋があった。その番屋あたりから薄い煙が立ち昇っていた。

「なんぞ異変でしょうか」

梅次郎が目を皿のようにして眺めていた。

陸中丸の舳先から水夫の豊吉が、

「大浦番屋が火事だぞ！」

と叫んだ。

「なにっ！　火事だと」

「へえっ、権藤様、番屋が燃え落ちてますだ」

「番士の姿は見えぬか」

「人影一つ見えねえですだ」

「おかしゅうございます」

　と梅次郎も言い出した。

「宮古から船が来れば、浜から番屋の見張り船が飛んでくるものです」

　陸中丸が船足を落として大畑に接近していった。

　久慈とは比較にならないほどの寒村で、船着場も粗末なものだ。夏だというのに寒々とした湊にはだれ一人として人影がない。

「ば、番屋が燃え落ちております」

　梅次郎が悲痛な声を上げげた。田名部浦の管轄下にある大畑番屋には梅次郎の朋輩もいたという。

「何事が起こったのでございましょうな」

　晋一郎の声も緊迫していた。

「なんにしても用心して上陸せねばなるまい」

　影二郎の言葉に晋一郎も梅次郎も刀の目釘を改めた。

　陸中丸が粗末な大畑の船着場に接岸して水夫の一人が綱を手に飛んだ。すぐにあかが続き、影二郎らも攻撃に備えて上陸した。湊近くには十数軒の家が寄り添うように建てられていたが、どこも戸口を閉めてひっそりとしていた。

「おこま、船を頼んだ。三吉も船に残っておるのだ」

頷くおこまの手にはすでに古留止社製の連発短筒があった。

影二郎、晋一郎、梅次郎の三人は海を見下ろす番屋に上っていった。すると死臭が三人の鼻腔を衝いた。

「梅次郎、番屋には何人の番士が詰めておったか」

「笹村民部様以下十四人にございます」

と答えた梅次郎が燃え落ちた番屋跡に駆け寄ろうとして、立ち竦んだ。体が硬直している。

あかも毛を逆立てていた。

影二郎と晋一郎も焼け落ちた番屋を覗き見た。

そこには無残な光景が展開していた。ぶすぶすとくすぶるのは真っ黒に焼け焦げた死体の群れだ。

「なんということが……」

晋一郎も絶句した。

番屋はふいを突かれて襲われ、全滅させられたか。となると襲ったのはオロシャの軍船か、それとも津軽の黒忍びか。いや、南部の白忍びとも考えられた。

影二郎は焼け焦げた死体を数えながら、鉄砲傷ではないことを認めた。ということは外国船の襲撃ではない。すべて死因は斬傷刺傷だ。

影二郎は死体を十二まで数えた。二人足りなかった。

「権藤どの、生き延びた番士がおるかも知れぬ。それに村の者たちはどこにおるか探そうではないか」

がたがたと体を震わしていた梅次郎がいきなり村の方を振り向くと、

「われらは南部藩の者である。だれぞ番屋で生き残った番士はおらぬか！」

と叫んだ。

夕暮れの風がさわさわと吹き抜けていくだけで答えるものはいなかった。だが、影二郎はその声を聞き取る者の気配を察していた。

「ここにおるのは、南部藩の権藤晋一郎と鬼柳梅次郎だ。この冬まで野辺地番屋に勤務しておった鬼柳梅次郎だぞ！」

梅次郎が再び叫んだ。

馬の嘶きがした。湊から遠く離れた高台にある小さな社あたりだ。人の気配も感じられた。

「権藤どの、どうやら社に村の者が隠れているようじゃ」

影二郎の言葉に梅次郎が走り出し、あかが続いた。さらに影二郎と晋一郎が従った。集落の西の斜面に石段があって痩せた木が植えられ、社まで伸びていた。

「おれは南部藩の鬼柳梅次郎だぞ！」

梅次郎がこの言葉を繰り返しながら石段を駆け上がった。境内は無人だ。

社の扉にお姫様とお馬様のオシラ様が飾られてあった。

その社の扉がそっと開かれた。

「大畑の者たちか」

恐怖に満ちた顔の男女が二十人ばかりいて、老人がこっくりと頷いた。

「なにがあったのじゃ」

晋一郎が聞いた。

村人たちは黙りこくって影二郎らを見ていた。

ふいに群れが左右に分かれた。すると二人の男に両肩を支えられた番士がよろめき現われた。

顔は血と煙と泥にまみれていた。

「梅次郎か」

弱々しい声が聞いた。真っ黒に焼けた顔を見ていた梅次郎が、

「おおっ、大八」

と叫んで駆け寄った。

大八が支えられた男たちの腕から滑り落ちるように社の回廊に崩れ落ちた。

「鷲津大八、しっかりせえ！」

権藤晋一郎が叫んだ。

大八が顔を上げると、

「権藤様、白忍びに襲われてございます……」

と悲劇の原因を漏らした。

「白忍びが襲ったというのは確かか」

「近江屋重左衛門の姿もありました」

「おのれ、近江屋め」

晋一郎が歯軋りした。

「南部の番屋を白忍びが襲うとはどういうことか」

影二郎の問いに大八がなにかを答えかけ、

「水をくだされ」

と哀願した。すると社の中から若い女が竹柄杓に水を運んできた。その水をむさぼるように飲んだ大八が、
ふうーっ
と肩で息を一つつくと、

「近江屋の船が着くのに大畑番屋は邪魔だそうで……」

なんと非情なことか。

「大八、そなたを入れて番屋には何人がおったか」

「十四人……」

「ならば一人足りぬ」

大八の目が虚空をさ迷い、

「ああっ、空知一太郎が吹雪に攫《さら》われた……」

と答えるとがくりと体を崩した。

大畑番屋の最後の生き残りの鷲津大八は死んだ。

梅次郎が大八の体に縋って泣いた。

(吹雪とは江戸で殺された若いイタコのことか)

影二郎が胸のうちで自問した。

「田名部浦から陸路で運んでくるとすると、オロシャの金貨でしょうか。大湊《おおみなと》から陸奥湾を横切り、大間崎を船で越えてくるよりは大畑から船積みすれば、盛岡はだいぶ近くなります」

晋一郎が影二郎にだけ分るように囁いた。

「白忍びたちはまた戻ってくるのじゃな」

影二郎の問いに老人が小さく頷いた。

「権藤どの、まずは番屋の遺体を埋葬しよう。やつらが戻ってくるまでに村の者たちもどこぞに移したほうがいい」

晋一郎が頷き、

「すまぬがそなたらも手伝ってくれ」

と番屋の始末の手伝いを頼んだ。

影二郎たちと大畑の村人が一緒になって、鷲津大八ら番士たちの死体を穴に埋めた。その作業が終わったのが夜明け前のことだ。

影二郎は権藤晋一郎と相談の末に陸中丸に大畑の村人を乗せて、佐井番屋まで避難させることにした。

喫水線いっぱいの陸中丸が大畑の船着場を離れていった。

陸地で船を見送る三つの人影があった。

夏目影二郎、おこま、そして、鬼柳梅次郎の三人だ。

陸中丸の船影が消えて、梅次郎が社の裏手に繋がれていた馬三頭を引いてきた。大畑集落に飼われていた馬だ。影二郎とおこまが手綱を受け取った。

「大湊湾に向かえばようございますか」

道案内役の梅次郎が影二郎に聞いた。

「いや、まずは恐山に参りたい」

梅次郎が訝しそうな顔をしたが、

「畏まりました」

と答えると馬に跨った。

一文字笠の影二郎と菅笠のおこまも馬上の人になった。

「鬼が出るか蛇が出るか、恐山《オヤマ》に参ろうか」

影二郎は馬首をオヤマに向けた。

第五話　恐山《オヤマ》花降ろし

一

荒涼とした石ころだらけの斜面のあちらこちらに小石が積んであった。

乾いた風が吹いていた。

ここは生者と死者が出会う場所、賽の河原である。

白い日差しが荒れた恐山《オヤマ》を照りつけ、無数の黄色の蝶が飛び回っていた。

オヤマへの登山道をオヤマケドという そうな。

梅次郎を先頭に影二郎、おこまと縦一列になって大畑川ぞいのオヤマケドに馬を進めていた。

右下は深く抉られた谷である。

黄色の蝶は三頭のあとになり先になりついてきた。蝶の群れに導かれて旅をしているようでもあった。

谷を外れてなだらかな原に出た。

影二郎は先ほどから監視の目を感じていた。三人の周辺は見渡す限りの荒地だ。どこまでも見渡せた。だが、その中に人影はない。

だが、確かに見張られていた。

行く手に硫黄の臭いが立ち込めていた。それが風具合で影二郎たちの方へと流れてきた。

蝶の群れが鈍色の空に掻き消え、一瞬のうちに硫黄の煙に取り囲まれた。

先頭を行く梅次郎が、

「ごほごほ……」

とむせ、慌てて手拭で口を覆った。

影二郎もおこまも真似た。

梅次郎の馬が嘶いた。

白い煙の向こうから数珠の音がじゃらじゃらと響いてきた。

「はあーあーあー

一の弓、まず打ぢ鳴らすの　始めによば　ごごの在所の　上までも

呼ぶばわりこいどの　まねがわじゃどり……」

奇怪な黒イタコの仏下ろしの経文が響いてきた。

「根雪ばさまめ」

影二郎の口からこの言葉が洩れた。

「二の弓の　にんぶよば　日本六拾六州の　上のあしさぐがらまでも

呼ばわりこいどの　まねがわじゃどり……」

嗄《しわが》れ声は地嵐の声だ。

「冥途ど産婆の　そのあいね　三途の川とて　川もあり

親に不孝な　鳥も住む　羽根をば　波にただまれて

足をば氷に　つめらいで　動けども　押せども

足ぁ着がぬ」

再び根雪の声に変わっていた。

「夏目様、先が見えませぬ」

梅次郎の声が震えていた。

恐怖と寒さにだ。

凍りつくような寒気が三人と三頭の馬に襲いかかっていた。

「真夏というになんとしたことでございましょう」

おこまが馬上で道行衣を羽織り、影二郎に言いかけた。

「ここは黄泉との別れ道　馬っ子もろとも　川渡り

影二郎やあい　渡し銭をば　用意なしたかや……」

影二郎は口を覆っていた手拭を剝ぎ取ると、

「根雪おばばに地嵐あねさ、夏目影二郎にはオヤマの詐術も利かぬわ！」

と叫んでいた。すると根雪の笑い声が響いて、雪混じりの烈風が影二郎たちを襲ってきた。

「なんだ、これは」

梅次郎が叫ぶ。

「梅次郎、幻惑に負けるでない。己の心が惑わされれば、火もまた氷の冷たさを感じるのだ。しっかりと両の眼を見開いておれ」

「はい」

三人の頭髪も眉も凍りついていた。

ふいに硫黄の煙が掻き消えていった。するとどうだ。三人は何尺も積もった雪の原をオヤマに向かってとぼとぼと歩を進めていた。

梅次郎も半合羽を身にまとった。

影二郎も南蛮外衣を体に巻きつけた。

地嵐が雪に埋もれた賽の河原を容赦なく吹き寄せてきた。

影二郎は馬の首を優しく叩いて先頭の梅次郎と変った。

「夏のオヤマを雪の原に塗り替えるとは願ってもなき避暑ではないか」

地嵐が巻き上げるように馬上の影二郎らを襲った。

幻覚だぞと分っていても体の心まで凍らせるような寒気だ。

影二郎は一文字笠を目深に被り、顎を引くとさらに進んだ。

ふいに太棹の三味線の音が地嵐とともに賽の河原に響き渡った。それは荒海に抗して響く高く低くうねり狂うような音だ。

魂を鷲掴みにして揺さぶる音は影二郎たちの五感を惑わして続いた。

突然津軽の太棹三味線に細竿の響きが入りこんだ。

影二郎が振り向くと馬上でおこまが得意の三味線を曲弾きしていた。

恐山の吹雪の原に津軽の音と江戸の響きが絡み合い、戦っていた。

おこまの三味線は何里も先に響き伝わるような透明な音だった。それが地嵐のような津軽の音に正面から戦いを挑んでいた。

影二郎は二つの音の死闘を聞きながら黙々と歩を進めていた。

(なぜ人は幻覚に惑わされるのか)

酷暑を吹雪に見まごうて寒さに震える自分を訝しく考えていた。

ふと影二郎は馬の首筋に光るものを見た。

なんと馬は一面の銀世界に汗を滴らせていた。

馬はただ黙々と夏のオヤマを歩いていた。その行為だけが正常な五感を保っていた。

馬はオシラ様の使いでもあった。

三人の人間だけが根雪と地嵐の黒イタコの術を見ていたのだ。

「根雪ばさま、地嵐あねさ、そなたらの幻術、破れたわ！」

影二郎は馬の首の汗を凍りついた指先につけると、吹き寄せる吹雪に向かって投げ打った。

すると津軽三味線の音が消え、吹雪も霧散した。

おこまの三味も消えた。

影二郎は立ち止まった。

三頭の馬と人は荒涼とした炎暑地獄のオヤマにいた。

小石を積んだ原の只中で二人の女が桑の枝を振り回していた。そのかたわらには一際高い石の山があった。

根雪ばあさと地嵐あねさだ。

オシラ様の神格は荒ぶる神様だ。時《とき》にオシラ遊ばせをしないとどこかに飛んでいくという。

二人の黒イタコは、オシラ遊ばせで影二郎らをいたぶったのだ。

「おこま、梅次郎、そなたらはここでしばらく休んでおれ」

地蔵堂のような破れ小屋の周りに薄い日陰があった。

二人をその場に止めると影二郎は馬を二人の黒イタコの下に歩み寄らせた。

「根雪、地嵐、そなたらとは話し合わねばなるまいて」

馬上からの問いかけに根雪が影二郎を見上げた。

「なにを話すがや」

影二郎は馬を下りると二人の女の前に座した。

「おれがそなたら一族と関わりを持ったは、江戸の津軽藩邸近くだ。吹雪という名のイタコが津軽藩士に追われておれの前に逃げてきた……」

根雪と地嵐が影二郎を見た。深い皺が顔の縦横に走る根雪に驚きの表情があった。

地嵐の顔には哀しみが漂った。

「窮鳥懐に入らば猟師これを撃たずという。一期一会の縁と考え、助けようと思うた。なれど、あの女、吹雪は男の声に呼ばれて川に逃げた。おれの懐にとどまれば助かったものを仲間の船に逃げて、殺された」

「……」

「聞けばあの女、津軽順承様の呪殺を試みて藩士に発見されたとか。そなたら、だれに頼まれて津軽公のお命など狙ったな」

影二郎はオロシャ金貨の一件は伏せて聞いた。

根雪も地嵐も口を開かぬ。

「おれはそなたらの真の務めを知らぬ。だがな、夏油の湯近くで南部の山々に金の鉱脈を探して歩く老山師に会って話を聞かされた、死と生の両界を繋ぐそなたらの務めをこう話してくれた。南部も津軽も厳しい土地がらだ。それは藩主から百姓まで変らぬものだという。飢饉ともなると何千何万の餓死者がでる……」

生き残ったものの心に深く残るのは後悔だ。

近隣縁者、老母や赤子を犠牲にして生き延びた悔いだ。

飢饉のとき、この土地に住む人間たちは弱者を見殺しにすることで生きていく暗黙の知恵を身につけていた。

昔から津軽も南部の者も深く重い哀しみと悔いを負って生きていかねばならない。それは南部という、津軽という地域共同体《とち》が持つ傷だ。そして、再び冷害が巡りくれば、赤子を間引いて家族は生きていかねばならないのだ。

飢饉が定期的に起こる江戸の御世、地域ごとの間引きは常態になっていた。

(生きんがためにだれかの命を奪う……)

この辺境の地に生きるだれもが暗い意識から逃れることはできない。おのれが選んだ死者たちへの特別な思いが渦巻いている。

「根雪、地嵐、そなたらの仕事の始まりは、この世に生きる者たちの心に刺さり込んだ悔いを抜き取ることではなかったのか。死者と生者を出会わせ、死者に生き残った者に罪はないと語らせる口寄せがそなたの務めではないか。そのように桑の枝で作ったオシラサマを手に長者の娘と馬の悲恋物語のオシラ祭文を語って、生きる者たちに光明を与えることではなかったか。悩み深き生者の心のとげを抜き取るそなたらが、いつから黒オシラを操り、生者の命を絶つ黒イタコの身に落ちたぞ」

根雪が身を捩じらせて苦悩した。

この世の者たちの哀しみを、悔いを取り去るイタコが小さな体を捩じらせて声もなく泣き叫んでいた。

「生者の哀しみをその一身に背負ったそなたらにもまた南部の哀しみは取り憑いておる。いや、イタコゆえにだれよりも深く濃く取り憑いておる。生きた亡者にそそのかされたなれば、この夏目影二郎、いささか力にもなろう。話せ、根雪おばば、地嵐あねさ」

ううう……

呻き声が根雪の体内から響いてきた。

「吐き出せ、黒き悩みを告げよ」

「江戸で死んだは、根雪の孫にして地嵐の一人っ娘の吹雪じゃどう……」

「なにっ、あの者はそなたらの孫にして娘か」

「はあー　やーあー……」

地嵐あねさが桑の枝を振り回して、経文を唱え始めた。

影二郎の目には地嵐の体になにかが降臨してくるのがわかった。

「……ばばさ、許してけろ。母さ、嘆くでねえ。吹雪は、大畑番屋の空知一太郎様と好きおうたば、悔いはねえ」

地嵐の口から発せられる声は娘の吹雪のものだ。そして、大畑番屋の十四人目の番士の名が現われた。

吹雪とともに江戸の大川河口で死体が発見されたのは、空知一太郎という名の南部藩士であったのだ。

大畑村で大八が、

「吹雪に攫われた……」

と言い残したのは空知一太郎が吹雪と惚れ合って、大畑番屋を抜け出したことを言っていた。

「だどもばばさも母《かか》さも許されなかっただ。そんで吹雪と一太郎様は盛岡に出ることを決めただ。一太郎様は、次席家老様に願えの手紙を出されただ。そしたらよ、盛岡さ、住みたければ、一仕事せよと命じなされ……」

「津軽順承様が所持されるオロシャの金貨を奪い返すことと呪い殺しか」

影二郎が問うた。

「そんだ」

「金貨は首尾よく盗んだではないか」

地嵐が、いや、吹雪が頷いた。

「一太郎様と江戸に参り、津軽の殿様の呪い殺しを始めて二日目に首尾よく金貨は見つけ出した。だが、その直後に岩木山のサイゲ行者に見つかってしもうただ」

「吹雪、おれと出会うたことを覚えておるか」

影二郎の問いに吹雪が顔をゆっくりと上げてみた。

「闇の夜に出会うた浪人か」

「なぜおれの懐に止まらなかった」

「おらには一太郎さんがいた」

「一太郎に縋った末が二人して殺された」

「この世より極楽浄土がなんぼがええ。天にも地にも花咲き乱れて、かぐわしい香りに満ちておるぞ。飢えもなければ渇きもねえ」

「吹雪、一太郎と一緒に暮らしておるか」

地嵐が身をよじり、吹雪の声が突然泣き声に変った。

「ばばさに聞いてけれ。われの一太郎さは何処に消えた」

「吹雪、よく聞げ。われら、オヤマに生きるイタコは外では暮せぬぞおっ。その罰あだって、一太郎はそなたとは会うことのできぬ異界に落ちたわ」

「悲しやな悲しやな……」

花降ろしは終わった。

「根雪ばばさ、そなたらは吹雪を助けんと盛岡に走ったか」

「いかにもさよう」

「そなたらは次席家老の志波忠満に会ったか」

「会うたとも。志波様は、われら親子に南部の殿様の行列をお守りせえ。さすれば、下北にオシラサマ信仰をこれまで通りに許すと申されたわ」

「待て、南部藩はオヤマのオシラサマ信仰を禁ずるつもりか」

「おう、志波様はオヤマで口寄せすることもご祈禱も禁じられるおつもりだ」

「根雪、地嵐、そなたらが南部の藩公のお行列をお守りすれば、オヤマはいままでどおりと申したのじゃな」

「おう、しかと申されたぞ」

「おばば、志波忠満は南部藩主ではない。南部領たるオヤマの生き死には南部利済様のお心一つにある、騙されたな」

「志波様は新たな飢饉が参りたるとき、下北を守るとも約定なされたぞ」

「その約束がおできになるのは利済様ただお一人」

根雪が身を震わして考え込んだ。

「なぜ志波忠満と近江屋がこの荒れ果てた地に関心を示すな」

「さてそれは」

「おばば、考えよ。オロシャの船が積んでおる金貨をわがものにせんがためだ。そなたらのためではないわ」

「おばば、吹雪を一度は助けようとしたこのおれに手を貸せ。それがオヤマを守るためになる」

「……」

「そなたがオヤマを守れるというか」

「そなたも知っていよう。このおれは、南部利済様のお命をお助けした者ぞ」

「確かに助けたな」

「利済様はおれに借りがある身だ。この騒ぎがおわったとき、オヤマにはお触れにならないで下されとお願いしようか」

「われは殿様に指図する身か」

「おばば、あねさ、思い出せ。おれは大名諸侯を監督する大目付の密偵だぞ。おれの父は、その大目付ぞ」

「いかにもさようであったな、ならば、根雪と約定できるか。できぬときは、その身、かの地獄にこの地獄、一夜の地獄、空地獄にちぢぎの地獄、空道、餓鬼道、八万、血の池と三百三十六地獄に招じまいらせ、さぶろうぞうや。よいな、よいか」

「承知した」

「手を貸せとはなんのことか」

「そなたら、死者をこの世に蘇らせるイタコ、死者なら呼び戻せるか」

「できんでイタコ商いの看板が上げられようか」

「なれば、オロシャ船の船頭を呼び戻してくれぬか」

「異人なんぞ、口寄せしたこともないわ」

「異人ができぬ、なにができぬでは、おばば、イタコの看板を下ろせ。異人とて、縁あって陸奥の海に沈んだ身だ、恨みつらみあらば聞いてやれ」

影二郎が厳しく命じた。

「それがオヤマ安泰のただ一つの道よ。オロシャ人を口寄せするのじゃ」

根雪おばばの口から呪文が洩れた。

それは高く低くいつまでも続いた。根雪の顔に汗が噴出し、苦悩が走った。

地嵐もおばばを助けるように御幣の下がった桑の枝を振り回して一緒に経文を和した。

陽がゆるゆると傾き、賽の河原に細い月が出た。

根雪はいまや息絶え絶えに身をよじっていた。

薄い月に雲がかかり、賽の河原は闇に没した。ふいに根雪の口から異国の言葉が洩れてきた。

「そなたはだれか、通詞はおらぬか」

影二郎の問いかけに根雪の言葉が途切れた。

「われはオロシャのナホトカ号の船長イリゴネン、そなたらの言葉も話さぬではない」

男の声が根雪の口から洩れた。

異国の人間が語る日本語だ。

「そなたらは陸奥の海に沈んだオロシャの人々じゃな」

「いかにもわれらは清朝政府の要請で広州に向かうオロシャ政府のナホトカ号の乗員である。船にはニコライ一世の特使として、姪のアナスタシア姫が乗っておられた」

「特使アナスタシア姫の目的はなにか」

「阿片商いをめぐり、一触即発にあるエゲレス国との戦争に備え、軍資金を清朝政府に提供することにあった」

「ナホトカ号には金貨が積んであったか」

「モスクワから遥々と輸送されてきた、一万枚の金貨が積まれていた」

「オロシャは清朝を助けるほどに豊かな国か」

「東から西までその版図は広大無辺である。だがな、正直に申せば、農民の相次ぐ反乱に巨象がのたうちまわっているのが真相……」

「それがなぜ清朝に莫大な軍資金を提供する」

「オロシャはエゲレス政府との間に、長年の確執を続けておる。清朝政府を応援して、エゲレス国の亜細亜での力をそぐことである。今ひとつは提供する資金の見返り、阿片にある。ナホトカ号は阿片を持ち帰り、エゲレスに代わり、欧州で阿片商いの主導権をとることにあった」

「そなたらが陸奥湾に迷い込んだは、嵐のせいか」

「嵐の夜に幻影を見た。エゲレスの艦船がわれら、ナホトカ号を追跡しているようで操船を誤り、海峡から狭い湾へと迷いこんだのだ……」

「イリゴネン、そなたらは陸奥の海に沈んでおるのだな」

「そのとおり」

「なんぞ望みはないか」

「われらをつねに見張っておるものがおる。われらに魂の安息を与えてくれ」

「金の亡者が騒いでおるのよ。それもそろそろ終りであろう。そなたらの望み、夏目影二郎が聞き届けてくれる。安らかに眠れ」

影二郎は、口寄せする根雪を見据えた。

「おばば、そなたの力でオロシャのアナスタシア姫たちを安寧安息の地に誘ってくれ」

根雪がひとしきりオシラ祭文を唱えた。すると根雪の顔がゆるゆると穏やかなものに変わって、覚醒した。

「おばば、ようやった」

「約定を忘れるでない」

「南部利済様にはおれが命に代えても約束させよう」

「その言葉、肝に銘じよ」

おばばは念を押した。

言うに及ばずと答えた影二郎が聞いた。

「おばばに会いたいとき、急ぎどうすればいい」

「オヤマを回れ。われが見つけようぞ」

影二郎の周りに二つのつむじ風が巻き起こり、根雪と地嵐が消えた。

二

影二郎たちが賽の河原から宇曾利山湖《うそりやまこ》を見下ろす鉢の縁を抜けて、大湊へと下りにかかった夜明け前の刻限、陸中丸は、大間崎を回って佐井湊に入っていこうとしていた。

ここにも田名部浦の佐井番屋があって、南部藩士たちが詰めているという。

「おーい、陸中丸よ、なんの用事かな」

湊から番屋の船が陸中丸に漕ぎ寄せてきて、尋ねた。

船には大畑村の男女が暗い顔して乗っているのだ。不審に思うのは当然であった。

「前田寅乃助、おれだ、権藤晋一郎だ！」

大勢の人間を乗せたために船足が極端に落ちた陸中丸の船上から晋一郎が手を振った。

「おおっ、晋一郎、江戸から戻っておったか」

「利済様のお供で無事に盛岡に帰郷したところだ」

「それはなにより。だが、この騒ぎは一体なんだ」

「寅乃助、佐井番屋は変りなしか」

「ないない。大畑番屋に異変か」

「笹村民部どのら番士全員が殺されたわ」

「な、なんと」

驚愕の表情で寅乃助が陸中丸の舷側から垂らされた縄ばしごを這い上がってきた。

「オロシャの船にでも襲われたか」

「襲ったのは白忍びと近江屋一派だ」

「まさかさようなことはあるまい。白忍びはなにやかやというても南部藩の次席家老の志波様ご支配の下忍だ。それがなぜ味方の番屋を襲うな」

「それだ。近頃、大湊の様子はどうか」

「われら、田名部浦守備隊の番士でありながら、さっぱり連絡もなく孤立しておるところだ」

「大湊沖に近江屋の船は何艘おる」

「佐井沖を北に通過してないところを見れば、千石船と早船の二隻が停泊していよう」

「よし、寅乃助、まず、大畑村の者たちに食べ物と寝場所を用意してくれ。そのあと、番屋の者たちと相談じゃ」

「畏まった」

「志波様の専断と近江屋との癒着を利済様に知っていただくためにわれらの命、投げ出すことになる」

「よかろう。われら、佐井番屋の苛立ちも頂点に達しているわ」

と答えた寅乃助が、

「それにしても近江屋の千石船にぶつかるのに陸中丸だけか」

「戦は気概、覚悟だぞ」

「まあ、そうだが」

「策は胸中にあり、寅乃助、そのための戦評議じゃ」

「承知した」

寅乃助が答えると、陸中丸から身軽に降りていった。

月光が田名部川上流の谷間を照らしつけていた。

影二郎、おこま、梅次郎の三人は、オロシャ金貨を南部の金山で採掘されたように鋳造し直したと目される田名部金山を見下ろしていた。だが、どうみても人っ子一人いる雰囲気ではない。

死んだ丑松の勘があたり、田名部川の谷間に確かに作業場はあった。

「影二郎様、すでに金塊を運び出したということでしょうか」

「どうやらそのようだな。まずは調べてみるか」

影二郎たちは馬を引いて谷間へと下りた。むろん田名部金山から金が採掘されたわけではない。オロシャの金貨を南部領内の金山で採れたように細工した場所だ。谷間に三、四軒の作業小屋と泊まり場所があるだけだ。

どこも無人で人影はない。が、金を溶かした炉や鞴《ふいご》や鋳型や炭の残りなどが小屋には散乱していた。

「引き上げたのは昨日今日のようです」

梅次郎が炉内に残った炭の燃え具合を確かめていった。

影二郎は頷きながら、作業は半年近くも続いたかと推測した。

「金吹師たちも大湊に船で連れて行かれたのでしょうか」

影二郎もおこまの問いを危惧したところだ。

小屋を出た影二郎は作業小屋の裏手に坑口があるのを見つけた。

「梅次郎、坑道があるではないか」

「はい。兄者が田名部川の谷に目をつけたのもこの坑口が残っているからです。昔、山師たちが鉱脈を見つけようと掘った穴でございます」

影二郎は暗黒の穴を覗き見た。数間先のところまで差し込む月光がゆるやかに下る坑道を見せてくれた。

影二郎が坑道の奥に向かって叫んだ。

「おおおっ！」

坑道はよほど深いと見えて、叫びが反響して奥に消えた。

「山師の執念がまだ残っておるな」

呟く影二郎の耳に地底からなにか叫び声が返ってきた。

「おれの声とも思えぬが……」

おこまが胸に抱えていた三味線をかき鳴らした。すると確かに何者かが叫んでいた。

「だれかおるぞ。明かりを探すのじゃあ」

影二郎の命に梅次郎が作業小屋に走り、松明を持ってくると持参していた付け木で火をつけた。

三人は松明を掲げた梅次郎を先頭に坑道に入っていった。

入口近くでは幅半間、高さは五尺ほどあった。壁も天井も松材で補強してある。だが、掘られたのはだいぶ前と見えて、松材も半ば腐っていた。

「壁にも天井にも触るでないぞ、声も無闇に立てぬほうがよいな。落盤があれば地表には戻れまい」

影二郎が梅次郎に注意した。

「承知しました。足元がぬかるんでまいりましたゆえ、滑らぬように注意してくだされ」

地底から水音が響いてきた。さらに一丁ばかり下ったところで坑道はもう一方の坑道と合流した。その坑道からは水が地底に向かって流れ下っていた。

梅次郎が松明を差し出して、流れの深さを確かめていたが、

「なんとか下れましょう」

と踏み出した。足元の水は三寸から四寸の深さがあった。

足元に気をつけながら進む梅次郎が叫んだ。

「どうしたな」

「明かりが見えましてございます」

「よし、おれが先頭に立つ」

二人は狭い坑道で先頭を交代した。

影二郎はこの狭い坑道での戦いになったら、先反佐常は使えまいと思案しながらも、ゆっくりと歩を進めた。たしかに人の気配がした。

梅次郎が影二郎の体の脇から松明を突き出すようにして従ってきた。

「地底の者に物申す。それがし、無頼の徒夏目影二郎、酔狂にも金亡者の夢の跡に迷い込んだ者じゃ、だれぞ、おれば答えよ！」

しばらく重い沈黙があった。が、

「わああっ！」

という声が響いて、坑道を必死に走りあがってくる影があった。

影二郎は先反佐常を抜くと突きの構えをとった。

影が間近に迫った。

松明の明かりではよく顔が分らない。

「何者か」

「影二郎様、小才次にございますよ!」

「なにっ! 小才次だと」

たしかに小才次が流れる水を蹴り立てて走ってきた。

影二郎が剣を引いた。

「おおっ、異なところで出会ったものじゃな」

「菱沼の旦那もおられます」

影二郎は先反佐常を鞘に戻した。

「なんでかようなところに潜りこんだ」

「へえっ、金吹職人たちが穴の中に閉じ込められているんで」

「なんじゃと」

「水に溺れそうになった職人のうち、五人だけを助け出して坑口を上がってくるところで人声を聞いたんです。いやもう白忍びが戻ってきたんじゃねえかと心配しましたぜ」

そこへ菱沼喜十郎に激励されながら、五人の職人たちがよろめき上がってきた。

「父上！」

おこまが喜びの声を発し、影二郎も言葉を添えた。

「喜十郎、もう下に人はおらぬのか」

「他の職人は水死させられてございます」

事情が判然としないながらも影二郎は頷き返し、

「ともあれ、外に出ようか」

と疲れ切った職人たちを励ましながら、坑道をよろよろと這《は》い上がった。水は勢いを増していた。それでも一人の職人に影二郎らひとりがついて、励ましながらなんとか坑道を昇り切り、坑口に出た。

職人たちは、空気をむさぼり吸うとその場にへたりこんだ。

影二郎たちは夏油の湯以来の再会を喜び合った。

「用事を終えた職人たちを見殺しにしようとしたは近江屋一派か」

「さようにございます。われら、ようやく、この金山を突き止め、何日も前から見張っておりました。が、作業が続けられておる間は白忍びが監視しておって、なかなか近寄れませなんだ。ところが一昨日の未明、すべての作業が終わったとみえ、荷を大湊沖に停泊しておる近江屋の船に運び込みました。残った白忍びが職人衆を坑道の奥に連れて行って縛りつけると、田名部川の水を流し込んだのです」

「なんという非道な」

「坑道に水が十分溜まったと考えた連中が、昨夜夜半に船に戻りました。それでようやくわれらは坑道に潜りこむことができたのです……」

「死んだのは何人か」

「はい、盛岡と尾去沢から連れてこられた十四人にございます」

「なんという仕打ちか」

「この五人も胸下まで水が来ておりましたからあと半刻も遅ければ、全員が水死したことでございましょう」

「近江屋の非道な仕打ちは許せぬ。だが、いまはこの者たちを休める場所に連れてまいりたいものじゃな」

「なれば、ちと歩きますが、田名部川の河口に小さな集落がございまして、そこをわれらの宿にしております。そこなれば海も見えますし、安全にございます」

「よし、われらに馬が三頭おる、馬に乗せて運ぼう」

馬と人力で田名部川の谷間にある金山から河口の宿坊までおよそ一里半、二刻余りを要してなんとか運び込んだ。すぐに部屋に上げられ、床に寝かされた職人たちのためにイタコが呼ばれて、祈禱が行われた。

祈禱が始まれば影二郎らはすることもない。

夏油の湯で別れて以来の行動を互いに報告しあうことにした。

まず影二郎が盛岡城下の善根宿、尻内平右衛門の紹介で毛馬内式部太夫に会ったことから、根雪の口を借りたオロシャ船の船長の口寄せまでを告げた。

「……清国の戦費にしようというほどの金貨だ。それを鋳潰して金塊にするなど、馬鹿げたことを近江屋はしたものよ。長崎に運べば、金塊に鋳潰すよりははるかに高く取引きができたであろうに」

「盗人の知恵にございます。オロシャにも幕府にも金の出所を知られたくなかったので細工をしたのでございましょう」

「そのことよ」

「影二郎様、もはや、この地に辿りつくまでの苦労話は無駄にございますで省きます。近江屋がすでにオロシャの船の荷をすべて引き上げたということ、それに金貨を金塊に鋳造し直したということもご存知でございますな。近江屋の船は津軽藩の船に常に見張られております。陸奥湾から平舘《たいらだて》海峡をぬけるには津軽の領海近くを通らねばなりません。おそらく津軽は、近江屋の船を津軽領近くの海上で襲うものと考えられます」

喜十郎は里外れの高い断崖に連れて行くと、夜明けの海に浮かぶ近江屋の二隻の船を指し示して教えた。

沖合い半里の海上に二隻が帆を休めているのがおぼろに望めた。

夜が明けていくと近江屋の持ち船、陸奥丸と釜石丸の様子がだんだんとはっきり見えるようになってきた。

陸奥丸は千石船か。積荷が重いとみえて船腹が深く海に沈んでいた。

釜石丸は陸中丸とさほど大きさは変わりあるまい。だが、帆柱が南蛮船のように二本帆柱で船足が速そうだ。

「今朝はもやっているので津軽の船影は見えませぬが、この海のどこからか、見張っております」

「津軽が襲いくることをむろん近江屋一派も承知であろうな」

「はい。平然としているところを見ると切り抜ける自信があるのでございましょう」

「近江屋重左衛門とはどのような人物か」

「さすがに南部藩随一の御用商人ですな、豪胆かつ細心にございます。遠くから見ただけですが、心憎い落ち着きようでございます」

「次席家老と組んで二十万石を牛耳ろうという男だ。やり手ではあろう」

「使うだけ使った職人を最後には坑道の奥に閉じ込めて水死させようという非情な男でありながら、オヤマには恐れを抱いておるものとみえます」

「……」

「金貨を金塊一つに鋳潰すたびに、田名部金山のごろた石を腹心の奉公人数人と一緒になり、自らも担いで賽の河原の地蔵堂まで運び上げ、ぶくぶくと熱い地熱を発して泥湯を沸かす坊主地獄の池に投げ入れては、血盆経を唱えての苦行を繰り返してきたそうです」

「金への物欲がそのような信心をさせるものか」

影二郎は首を捻った。

どうもいま一つ解せなかった。

「喜十郎、近江屋の船はいつ出帆すると思うな」

「援軍を待っておるようにも思えますし、今日にも帆を揚げるようにも思えます。なんともそのへんが摑みかねておるところ。動きがあれば、漁師舟を雇って見張らせていますので小才次が知らせてきましょう」

金山から宿に戻った小才次は、すぐに船の見張りについていた。

「あの小舟がそれでございましょう」

よく見ると釣り舟を装うかのように朝ぼらけの海に小舟が一隻浮いていたが、それがゆっくりと影二郎らが立つ断崖の下に漕ぎ寄せられてきた。

「小才次もわれらの姿を目に止めたものと思えます」

喜十郎がいったとき、小才次がひらりと岩場に飛び下りて、断崖の岩場の割れ目を伝ってするすると登ってきた。

「今日も動く気配はありません。津軽の船がいまに見えてきます」

小才次が一里ばかり大湊湾に突き出した砂嘴《さし》、芦崎の沖合を指し示した。

「三つ船影が見えましょう。あれが津軽の監視船なんで」

いままで見えなかった船影が見えていた。

「あちらの方の人数はどうだ」

「黒忍びの姿は見ていませんが、津軽の藩士方がおよそ百数十人は分乗なされております」

「それに陸奥丸と釜石丸が帆を揚げて、陸奥湾を西に向かったとなると津軽領内から応援の船も参りましょうな」

喜十郎も言い添えた。

「かなりの人数じゃな。となると近江屋にはなにか策があって動かぬとみえる」

釜石丸の船尾に人影が動いた。釣り糸をたらして釣りをするようだ。

「われらの船もそろそろ大湊に着いてもよいころじゃが、津軽の船が黙って通してくれるか」

影二郎は陸中丸の三吉やあかのことを心配した。

「いまのところ入り船にはなんの関心も示していませぬ。大湊から出る船の積荷に用があるわけですからな」

陸奥丸からも朝餉の仕度をする煙が上がった。

「風具合もようございませぬ。今日も帆は揚げますまい」

喜十郎が断定したとき、陸奥丸から田名部の浜に向かって小舟が出された。

「あれは水や食料を調達に出る水夫の舟にございます」

小才次が何日も繰り返される日課を説明した。

「よし、宿に戻ってこちらも策を練ろうではないか」

断崖に小才次を残して、影二郎と喜十郎は馬の背に乗った。


影二郎は宿の井戸端で冷たい水を被って船旅とオヤマの汗と埃を洗い流した。おこまが田名部の里に降りて購ってきてくれた下帯を締めると、気分が引き締まった。

同時に胸の奥でなにかざわざわと落ち着かないものを感じていた。

(なんぞ見落としたか)

なんとも黒い違和を抱いて不快だった。

だが、徹夜明けの頭が働かなかった。

座敷に戻ると喜十郎が、

「金吹師はだいぶ元気を取り戻したようにございます」

と言った。

「顔を見てみるか」

影二郎はその足で別の部屋に寝かされていた職人たちを訪ねた。枕元に梅次郎とおこまが従っていた。

「よいところにおいでなされました。徳松が礼を申し述べたいと聞きませぬ」

梅次郎が言うとそのそばに寝ていた老人が上体を起こした。五人のうちの頭分が徳松だという。

「かまわぬ、寝ておれ」

それでも徳松は寝床に正座すると何度も喜十郎らに頭を下げた。

「そなた、盛岡城下から連れてこられたというが、毛馬内式部太夫どのの知り合いではないか」

「はい、おらは毛馬内の若旦那様に用を言い付かって、近江屋の船に乗りやした」

「そなたは、金貨を毛馬内どのに送ったな」

「へえっ。潜り漁師が海の底から引き上げた一枚を近江屋の旦那の目をごまかしてくすね、われに渡してくれただよ。漁師もよ、仕事が済んだあと、殺されることを悟っていただ。それでわれも村の人間に頼んで、野辺地の番屋に届けただよ」

金貨は潜り漁師、徳松、村人、野辺地番屋の番士らの手を経て毛馬内式部太夫に届けられたのだ。

影二郎は式部太夫の手に一枚の金貨があるのを納得した。

「津軽も金貨を手にしたようだが、その事情を知らぬか」

「へえっ、潜り漁師が言うには、オロシャの船が沈没した直後、津軽の船も姿を見せて、海に潜りを入れたそうにございます。そのあと、南部の警備が厳しくなって、近寄れなくなったと申しますだ」

津軽は影二郎が吹雪から押し付けられた金貨のほかに何枚かの金貨を海から上げたものか。

「そなたらはこの半年余りも異国の金貨を金塊に鋳潰す仕事をさせられていたのだな」

徳松が首を横に振った。

「最初の一、二か月はなんもすることがねかったな」

「仕事はないとな」

「へえっ、潜りの漁師が海の底から荷をば引き上げねば、われの仕事はねえだ。なにせ冬のこったで、海が荒れていただよ」

「もっとものことだ。潜りたちがすべての荷を引き上げたのがいつのことだ」

「この一月前のことかねえ」

「そなたらは何枚の金貨を金塊に鋳潰したか」

「金貨は大してなかったな。銅銭が数千枚もあっただがな」

根雪が口寄せした船長は、

「ナホトカ号には清朝を支援する一万枚の金貨が積まれてあった」

と証言していた。

この差はどうしたことか。

「金貨はどれほどあった」

「せいぜい数百枚かな」

影二郎はしばらく考えた末に聞いた。

「徳松、引き上げには近江屋が付き添っていたのだな」

「聞いたところじゃあ、陣頭指揮をしなさったという話だ」

「近江屋の機嫌はどうであったな」

「春先は腹を立ててばかりじゃが、夏前にはえらい上機嫌だったな」

影二郎らが知らぬ積荷をナホトカ号は積んでいたのか。

「徳松、潜りの海人たちはどうしたな」

「近江屋の連中に聞くと、とっくの昔に城下に戻されたというがおらが受けた仕打ちをみれば、坑道の奥で始末されたのではあるめえか」

徳松はそういうと手で無精ひげの生えた顔を撫で、

「なんとか近江屋の旦那に工賃を貰いてえものだが、無理じゃろうか」

と呟いた。影二郎が、

「欲をかくでない。命が助かっただけでも勿怪《もっけ》の幸いだ」

「そういうこったな」

そういうと徳松は床に身を横たえた。

三

この日、昼過ぎから海が荒れてきた。

陸奥湾に高波が立ち、近江屋の陸奥丸も釜石丸もぐらぐら大きく揺れていた。

津軽の監視船は荒波に耐え切れずに湊に引き返したか、曇天のかなたに姿を没していた。

夕暮れ、荒天の海を乗り切って、陸中丸が三吉や佐井番屋の番士らを乗せて、大湊の沖合に到着した。するると小才次の乗った漁師舟が勇敢にも迎えに走って、宿下の海に誘導してきた。

三吉は影二郎らと久しぶりの再会を果たした。

陸に上がったあかは、尻尾を振りたてて喜んだ。さすがに荒れた海には、うんざりした様子だ。

大畑村の人々は佐井番屋に避難させてきたという。

権藤晋一郎が佐井番屋の頭分の前田寅乃助を夏目影二郎に紹介した。そして、

「寅乃助、われらのお役目は近江屋一派に与《くみ》することでも、津軽と諍いを起こすことでもない。あくまで南部藩の海岸守備のお役を全うすることにある。近江屋の船を見張ることもその一環と思え。それが南部藩のためになることだ」

と言い足した。さらに、

「夏目様は、われらの役目を承知しておられる。われらが夏目様と力を合わせることが南部のためになることだ。おれはそう信じておる、よいな」

「わかった。夏目様のお指図に従おう」

陸中丸でおよその経緯は聞いていたとみえて、すぐに承知した。

宿坊では権藤晋一郎と佐井番屋の前田寅乃助の二人を長に近江屋一派の動きを監視する南部藩の番屋隊が編成された。総勢十五人の監視隊である。

夕餉のあと、幹部二人と陸中丸の船頭の小太郎、影二郎らが集まって会議が開かれた。

「晋一郎、この状態を一刻も早く盛岡に、利済様にお知らせするのが先決ではあるまいか」

前田寅乃助が言い出した。

「それは大事なことじゃが、下北の地を離れようとする人間には白忍びの監視がつくぞ。奥州道中まで出ぬうちに間違いなく襲われる」

晋一郎が応じた。

「ともあれ、われらは十数人しか手勢がないのだ。いまは、一緒に行動したほうがよかろう」

と言った晋一郎が影二郎を見た。

「おれもそう思う。利済様には後々ご報告申し上げるしかあるまい」

と答えた影二郎は、

「近江屋の二船の動き次第だな。われらはなんとしてもぴたりと張り付いて、オロシャ金貨がいずこに運ばれるのか、その行方を見定めねばなるまいて。それがわれらの当面の仕事だ」

影二郎の言葉に二人の南部藩士が首肯した。

「小太郎船頭、陸奥丸と釜石丸に張り付けるか」

影二郎の問いに無口な小太郎が小首を傾げ、

「陸奥丸はあの喫水、船足が遅うございまっしょ。陸中丸にも番屋の方々が乗るとなると船足が落ちます。二船の船足はまずそこそこ」

「釜石丸は二本柱、速そうじゃな」

「釜石丸が満帆にて走り出すとなると陸中丸では無理でございます」

小太郎が悔しそうに答えた。

「まずは荷を積んだ陸奥丸を護衛して釜石丸が随行していこう」

「そう願って食らいつくしかありますまい」

と小太郎船頭が応じたとき、小才次が飛び込んできた。

「近江屋の船が出帆の仕度を始めましたぞ」

「津軽の監視船のいぬ隙に嵐を衝いて、陸奥湾の外に出るつもりか」

「どうやらその様子で」

「出帆は夜明け前じゃな」

「嵐の夜に乗り出すのは無謀にございますれば、夜明けとともに一気に陸奥湾を横切り、平舘海峡に出る算段かと思われます」

晋一郎が言う。

「となるとわれらも出船の用意を致さねばなるまいて」

まず小太郎船頭と小才次が宿を飛び出して海の陸中丸へと走った。続いて新たに編成された番屋隊が二人の頭分に率いられて、出ていった。

「三吉、宿で待っておれ」

「お侍さん方はここへ戻ってくるのか」

「先様次第だ」

「ならばおらもあかも行くべえよ」

最後の小舟で影二郎、菱沼喜十郎とおこま親子、三吉にあかが陸中丸へと乗船した。

北東から吹き付ける雨混じりの強風に陸中丸はぎしぎしと帆柱を軋ませた。

おこまと三吉、それにあかだけが船室に下りた。

南蛮外衣をばたばたと烈風が叩いた。

一文字笠はいまにも吹き飛ばされそうだ。

帆柱の天辺、蝉と呼ばれる滑車にしがみついて監視していた水夫の豊吉が、

「小太郎様、近江屋の旦那が陸奥丸に乗り込まれるぞ！」

と叫んだ。

「いよいよ強行突破するつもりじゃな」

「あれだけの荷を積んで一か八かの大勝負ですぞ」

権藤晋一郎が影二郎の言葉に応じ、聞いた。

「われらの役目は二隻を見張ってどこまでも食いついていくことですな」

「そういうことだ」

「津軽との海戦になったらどう致しますか」

前田寅乃助が影二郎に問うた。

「手出しは無用だ、こちらは高みの見物と参ろうか」

「それでよろしいので」

「まずは近江屋重左衛門の手並みを拝見することだ」

「影二郎様、陸奥の海が荒れたとなるとなかなかのものにございますぞ」

晋一郎の声に緊張があった。

七つ（午前四時）の刻限、陸奥丸と釜石丸の碇が巻き上げられ、烈風をついて帆が低く上げられた。

陸中丸にも帆が広がった。

まず無灯火の陸奥丸を先頭に釜石丸がそのかたわらを随伴して、大湊沖をゆっくりと出立していった。その数丁あとを陸中丸が追跡する陣形をとることになった。

千石船の陸奥丸は波間に沈んでも帆柱だけは見えた。だが、釜石丸はしばしば波の向こうに掻き消えた。

陸奥丸も釜石丸も嵐の中、粛々と海岸沿いに西へと向かった。だが、恐山から吹き降ろす風が重い荷と人を積んだ船を陸奥湾の奥へ奥へと運んでいこうとしていた。そこは津軽藩領内の海だった。

小太郎船頭の陸中丸は、船を安定させようと帆をできるだけ絞って広げていた。

「波間に見える集落が川内《かわうち》でございましょう」

前田寅乃助がわずかに白んだ空の下、海岸線にへばりつくように望める村を指して、影二郎に教えた。背後におぼろに於法岳の山影が望めた。

「だいぶ流されたな」

「朝も明けて参りました。津軽がどう動くか」

と晋一郎が言ったとき、蟬柱の上から豊吉が叫んだ。

「津軽の戦船《いくさぶね》が現われたぞ！」

陸中丸に緊張が走った。

先行する陸奥丸と釜石丸の船上に白忍びの一団が姿を見せて臨戦態勢を敷いた。

明かりが点され、それぞれが配置についた。

津軽の戦船は五百石の大きさだが、嵐の海にも耐えられるように重心の低い造りで、水にも強い造りのようだ。

「一、二、三隻か」

津軽の戦船には煌々とした明かりが点され、すでに火矢など飛び道具を用意した黒忍びたちが戦闘態勢を整えて、海戦が始まるのを待ち受けていた。

「津軽の船が北側に回りこみますぞ！」

蟬柱から豊吉が叫ぶ。

津軽の戦船三隻は機敏な機動性を発揮して、下北半島を背負うように回り込み、陸奥丸と釜石丸を津軽の領海へと追い込もうとしていた。

三隻が回頭して、舳先を陸奥丸と釜石丸の船腹に向けた。

陸奥丸は荒天にもかかわらず満帆にして船足を速めた。それにぴったりと釜石丸が随行していく。

速度を速めた陸奥丸がなんとか三隻の接近を躱わそうとしたとき、津軽の戦船はさらに船足を速めてきた。

陸奥丸は逃げ場を失い、湾の奥へと逃げ込もうとした。が、もはやそこは津軽の領海であった。

「ここいらは陸奥湾の中でも水深が深いところにございますれば、まず津軽も攻撃を仕掛けることはありますまい」

寅乃助が影二郎に説明した。

狙いは異国の金貨を鋳潰した金塊なのだ。津軽としても陸奥丸と釜石丸を轟沈しては元も子もない。

津軽の戦船は巧妙にも夏泊《なつどまり》半島へ、津軽の浜へと追い込んでいた。

いまや近江屋の二隻と津軽の三隻は併走しながら、一丁ばかりの距離に接近していた。陸奥丸と釜石丸が三隻から逃れるためには舳先を北に回頭して平舘海峡へと向けなおさねばならなかった。だが、その鼻先を津軽の戦船がぴったりと押さえ込んでいるのだ。

焦れた陸奥丸から矢が津軽の戦船に射かけられた。が、強い風にあおられた矢は勢いを殺がれ、海に落ちた。

それが戦の合図となった。

津軽の戦船が間合いを一気に詰めた。

いまや両軍の間合いは半丁とない。

白忍びも黒忍びの戦闘員も互いの顔を認め合う距離だ。

津軽の戦船から火矢がいっせいに飛んだ。

海が明るく照らされて、何本かの矢が陸奥丸に突き立った。そして、その一本が帆柱に当たり、炎を上げた。

白忍びの一人が火矢をへし折って海に投げ込んだ。

が、火矢はさらに数を、勢いを増して飛んできた。

釜石丸が津軽の一隻の舷側に舳先をぶつけて、両船は絡み合ってその場に止まり、斬り合いに突入した。

影二郎らは南部と津軽両藩の海戦を間近の船上から見物することになった。

「おおっ、どえれえこっだ。船が燃え上がっているではねえか！」

三吉が叫び声を上げた。

釜石丸と津軽の戦船では長柄の槍を突き出し、刀を振って斬り合う肉弾戦となっていた。

陸中丸の船上では番屋隊の藩士たちが興奮の体で、

「おのれ、津軽の黒忍びめが！」

「回れ回れ、やられるぞ！」

などと口々に叫びながら身を海に乗り出していた。

「陸奥丸は逃げ切れませぬぞ！」

権藤晋一郎が切歯した。

「糞っ、オロシャ金貨も津軽のものか」

寅乃助も吐き捨てた。なにを言っても二人は南部藩士なのだ。オロシャの財宝を南部の盛岡まで運んでいかせたいという思いがあった。

津軽の戦船一隻も燃え上がった。

「よし、やった！」

帆走しながらも陸奥丸は燃え上がった帆を必死で降ろしていた。が、急速に船足が落ち、陸奥丸は烈風に翻弄され始めていた。すでに船は津軽の領海へと入り込み、さらに夏泊の浜へと接近していこうとしていた。

津軽の戦船としては、陸奥丸を浜に座礁させれば目的は達した。あとは天候が回復した後に、積荷を下ろせばいいのだ。

津軽は漁夫の利を得て、オロシャの財宝を確実にわがものにしようとしていた。

津軽の戦船が矢を掻い潜って、陸奥丸に舷側を寄せた。数人の黒忍びが陸奥丸に飛び移り、白忍びとの激闘が始まった。

二つの船が波に煽られて再び離れた。

陸奥丸に飛び移った黒忍びは多勢に無勢で斬られたり、突かれたりして海に投げ落とされた。だが、帆と舵で操船の自由をいまだ保持している津軽の戦船が再び舳先を陸奥丸の船腹に摺り寄せた。さらに新手の黒忍びが飛び込んでいった。さらに続いて何人かが飛び込んだ。

いまや陸奥丸の船上のあちこちで白と黒の忍びたちが肉弾戦を展開していた。

「影二郎様、あの者が近江屋重左衛門にございますよ」

艫櫓に立ったのは恰幅のいい男だ。着物の裾を尻端折りして手拭で頬被りしていた。その腰には長脇差が差し込まれ、手には異国製の短筒を振り上げて、荒天の空に向けて撃った。

轟音が陸奥湾に響いた。

津軽の黒忍びたちが近江屋に気がつき、艫櫓に殺到してきた。

落ち着きはらった重左衛門は、短筒の銃口を黒忍びに向けると引き金を絞った。連続して弾丸が発射されると何人もの黒忍びが船上に転がり、海に落ちた。

なかなかの腕前で、ただの商人ではないことを示していた。

嵐に翻弄される陸奥丸は胴の間と舳先付近の二箇所で燃え上がっていた。

「近江屋のやつ、どうする気にございましょうか」

喜十郎が影二郎に聞いた。

「逃げ切れるとも思えぬが」

影二郎も思案に余った。

「むざむざ苦労した金貨を津軽に渡すとも思いませぬがな」

「津軽の軍船に鳥居に雇われた刺客は乗っておるか」

影二郎は元千葉周作門下の法源新五郎らのことを気にした。

「船の上を駆け回っているのは黒忍びばかりのようです」

荒れた海で動き回る船上のことだ。

三人の剣客たちが乗船しているかどうか窺い知れなかった。だが、いくら剣の達者でも荒れた海での船の斬り合いだ、力は半分も発揮できまい。そんなことを考えながら、影二郎は船戦を見つめていた。

「お侍、えらい勢いで船が突っ込んでいくぞ！」

三吉の叫びに北の海に目を転じると、釜石丸が津軽の戦船を振り切って陸奥丸に接近しようとしていた。

その間に津軽の戦船が割って入ろうとした。すると釜石丸から鉄砲が射かけられ、津軽の戦船が後退を余儀なくされた。

いつの間にか釜石丸は帆を一枚下ろしていた。その帆柱の天辺から一本の縄が垂れ下がって、いましも一人の白忍びが縄に身を預けて虚空に飛んだ。

大きな弧を描いた縄は、陸奥丸の艫櫓に伸びていった。縄につかまっていた白忍びが艫櫓に飛び移り、

「近江屋どの、ささっ、釜石丸にお移りあれ！」

と片手の縄を近江屋重左衛門に渡した。

その声は南部の白忍びを率いる孜々邨譚山入道の声だ。

「仕方なし、いまは撤退のときか」

荒海を伝って近江屋の無念そうな声が流れてきた。

「ささっ、早く！」

孜々邨に体を押されるように虚空に身を躍らせた近江屋は片手一本に身を支えながら、もう

片方の手の短筒を津軽の軍船に向けて放った。

「あやつ、尋常な商人ではないな」

影二郎が言ったとき、近江屋の巨体が身軽にも釜石丸に飛び下り、縄が再び反動で陸奥丸へと戻っていった。するとそれを待っていた孜々邨譚山が巧みにも釜石丸に戻っていった。

「陸奥丸を見殺しにするつもりでしょうか」

おこまが悲鳴を上げた。

「金吹職人を水攻めにして殺すような野郎だ、やりかねぬな」

釜石丸から三度縄が陸奥丸に飛ぶことはなかった。その代わりに空の帆柱に帆が張られた。

船足があがった。

「お頭、われらをどうする気か！」

「待て、待ってくれ！」

陸奥丸から白忍びや水夫たちの悲鳴が上がった。

が、釜石丸はそれには応えようとはせずにさらに船足を上げ、陸奥丸から離れようとしていた。

「小太郎、陸中丸を陸奥丸から遠ざけよ！」

影二郎が叫び、小太郎が機敏に方向を転じて陸奥丸から遠のいていった。

その間に津軽の戦船が陸奥丸の舳先に縄をかけ、風にも押されながら津軽の浜に曳航する作業を終えた。

陸奥丸に残された白忍びは勢いづいた黒忍びに押され、倒されるか、自ら荒海に飛び込んで死んでいった。

二隻の津軽の戦船が陸奥丸に縄をかけ、曳航を始めた。

海戦の決着はすでについていた。

三隻の津軽船のうち、一隻はいったん炎を上げた。が、火は消し止められ、いまは陸奥丸に随伴するように併走していた。そして、陸奥丸の生き残った水夫らが縄を切り、自力で脱しようというのを弓矢で牽制していた。

静かなときが過ぎた。

釜石丸はすでに荒海のかなたに遁走しようとしていた。

「夏目様、釜石丸を追いかけますかえ！」

艫から小太郎船頭のしわがれ声が響いた。

影二郎は迷っていた。

（陸奥丸の行く末を見定めたい）

という思いと、

（釜石丸の近江屋重左衛門を追わねば……）

という気持ちが交錯した。

ずずーん！

陸奥湾を揺るがす巨大な爆発音が荒れた海を走った。

腹に響くその音は海の底から響いてきたように思えた。

海の底が盛り上がった。

陸中丸も海底から持ち上げられた。

「ああっ！」

三吉が叫び、陸奥丸を差した。

大きな大きな火炎が荒天の空に立ち昇り、千石積みの陸奥丸は真ん中からぽっかりと二つに割れた。

信じられない光景だ。

千石船が玩具の船のように前後二つに分かれて、荒海に飲み込まれていこうとしていた。が、爆発の余波はそれだけでは済まなかった。

併走していた津軽の戦船を巻き込み、さらに縄で結ばれていた二隻の戦船を横倒しにして、海に引きずりこもうとした。

(近江屋め、陸奥丸の財宝をだれにも渡さぬように爆薬を仕掛けていたか)

「影二郎様……」

喜十郎が呆然として呟いた。

何丁も離れていた陸中丸だけが陸奥の海になんとか浮かんでいた。

荒れた海に投げ出された男たちは沈没する船が生み出した渦に巻き込まれて、一瞬のうちに姿を没しさせた。

「な、なんということが……」

晋一郎がいい、寅乃助が、

「近江屋め、手下もろとも財宝を海の底に沈めたぞ。晋一郎、このへんの海は深い。もはや、オロシャの金貨は藻屑と消えた……」

影二郎が小太郎船頭に命じた。

「釜石丸を追ってくれぬか」

「追いつくとは申し上げられねえが、精一杯走らせせまっしょうかな」

陸中丸の舳先が平舘海峡に向けられた。

四

恐山をぎらぎらとした太陽が照り付けていた。

強い夏の光が死者の山を白茶けた不毛の砂漠に戻らせていた。

あちらこちらに死者を弔う石の小山があった。小石には亡き子や母の名が書いてあるのもあった。

一文字笠で日差しを防ぐ影二郎は、積まれた小石の山から一つだけ手にとった。それには、

「ゆるしてけろ　ばさま　われらがいきるために　しんでけろ」

と書かれてあった。

オヤマは下北の人々の恨みつらみの山だ。自分が生き残ったのは死んだ者たちがいたからだ……そんな後悔と懺悔に満ち満ちた山だ。

影二郎は石を元の場所に戻すと、無数に吹き上げる白い煙に目をやった。

恐山は休火山だ。

半島の真ん中にある宇曾利山の湖は、火口の跡である。

二千五百尺余の大尽山を主峰とする峰々は、蓮華八葉と呼ばれている火口壁である。

北から朝比奈岳、円山、大尽山、小尽山、障子山、釜臥山、屛風山などの山々に囲まれた、巨大な穴が宇曾利山湖である。

湖の北側を中心に無数の硫気孔や自噴する温泉があった。

オヤマは有史以前に活動を停止した。が、噴き上げる地熱をみれば、オヤマが生きていることを示していた。

影二郎は足元のあかに、

「いくか」

と声をかけた。

江戸育ちの犬は旅で贅肉が削げ落ち、野生の血を取り戻しつつあった。尖った風姿がそれを示していた。

近江屋一派の陸奥丸と釜石丸、それに襲い掛かった津軽の戦船三隻の戦いを見守った影二郎らは、陸奥丸の自爆という悲惨な結末を見届けたあと、遁走する釜石丸を陸中丸で追った。だが、いくら小太郎船頭の操船の腕をもってしても、二本柱の釜石丸の俊足には敵《かな》わなかった。

それに平舘海峡でさらに嵐が勢いを増した。

陸中丸は佐井の番屋に避難した。

嵐は丸一日吹き荒れ、次の夜中には収まった。

影二郎は菱沼喜十郎らに大畑番屋への移動を命じる手紙を残すと、一人船を下りることにした。が、その気配に気がついたものがいた。

あかだ。あかだけが主に従ってきた。

影二郎とあかの主従は、佐井から湯ノ川ぞいにオヤマに分け入った。

恐山はその昔、檜葉《ひば》の森林で覆われていたとか。

その名残りが溶岩流の間から顔を覗かせる蓮華八葉の円山と朝比奈岳の間を抜けて、湖の北の縁に立ったところだ。

影二郎とあかは、昼下がりの日差しを受けて賽の河原に下っていった。

賽の河原には各集落の宿があって、オヤマ参りに来た人々の宿舎となった。そんな宿から人の気配がして、夕餉の支度を始めたようだ。

無人に見えた賽の河原には、大地に同化するように口寄せするイタコとその言葉を聞き逃すまいとする女や男たちがいた。

が、どこにも影二郎が探し求める根雪、地嵐の親子の姿はなかった。

オヤマの日暮れは早い。

いつの間にか陽は西に傾いていた。

影二郎とあかは、恐山の菩提寺円通寺地蔵堂に足を向けた。

死の世界の中に生の場があった。それがこんもりとした緑の山に囲まれた地蔵堂だ。

開基は円仁によると伝えられる。

犬を連れた浪人が山門を潜るのを中年の僧侶が迎えた。

境内には卒塔婆供養の卒塔婆が無数に立っている。境内の一角からは噴煙が上がっている。

小さな池には人間の頭ほどの泥の泡が噴き上げていた。

坊主地獄の池だ。

「血盆経を読みに来られたとも思えませぬな」

「こちらには信心はない」

一文字笠を挙げて、影二郎が言った。

僧侶が頷くと、では何の用かという顔で見た。

「佐井から山道を上がってきたが、なかなかの苦行だな」

「たしかに」

「この山道を何日かおきに田名部の浜の石を担いで何か月も登りつめ、賽の河原に大きな供養をなされた方がいるというではないか」

「盛岡の近江屋重左衛門様のことかな」

影二郎が頷いた。

「オヤマ参りは春、夏、秋とあるがなかなか一年に三度は登れぬものだ。それを近江屋様は、春先から根気よくオヤマ参りをなされたものだ。和尚《おしよう》様もいたく感心しておられたわ」

「その塚を見てみたいがどこにある」

「塚ではございませぬ。海の石でオヤマの怒りを鎮めたいと、ほれ、あの坊主地獄に近江屋様とご配下の方々は投げ込まれて、血盆経をお読みになって、またオヤマを下られますのじゃ」

「賽の河原で石を積むのではなかったか」

「オヤマ参りにかたちはございませんでな。ここでは己の心にかなったかたちで己の悩みと対面すればよいのです」

僧侶が答えた。

「近江屋は家人でも亡くしたか」

「さてそのような話は聞いておりませぬ」

「この寺にも寄進していかれたか」

「麓の寺にもこの寺にも心遣いをされましたよ」

「御坊は盛岡の商人がなぜかくも長きに亘って、田名部に滞在するか承知か」

「さてな、人の噂にはオロシャの船の荷を引き上げるとか申しておるが、われらには無縁な話です」

「黒イタコの根雪、地嵐親子に会いたいのだがどこにいけば会えるか知らぬか」

「根雪と地嵐はオヤマから追放された身、だれが行方を知りましょう」

「手間を取らせたな」

影二郎とあかは賽の河原へと下っていきながら、どこぞで主従を見つめる敵意の目を意識していた。

すでにオヤマに白暮が忍び寄ろうとしていた。

「あか、どこぞに一夜の宿を願おうか」

賽の河原に流れる三途の川の橋を渡って、一軒の宿の前に立った。

地蔵講のばさま連中が細流で夕餉の支度をしていた。

「旅の者だ。どこぞに寝かせてはもらえぬか。地蔵様の供養はさせてもらおう」

影二郎は懐から巾着を引き出した。

ばさまは互いに顔を見合わせた。

「座敷は広うございますし、食べ物もふんだんにございます」

老人の声がした。振り向くと地蔵講の宿の主か、老人が手に手拭を提げて立っていた。湯に行く途中に影二郎の言葉を聞いたとみえる。

「造作をかける。そなたの名は」

「甚兵衛でございますだ」

「夏目影二郎と申す。世話になる」

「なんの地蔵様《じんじょさま》参りは相身互いにございますよ。遠慮はいりませぬ」

あかはばさまの一人に水を貰って飲んでいる。

「どこの村から参られたな」

「城ヶ沢講中にございますよ」

と甚兵衛が告げ、

「お侍様は」

と聞いてきた。

「江戸から参った」

「なんと江戸からオヤマ参りに来られたか」

「こちらは信心が薄い人間でな、罰当たりの旅だ」

「夏参りは先祖供養と称してますがな、なんの生きた人間の命の洗濯にございますよ。酒も食べ物もたっぷりございます。まずはご一緒に湯に入りましょうか。犬っ子は、ばば連中が面倒を見ますでな」

甚兵衛と影二郎は再び三途の川を渡って、賽の河原に沸く温泉に行った。

葦で葺いた簡素な脱衣場があるだけの湯だ。

影二郎は脱いだ南蛮外衣や衣服の上に先反佐常と一文字笠をおいて湯船に持ち込んだ。むろん敵意の目を意識してのことだ。

甚兵衛はその様子を黙ってみているだけだ。

影二郎は潮と汗に塗《まみ》れた体を浸けて、生き返る思いがした。

露天の湯には二人だけだ。

「湯船にまで刀を持ち込まれるお侍様はまずおられませぬ、オヤマになんぞ用ですかな」

「黒イタコの根雪と地嵐親子を探しにきた」

「ほう、それはそれは」

と答えた甚兵衛が、

「お侍様はすでに根雪ばさまを知っておられるので」

「江戸以来の因縁だ」

「それはまた……」

と絶句した甚兵衛が、

「お会いしたのもなにかの縁、二人に関わられた経緯を話してごらんになりませんか」

「老人、オヤマ参りの徒然《つれづれ》におれの話を聞いてくれるか」

影二郎はそういうと江戸で偶然にも見かけた根雪ばさまの孫、吹雪のことから旅に出てきた経緯《いきさつ》を掻いつまんで話して聞かせた。

四半刻余りの話が終わると、

「なんとまあ、途方もねえ」

と甚兵衛老人が吐息をついた。

「犬を連れて歩く浪人様は公儀と関わりがあるようだねえ……」

と理解した甚兵衛は、話題を変えた。

「近江屋の旦那は、えらい苦労に金も掛けられたろうに一攫千金《いっかくせんきん》は陸奥湾に消えてしまいましたか」

「船頭も陸奥の海でも深いところに沈んだゆえ、引き上げるのは難しかろうといっておる」

「で、南部藩も津軽の殿様も虻蜂取らずの結末になりましたが、お侍様はなにが気がかりなのでございますな」

「それが分らぬ」

「そこで今一度、オロシャの船頭とお話がなさりたいので」

「まあ、そんなところだ」

「根雪ばさまも地嵐あねさも城ヶ沢村の人間にございますよ」

「イタコがなぜ黒イタコの身に落ちたな」

「オヤマにはそもそも黒イタコなどいませぬ」

「ならば、根雪、地嵐親子はいまも口寄せをするイタコか」

「そもそも根雪のおっ母さんの時雨様がオヤマのイタコの神様仏様といわれた人でな、根雪ばさまは時雨様に霊力を仕込まれたのじゃ。ところが時雨様が九十余歳で亡くなってしばらく過ぎたころ、厄介ごとがおこりましてな。それが他のイタコ仲間と義絶したきっかけにございますよ。根雪の娘の地嵐には亭主がございました。吹雪のおっ父つぁんにございますよ……」

地嵐の亭主は盛岡からきた行商人の男の市助という。

今から二十年も前、ふらりと城ヶ沢の村に現われた市助は、地嵐と親しくなって吹雪という娘まで成す仲になり、村に居ついた。ところがこの市助、イタコの仲間の娘のおきちと好き合って、村を出て、盛岡に逃げ戻ったという。

「……根雪ばさまと地嵐が二人を追って盛岡に行き、市助とおきちを呪い殺したそうな。このことがあって、二人はイタコ仲間から爪弾きにされるようになったのでございます」

「それで二人は人に害をもたらす黒オシラを操るイタコになり果てたか」

それだけの理由ではありませぬ、と甚兵衛が首を振った。

すよ」

「根雪と地嵐が持つ力に目をつけた盛岡藩のとある方が利用されるようになったのでございま

「次席家老の志波忠満だな」

「はい、その通りにございます。その当時は、志波様は、海岸警備の総取締方に過ぎませんでしたがな、二人を影で使われるようになって、次々に上役が災禍に見舞われる不思議が続き、たちまち志波様は出世なされて、ただいまでは盛岡二十万石を動かされておるという話……」

「根雪と地嵐と次席家老どのはそれほど古くからの縁か。となると二人の涙も簡単に信じるわけにもいかぬな」

頷いた甚兵衛が、

「先ほども申しましたが、根雪と地嵐を黒イタコと呼ぶにはちと差しさわりがございましょう。あれはもはやイタコではない。オヤマに棲む悪霊に魂を売り渡して邪《よこしま》な力を得た呪術師にございます」

「その血は吹雪にも流れておったか」

「吹雪は目が見えますし、見目麗しい娘にございました」

影二郎が出会った吹雪は、苦悩に満ちた顔をしていた。そして、二度目のときは、すでに息絶えていた。

「根雪ばさまと地嵐あねさは、吹雪を四代目に育て上げたかった。だが、技を会得せぬうちにオヤマの春参りで大畑番屋の空地一太郎様と出会い、惚れ合ってしまったのです。イタコが半端な技で霊を使うのは危険なことにございます。志波様は非情にもそれを承知で利用されてしまったようじゃ。お侍が見られた、哀れな最期を江戸で遂げてしまうことになってしまったのですからな」

「志波は、片方で吹雪を利用し、もう一方で根雪と地嵐を使っておったか」

「空地様が吹雪と一緒になりたい一心で、志波様に頼られたのがそもそもの間違いかもしれませぬ」

「老人、そなたはなぜ根雪と地嵐の動静に詳しいな」

「城ヶ沢は小さな集落にございます。それに多くの者たちが血縁、私と根雪ばさまは従兄妹同士にございます」

「二人の住いはいまも城ヶ沢か」

「はい、村外れの御堂に住んでおりますが、そちらに参られてもおそらくは会うことはできますまい」

「なぜそういいきれるな」

「オヤマ参りの人間はなんとなく普段と違った霊感が授かるものでしてな、私の感は、根雪と地嵐がこの近くに潜んでいると訴えておりますよ」

「なぜ現われぬ」

「お侍様の身はオヤマにありながら、オヤマのお力とは違った考えで生きておられる。心臓にコケが生えた根雪ばさまもそれが苦手なのかもしれませぬ」

「それほど殊勝なばさまとも思えぬがな」

「お侍様、ひょっとしたら根雪ばさまと地嵐はオヤマの何処かに異界を設けてお籠もりを続けておるのかもしれませぬ。となるとその近くを通り過ぎた人間の目にも見えませぬ」

「引き出す術はないか」

「根雪と地嵐の霊力に敵うものはおりませんよ」

二人が湯から上がったとき、賽の河原一帯に夜の帳《とばり》が下りていた。

夏参りに来た講中の宿の明かりがぽつんぽつんと光り、薄く青い月明かりが賽の河原を照らしつけていた。

影二郎は着流しの腰に法城寺佐常を差し落して、一文字笠を被ってしっかりと顎に紐をかけた。そして、南蛮外衣を左の肩にかけ流した。

「湯の帰りにも戦支度を整えられる暮らしを続けてこられましたか」

「老人、霊が棲むのはオヤマばかりとは限らぬ。都や里の方にも、有象無象が割拠しておるわ」

「たしかにさようでございますな」

二人は三途の川にかかる土橋のかたわらを通った。すると甚兵衛が足を止めて、痩せた柳の木を差した。

「お侍様、この橋がどうしても渡れぬ講中の者がおりましてな。後生が悪い人間には柳の枝が蛇のうごめく光景に見えて、無理に渡ろうとすると葉が針のように細くなって襲ってくるそうにございます」

「老人、おれを上流の太鼓橋に誘うは、おれの後生を心配してのことか」

「先ほども申しましたぞ。お侍はオヤマの力とは無縁の生き方をなされておられます。土橋を渡ろうと太鼓橋を渡ろうとお侍は、そのようなものを恐れはなされますまい」

甚兵衛が苦笑いし、

「私は土橋よりもこの太鼓橋が好きなのでございますよ」

と円弧を描いて架けられた橋に足を乗せた。

「老人、下がっておられえ。罰当たりが待ち受けているようだ」

甚兵衛の足が止まった。

「まさか根雪と地嵐親子ではありますまいな」

「異界から姿を見せたは、どうやら違う者のようだ」

影二郎は反り上がった太鼓橋の中央にゆっくりと登っていった。

「オヤマの平安を乱す者にもの申す。おれと旧知なれば、そう恥ずかしがることもあるまい。それとも薄い月明かりが眩しいか」

太鼓橋の下に岩木山百沢寺奥宮の闇サイゲ、萬祭奥院の姿が浮かび上がった。手には黒御幣をたらした手槍をついていた。

「南部利済様のお命を闇祈禱で狙ったサイゲ行者であったな。どうした、助っ人兄弟は」

太鼓橋の左右の擬宝珠《ぎぼし》の上に丸笠を被った岩木山凸八と凹助が片足立ちに立っていた。

「これで三人が揃ったか」

「夏目影二郎、そなたには借りを返さねばならぬ」

萬祭奥院が言い放った。

「津軽と南部の争いの種は、陸奥の海深くに沈んだわ。もはやそなたらが南部領内に入ってくる謂れもなかろう。岩木山に戻って、五穀豊穣家内安全を祈る修験者に戻らぬか」

「いらぬ節介」

左の欄干に一本足で立った凸八兄いがくるりと虚空に後方宙返りを打った、が、一回転すると片足で欄干を蹴り、さらに宙返りを繰り返し始めた。同時に凹助が片足立ちのまま、欄干の上で独楽《こま》のようにぐるぐると回転を始めた。

後方宙返りと独楽の回転が速度を増して、二人は奇妙な物体のように月光に浮かんで無限の運動を続けた。

「おっ、なんということが」

甚兵衛老人が呻いた。

「サイゲサイゲ、地獄に落ちよ！」

凸八の声が洩れて、二つの回転の間から小さな輪が生まれて太鼓橋の上に交錯するように襲いきた。

夏目影二郎の手が南蛮外衣にかかり、捻り上げられた。

黒羅紗と猩々緋の大輪の花が虚空に咲いた。

二つの丸笠が南蛮外衣の両の裾に縫い込まれた銀玉と絡んで、乾いた音を立てた。

凸八と凹助兄弟の回転が止むと、影二郎の立つ場所に殺到した。

その瞬間、影二郎の体が花の下に沈み、太鼓橋を転がった。

萬祭奥院の黒御幣を垂らした手槍が光り、ごろごろと転がってきた影二郎の体目掛けて突き出した。

が、その直前、転がりつつも抜き放った法城寺佐常二尺五寸三分の豪剣が伸びて、手槍のけら首を両断するとさらに萬祭奥院の太ももを深々と斬り割いていた。

「ぐええっ！」

悲鳴を上げて倒れる萬祭奥院のかたわらにすっくと立ち上がった夏目影二郎は、主を失った南蛮外衣の上に着地して、直剣を無益にも振りかぶった凸八、凹助兄弟に向き合った。

「闇祈禱を操り、世過ぎ身過ぎを送り過ぎては岩木山にも戻れぬか」

「抜かすな！」

「兄じゃ、こやつを殺さねば、われらが生きる道はない！」

三人の口から言葉が洩れて、兄弟行者が虚空に飛んだ。

が、その瞬間、凹助の手から黒玉が太鼓橋の上に投げられ、黒煙が太鼓橋を覆い、夏目影二郎の視界を塞いだ。

左手一本に佐常を持ち替えた影二郎は、両眼を閉じた。同時に一文字笠の竹骨の間に差し込まれた唐かんざしを抜き取ると、黒煙の核心に投げ打った。

呻き声が煙の奥から響いてきた。

三途の川に風が吹き、黒い煙が吹き流れた。

圧倒的な力で殺気が押し寄せてきた。

まだ両眼を閉じたままの夏目影二郎は、左の佐常を眼前に一閃させた。

重い手応えを感じた影二郎は、横手に身を投げた。

橋の欄干にぶつかって体を止めた影二郎は、目を開けた。

太鼓橋の反り上がった頂きに凹助が倒れ込み、凸八兄いが額に唐かんざしを突き立てられてよろめき立っていた。

夏目影二郎はゆっくりと立ち上がった。

「そなたらを渡しては、彼岸に渡った者たちも迷惑しよう」

「なにを言うか！」

凸八兄いと弟の凹助が同時に立ち上がった。黒御幣が垂れた直剣を振りかざすと影二郎によろよろと歩み寄りながら、凸八が叫んだ。

「弟よ、津軽に走れ！　ここが今生の別れ、さらばじゃ」

「兄じゃ！」

弟行者が悲鳴を上げた。

「われらの宿命《さだめ》よ」

凹助が太鼓橋から三途の川の流れに身を投じた。すると、月光にぱあっと血が流れに広がった。

凸八が唐かんざしを片手で抜き取った。

「夏目影二郎、許せぬ」

「岩木山凸八、そなたがいくは地獄道じゃあ」

凸八の剣と佐常が同時に動いた。

が、もはや凸八の剣には勢いがなかつた。

両の手に持ち替えた法城寺佐常が深々と凸八の肩口を斬り割ると、岩木山のサイゲは太鼓橋の床に押し潰されるように倒れていった。

影二郎が血振りをくれた。

「お、お侍……」

城ヶ沢村の先達老人が呆然と立ち竦んで、そう呟いた。

「驚かせたか」

しばらく老人は沈黙した、思案していた。

「胸に痞《つか》えることあらば申してみよ」

「そなた様なら、根雪と地嵐を異界から引き出せるやも知れぬ」

「ほう、その術、教えてくれぬか」

「お侍の命を殺ぐことになるかもしれませぬぞ」

「死は常にわが胸中にあり」

老人の手が暗黒のオヤマの一角を指し示した。

第六話　現世火焔《かえん》地獄

一

夜明け前、焼け落ちた大畑番屋を二人の男が歩いていた。

一人は近江屋重左衛門だ。

いま一人は中肉ながら恰幅のよい武家だった。

大畑湊の沖合に陸奥湾を逃れた釜石丸が泊まり、もう一隻、武家が乗ってきた千石船が停泊していた。

鬼柳梅次郎が明けいく闇に目をこらしていたが、

「ご家老だ」

と驚きの声を上げた。

大畑の集落を見下ろす山の斜面には、梅次郎のほかにおこま、小才次に三吉少年がいた。

陸中丸は、大畑からさらに北に半里ばかり上がった小さな入江に停泊していた。

「志波忠満の登場とは、どうやらオヤマに役者が揃ったようね」

「おこま様、すでに異国の財宝は海の底にございます。ご家老はさぞがっかりなさっておられましょうな」

二人は番屋の跡をぐるぐると回りながら、しきりに熱心に話し合っていた。

二隻の船は出帆する様子はない。

「小才次、このことを父上に知らせてくれませぬか」

「へえっ」

と立ち上がった小才次が、

「おこま様はどうなされます」

と聞いた。

「影二郎様とあかだけがオヤマに入っておられる。なんぞ考えがあってのことのようですが、ちょいとお手伝いに登ることにしたの」

「姉様、おれもいくぞ」

三吉が叫んだ。

「私は駄目でしょうな」

「梅次郎さんにはあの船を見張る仕事があるわ。父上らが来られるまで一人で辛抱して」

小才次が苦笑いして海沿いの小道に駆け下りていった。

胸に三味線を抱えた菅笠のおこまと手に水芸の幟を巻いた竹竿を持った三吉がオヤマを目指して歩き出した。

オヤマはその昔、檜葉の大木に覆われていたという。それが火山によって焼き尽くされた。火口湖の宇曽利山湖をはさんで、賽の河原と向き合うように南に小尽山と大尽山が聳えていた。

この二つの山の峡谷にいまも檜葉の大木が生え残る緑の地域があった。

オヤマは全域が霊場である。

この谷間は霊場の中でも聖域としてだれもが足を踏み入れない決まりがあった。だが、地蔵《じんじょ》弥陀《みだ》の森に踏み入ることを許されたものがいた。

イタコを長年務めて、天寿を全うした聖イタコだけがこの地に死んだ後に祀られた。

夏目影二郎は、森の入口の儘谷で一日一夜の滝に打たれて身を清めた。

「あか、おれが戻るまで番をしておれ。これから先はおれだけしか行けぬ」

影二郎はあかに言い聞かすと、南蛮外衣も法城寺佐常も一文字笠もあかの元に残した。

持参したのは吹雪が死んだときに懐に入れていた黒オシラの馬とイラタカの数珠のみだ。数珠は甚兵衛老人が貸してくれたものだ。

渓流に沿って岩場を登り詰めた。ときに何十丈もの滝を這い上がった。あかと別れて半日後、影二郎は三方を切り立った岩棚に阻まれた一角に出た。

五十間四方の岩場の、残る一方の口から滝が流れ落ちていた。影二郎が這い登ってきた途だ。三方の岩棚の上は緑に囲まれて、その上に悠久のときの流れと無限の空間を想起させる丸い空があった。

影二郎は心に不思議な安寧を感じていた。

地蔵弥陀の森はオヤマからも隔絶されていた。

岩棚の途中から滔々と白布のように水が噴出し、涼やかな風が吹いていた。

岩場の中央に小石で築かれた山があった。

影二郎は素っ裸になると、滝壺に身を入れ、滝の流れに身を打たれた。

魂までも凍りつかせるような冷たい水が影二郎の全身を貫くように叩く。

影二郎は両手を胸前で組み合わせると歯を固く閉じて耐えた。

急激に体熱が下がっていく。全身に震えがきた。が、影二郎はひたすら耐えた。頭の中が白くなり、気を失う寸前に滝の下からよろめき出た。

影二郎は小石を積んだ山の前に座ると、イラタカの数珠をじゃらじゃらと鳴らして、腹のそこから心経を唱えた。

「一の弓に、まず打ち鳴らしに始めに呼ぶ、この在所のかみがらまでも、招じまいらせ、さぶろうぞ。

二の弓の、匂いば、この在所の下がらまでも、招じまいらせ、さぶろうぞ。

三の弓の、響きをば、日本六十余州の、にんじのしいさぐがらまでも、招じまいらせ、さぶろうぞ。

聖イタコの方々、四万四千の星屑の海を泳ぎわたらせ、招じまいらせ、さぶろうぞ。

聖イタコのいく先は、土三尺三寸掘越し、一つの地下《ちげ》には弥陀如来、二つの地下にはほとときす、三つの地下には仏たち……

冥土と娑婆のその境、紫色の旅もあり、三途の川とて川もある。その川のほとりには、親に不孝の鳥も住む、足をば裂いてつれられて、羽根をばむしられて、飛ぶにも飛べず、歩むにも歩まれず、ただ立ち竦みて罪業を悔い、春の彼岸が来たなれば、罪業あわと溶けゆきて、ただの水にてなりゆきぬ……」

影二郎は甚兵衛老人から教えられた聖イタコの口寄せをただ無心に唱え続けた。

それは昼も夜も夜明けもただ続いた。

三日三晩の口寄せが繰り返された後、その夜明け前、影二郎は、一心に願った。

「陸奥の国、城ヶ沢の聖イタコの時雨様にお願い申す、そなたの曾孫吹雪の命をば、この手に一度は救い上げし夏目影二郎が時雨様にお願い申し候ぞ……」

「極楽浄土の平安を乱して、時雨を呼び出すは他国の者か」

いずこからとなく声が響いてきた。錆付いた舌が何年かぶりに動かされたような声だ。ざらざらとした乾いた声に影二郎はこたえた。

「いかにも江戸者に候」

影二郎の前に小さな老婆が浮かび上がった。まるで両の手で軽々と抱えられるくらい小さなばさまだ。

「時雨様じゃな」

「念には及ばぬ。用とはなにか」

「時雨様、そなたはあの世とやらで曾孫の吹雪に会われたか」

「会わぬ」

「浮世のこともご存知ないか」

「極楽浄土でだれが浮世のことを思い至らせるか」

「いかにもさよう。だがな、時雨様、おれが呼び出したからには、そなたはそなたの一族の行く末を知らねばなるまいぞ」

「江戸者がなぜもオヤマを騒がすや」

「根雪と地嵐の二人が黒イタコに身を落としたからよ」

「な、なんと。真実か」

「嘘を申すためにわざわざ極楽浄土から呼び出すものか」

「ち、ちえっ！」

影二郎は吹雪と遭遇して以来の話をして聞かせた。

「……吹雪がかくも悲惨な最期を遂げたかや」

「おれが見送ったのだ、間違いはない」

影二郎は江戸から持ってきた黒オシラの馬を時雨に指し示した。

「ね、根雪の愚か者が、地嵐の考えなしが」

「根雪ばさまも地嵐あねさも出世に目が暗んだ侍と金を儲けたい商人に踊らされたのよ」

「なんと浅はかな。イタコは現世の欲に惑わされることがないゆえに冥土《めいど》と現世のつなぎ役を承ってきた者だぞ」

「さてさて現世が生き辛くなったということかも知れぬ。時雨様、おれに手を貸してはくれぬか」

「時雨に極楽浄土から出ろというか」

黄泉に旅立った聖イタコが再びオシラ祭文を口にするとき、地蔵弥陀の森から出なければならないという決まりがあると時雨は言った。

「時雨、そなただけがこの森に安穏としているわけにもいくまい。根雪と地嵐は欲に駆られ、吹雪は非業の死を遂げた。それがそなたの望みか」

うううう っ……

と時雨が呻き苦しんだ。

「二人は津軽と南部が戦をすることに加担しておる、それでよいのか。戦乱の世ともなれば、オヤマの安寧も保てまい」

「この地がなくなるというか」

「幕府はおれに津軽、南部二国の改易の証拠を見つけよと命じられた」

「時雨を脅す気か」

「おれはおれの負わされた役目を告げておるだけだ」

「そなた、オヤマには手をつけぬな」

「吹雪がすべてを託したのはこのおれだ。時雨、曾孫の勘を信じぬか」

「そなたの望みは異国の者を口寄せすることか」

「さよう」

「ならば、オロシャのアナスタシア姫を口寄せいたそうか」

時雨は影二郎の持参した黒オシラの馬に呪文のような言葉をかけると、

「まだそなたが要るときもあろう」

と投げ返した。

懐から桑の枝で造られた姫様と馬のオシラ様を出して、積まれた小石の山に寝かせ、オシラ祭文を唱え出した。

それは影二郎が聞いたこともない異国の祭文だった。それは高く低く抑揚をつけて唱えられた。すると影二郎の上体が左右にぐらりぐらりと動き始めた。

影二郎は時雨ばさまのオシラと馬に身も心もゆだねて、時空の間を浮遊していた。頭の中にも白い霧が漂っていた。それが脳裏に充満すると影二郎はなにも考えることなく、体と頭をゆらゆらと動かしながら、時も空間もない場を移動していた。

朝が来て、陽が上がり、夕暮れが訪れて、再び夜の帳が落ちた。

影二郎の耳に若い女の涼やかな声がした。

「アナスタシアに会いたいというは、そなたか」

「はい、夏目影二郎にございます」

「なにが知りたい」

眼前から時雨の小さな姿が消え、影二郎の脳裏に若い異国の姫君が浮かび上がった。伸びやかな肢体に胸元はぴったりして、腰から下はふわりと広がった衣装を着ていた。

アナスタシア姫はまだ二十歳前か、清楚な姿で静かに立っておられた。

「姫はそれがしとは初めてにござるな」

「オロシャを出たのも初めてなれば、そなたと会うのは初めてのこと」

「ならばお聞き申す。津軽の海に難船したナホトカ号の積荷はなんでございましたな」

「なに用あって、そのようなことを尋ねるのですか」

「ナホトカ号の積荷が南部と津軽という国の戦をさせようとしております。さらに幕府は、この諍いを理由に二つの国を潰すかもしれませぬ。それがこの夏目影二郎の務めなのですから」

「真実を知ることが戦を止めることですか」

「その通りにございます」

「そなたの申すことをアナスタシアは信じてよいのか」

影二郎は、江戸で吹雪から託された金貨一枚をアナスタシア姫に見せた。

「それをどうして持っておるのか」

影二郎は吹雪に会った以後の物語を語り聞かせた。

「ナホトカ号の積荷がこの地を騒がせておりますか」

姫が嘆息し、言い出した。

「そなたが手にしておられるのは、フランス国の四十フラン金貨です」

「オロシャの金貨ではないのですか」

「いえ、フランス国の金貨です。ナホトカ号の積荷の一枚です。船の積荷は、フランス国のナポレオン金貨一万枚……」

「オロシャの国ではフランス金貨を使うのですか」

「オロシャはもはや金貨を発行する余裕はないのです」

「ではなぜオロシャがフランス金貨を持っておられたのでございますな」

「異国の者よ、二十八年前の一八一二年のことです、オロシャの都モスクワはフランス皇帝ナポレオンの軍隊が侵入し、占領されたのです。祖国がナポレオンの軍隊に蹂躙《じゅうりん》されようとしたとき、オロシャの大地が救いの手を差し伸べてくれました。冬将軍が到来して、フランスの軍隊を身動きつかぬようにしたのです。寒さに馴れたオロシャの軍隊と民衆が息を吹き返し、ナポレオン皇帝の軍を壊滅に追い込んだのです……」

「フランス金貨はナポレオン皇帝がモスクワに残していったものですね」

「ナポレオンの軍勢は、四十フランと二十フラン金貨を造って、軍資金として持ち歩いていたのです。オロシャが得た数少ないフランスからの戦利品でした」

「オロシャはそのナポレオンが残した金貨一万枚を極東の地に運び込んでなにをなさろうというのですか」

「中国で阿片をめぐって戦争が起ころうとしています。ニコライ皇帝は、なけなしの金貨を阿片に投資して、儲けようとなさっておられた」

それはナホトカ号の船長が話してくれたことと類似するものであった。

「金貨のほかに銅貨もございましたか」

「はい。オロシャ銅貨が袋に何十袋も積まれていました」

姫は淡々と真実を語ってくれた。

「夏の嵐に巻き込まれ、陸奥湾に吹き寄せられ、海の底に沈むことになったのでございますな」

「恐ろしい夜でした」

「アナスタシア姫、あなた方の眠りを妨げたものがおりましょうか」

「そなたの国の者たちがナホトカ号にやってきて金貨を運び上げたことか」

「はい」

「ハイエナのように男たちがナホトカ号から荷を持ち去りました」

「姫、そなたの声が悲しげに聞こえます」

「政事《まつりごと》は知らぬ。オロシャを蹂躙した軍隊が残した金貨で阿片を買い、祖国に持ち込むことが救国の策とも思えませぬ。船が沈んだことも荷が消えたことも神の思し召しかも知れませぬ」

「ならば、なにをお嘆きなさる」

「わたしの母がこの旅を前にペテルブルグのオーロラを持たしてくれました」

「ペテルブルグのオーロラとはなんでございますな」

「大昔、インド国のゴルコンダという村から採れた金剛石です。わが一族の最後の宝、六十七カラットのオーロラを清国で売り払おうとしていたのです」

「金剛石とは高価なものでございますか」

「そなたの国ではどうかは知らぬ。欧州の国なれば、かたちも色も文句のつけようのないオーロラならば、小さな国を購うこともできるやも知れぬ」

「それほどの価値のある宝物を姫の手から奪い去っていったものがございますか」

「わが宝石箱を運び去ったのは小さな体の漁師たちでした」

「いま、それがだれの手にあるか、ご存じありませぬか」

アナスタシアの返答はしばし途切れた。

「……商人が隠し持っております」

影二郎は頷くと、

「アナスタシア姫、そなたになんぞ望みがございますか」

「死者になんの望みがあろうか………」

と答えたアナスタシアの声が考え迷うように途切れ、言い出した。

「もしそなたに力が備わっているのなら、私を海底から引き上げてくれぬか。オロシャの大地に戻してほしいがそれができるか」

「アナスタシア姫よ、金貨を引き上げた者がいる以上、そなたらの遺体を引き上げることは難しいことではありますまい。それに南部藩の警備隊はそなたの国に接して常駐しております。いつの日か、そなたらを祖国に戻しましょうぞ」

「安らかに休めます」

影二郎の脳裏からアナスタシア姫の姿が掻き消えた。

夏目影二郎が大尽山と小尽山の谷間に隠された地蔵弥陀の森から戻ってきたとき、あかのそばにはおこまと三吉が待っていた。

「甚兵衛老人に聞いたか」

「はい」

「三日前からここで影二郎様のお戻りを待っておりました」

頷いた影二郎はおこまに聞いた。

「根雪と地嵐が現われた様子はないか」

「ございませぬ」

「あやつら、未だ異界に潜んでおるか」

影二郎は、あかが守り抜いてくれた法城寺佐常、南蛮外衣、そして一文字笠を身に戻した。

「どうなされますか」

「まずは甚兵衛老人のもとに戻ろうか」

影二郎には、地蔵弥陀の森でどれほどのときを過ごしたか、まったく自覚がなかった。長い歳月が過ぎたようでもあり、刹那しか経っていないようにも思えた。

賽の河原の宿に戻った影二郎を甚兵衛老人が待ち受けていた。

「どうやら時雨ばさまに逢われたようじゃな」

「会うた」

「それは重畳にございました」

「とはいえ、オヤマが一荒れしそうな気配だ」

「一荒れとはどのようなことで」

「どこぞに隠れ潜む根雪と地嵐を眠りから叩き起こそうと思うておる」

「面白い見ものですな」

「老人、面白いとばかり言っておいてよいのか」

「そうそう、そなた方の知り合いがお待ちでございますよ」

と甚兵衛老人が賽の河原の太鼓橋を渡ってくる小才次を指した。

「夏目様は今日にも戻ってみえるでここで待ちなされと申しましたが、わたしのご託宣は当たりましたな」

小才次が笑みを浮かべて頷くと、

「影二郎様、大畑湊の志波忠満様ご一行が領内巡検を名目に恐山《オヤマ》に入る仕度を始めてございます。明日の夜明けにも動き出しましょう」

「ほれ、老人。おれの占いもまんざらではあるまい。オヤマが一荒れするというな」

「野分けの季節にはちと早うございますな」

甚兵衛が笑った。

二

影二郎は宿に入ると甚兵衛老人から硯と筆を借りて、一通の長い手紙を書き上げた。そして、小才次を呼ぶと、

「野辺地番屋まで走れ」

と命じた。

「野辺地に参れば、南部藩の早馬があろう。なんとしてもこの手紙、盛岡の毛馬内式部太夫どののもとに一刻も早く届けてもらうのじゃ」

もはやオヤマから出る者を監視する白忍びの大半は海の藻屑と消えていた。

「畏まりました。早馬が仕立てられないときは、わっしが盛岡城下まで走ります」

「早く届けることが肝要だぞ、金は惜しむな」

影二郎は小才次に言い聞かせると路銀を十分に与えた。

小才次がその場から消えた。

大畑湊の南部藩次席家老の志波忠満一行が恐山巡検のために出立をしたのは、深夜の九つ(午前零時)、小才次の予測を越える早い動きであった。

志波忠満と近江屋重左衛門と恐山の菩提寺を統括する円通寺住職の震源和尚の三人を乗せたお駕籠を真ん中に南部藩士ら二十数名が前後を囲み、鉄砲隊が随行していた。さらに釜石丸の水夫らと空馬が十数頭従っていた。

松明を赤々と点した巡検隊のオヤマ登りは粛々と始まった。

影二郎たちがその気配に気付いたのは、あかが吠える声にだ。

おこまが宿から飛び出していった。

「夜道をオヤマに上がってくるとは予想もかけないことでした」

「なんぞからくりがあるを見せてくれそうじゃな」

影二郎と甚兵衛が夜の賽の河原から見下ろすと、大畑川ぞいにちらちらと松明の明かりが見えた。

荒い息をついておこまが戻ってきたのは、松明の明かりがかなり大きく見えるようになったときだ。

「影二郎様、南部藩巡検使一行は、薬研の分岐を過ぎて、もう四半刻後には賽の河原に入ります。同行するのは近江屋のほか、どうやら円通寺の和尚様のようにございます」

「オヤマ巡検というので円通寺の住職を引き出したか」

恐山一帯を神域と考え、地蔵様《じんじょさま》を崇める信仰は庶民が編み出したものだ。だが、恐山全体は、田名部村の円通寺の監督下にあった。

「鉄砲隊までも従えての物々しい行列にございます」

おこまの報告に宿主の甚兵衛老人の声が応じた。

「オヤマに南部の巡検使が来られるなど、初めてのことにございますよ」

「南部の家老と御用商人め、どうやらオロシャ船難破芝居の幕引きを狙っておるようじゃが、勝手はさせぬ」

影二郎が言うと、

「おこま、喜十郎らの姿は見なかったか」

いえ、と答えたおこまが、

「志波様一行が動いた以上、早晩、父たちも姿を見せましょう」

「ともあれ、われらは甚兵衛どのの宿から退散いたすとするか。老人、世話になったな」

「なんのなんの」

「まずはお互い、志波忠満と近江屋重左衛門がなにを画策してのオヤマ入りか、お手並みを見せてもらおう」

「夏目様、この先、なにがあるやも知れませぬ。水と餅なんぞをお持ちなされ」

甚兵衛老人が影二郎らに食べ物と水を恵んでくれた。

「ありがたく頂戴いたそうか」

食べ物は三吉が背負い、水を入れた竹筒を影二郎が提げた。

「さらばじゃ、老人」

影二郎らはその声を残して、城ヶ沢の宿から姿を消した。


それから四半刻後、南部藩の次席家老の志波忠満を長とする巡検隊一行は、賽の河原の奥に鎮座する地蔵堂に到着した。

巡検を名目に地蔵堂境内への立ち入りが通告され、随行の家臣たちや水夫たちが地蔵堂の石垣と塀の要所要所に見張り所を設けて、鉄砲を持った番士たちが配置された。

さらに境内に護摩壇が設けられ、震源和尚のオヤマ鎮めの行が始まった。それはその昼から始まり、夕暮れになっても赤々と点されたかがり火の中で続けられ、夜を徹して行われた。

影二郎たちは地蔵堂の光景を背後の山の中腹から眺めていた。

「夜になって、オヤマ一帯に目には見えない衝立ができたようにございます」

おこまが言った。

ふいに影二郎たちがいる山の頂から濃霧が舞い降りてきた。

「喜十郎たちもどこぞからこの光景を見ておろうな」

「間違いなく」

と娘が答えた。

いまや濃霧のために地蔵堂の護摩壇の火とかがり火だけがかすかに見えているだけだ。

あかが唸り声を上げた。

護摩壇で行を続けていた震源和尚が立ち上がって、地蔵堂の一角を指して、なにかを叫んだ。が、影二郎たちのところからは見えなかった。

錫杖を濃霧の一角に突き出した和尚は、口の中で呪文を唱えているようにも思えた。

「出おったか」

「だれでございますか」

「おこま、根雪と地嵐の親子しかおるまい」

「まことにさようで」

濃霧の中に桑の枝に垂らされた黒御幣と桑の木で造られた黒オシラの姫を捧げ持った二人の黒イタコが湧き出たのは金貨の引き上げの成功を祈って、オヤマに海の石を運び上げ投げ入れたという地蔵堂の坊主地獄の泥湯からだ。

熱湯を潜ってきた黒イタコの頭髪も衣装も茶色にまみれていた。

「根雪、地嵐、そなたらはオヤマを追われた身！」

風に乗って震源和尚の大喝が響いてきた。和尚は自分が二人の黒イタコを呼び出すとは予想もしていなかったようだ。

「和尚、田名部の寺からオヤマ参りに引き出されたは、われら親子を異界から呼び戻す役じゃ。すでに出番は終わった！」

根雪の声が応じて黒御幣が振られ、

「いえー　地獄の道は三百三十六地獄　かの地獄にこの地獄　一夜の地獄にちぢぎの地獄　空道　餓鬼道　八万地獄に血の池まで　どこぞへ招じまいらせ　さぶろうぞや……」

と黒祭文が唱えられた。すると、震源和尚の体が護摩壇の上でぐらぐらと揺れ出し、坊主地獄の泥湯に転落していった。

「影二郎様、地蔵堂は、根雪と地嵐親子の黒イタコに乗っ取られましたよ」

おこまが呟く。

「あやつら親子が異界から戻ってこなければ、幕は下りぬわ」

地蔵堂は黒イタコの黒護摩壇へと一瞬のうちに変った。

坊主地獄の周りにも黒御幣が祭られた。

親子は火をはさんで対面すると、黒オシラの祭文を低く口の中で唱え始めた。

朝が再びやってきた。

オヤマは濃霧に包まれて、一寸先も見えなかった。

影二郎たちは地蔵堂の近くの森の端までにじり寄って、根雪と地嵐の黒オシラ祭文が終わるのを待った。

だが、それは三日三晩も続くことになった。

黒オシラを唱える親子もそれをオヤマのあちこちから見詰める影二郎やそのほかの人間たち

もへとへとに疲れ切っていた。

四日目の朝が明けようとしていた。

「お侍さん、喉が渇いて死にそうじゃ」

三吉が泣き言を言った。

あかもじっと座り込んだままだ。

甚兵衛老人が持たせた餅も水もすでに三日目には食い尽くし、飲み尽くしてなかった。

「いましばらく辛抱せえ。そろそろなんぞが起こってもよいころだ」

「おら、死ぬ前によ、北上川の水を腹いっぱい飲んで、死にてえよ」

三吉の言葉が終わらぬうちに何日も続いていた濃霧がにわかにオヤマから消えていった。すると再び賽の河原が浮かび上がって戻ってきた。

人影一つなく、荒涼とした山肌に薄く煙が立ち昇っていた。

甚兵衛老人たちはオヤマから里に逃げ帰ったようだ。

音もなく風もなく、いつも通りのオヤマの光景だ。

オヤマにいるだれもが考えていた。

(なにかが起こる前兆だ……)

真っ赤な朝焼けがオヤマを覆った。まるで血の色に染め替えられたような光景だった。

影二郎たちが何日も過ごした山からばたばたと慌てふためいて飛び立つ物音が伝わってきた。

鬱蒼とした樹林から一斉に鳥たちが飛び立った。
その数は数千数万羽を数えるほどだ。
鳥の群れは自分たちの巣の上を名残り惜しそうに旋回すると、西の空に飛んで消えた。
影二郎は、地底でなにかが鳴動する物音を聞いた。
陸奥丸が爆発したときの轟きの数千倍もの轟きだ。
おこまが影二郎を振り見た。
「お侍、姉様、地鳴りがするだよ。地の底でなんぞが蠢《うごめ》いているだよ」
三吉の声が震えていた。
影二郎は黒護摩壇を見た。
根雪と地嵐が立ち上がって狂ったように踊っていた。
黒御幣と黒オシラの姫が激しくも振り回されていた。
影二郎は賽の河原に目を転じた。
甚兵衛老人と湯に入ったあたりに閃光が走った。
地鳴りがはっきりとオヤマに轟いた。
火柱が立ち昇った。
「な、なんだべ、お侍!」
三吉が影二郎に縋った。

「何千年も火を噴かなかったオヤマが噴火しおったわ」

賽の河原の小さな火柱はいくつも増えていた。

ず、ずーん！

雷鳴を何百も束ねたような轟音が響き渡った。

影二郎らが宇曾利山湖を振り向くと、静かな湖面を見せていた湖から巨大な噴煙と火柱が立ち昇り、火山弾がばらばらと賽の河原に落ちてきた。

「神様、どえらいこった」

三吉が呻いた。

ふいに宇曾利山湖を囲むおかまの縁が決壊した。そして、そこから真っ赤に焼けた溶岩流が流れ出して、賽の河原を飲み尽くそうとした。

「お侍、おら、こんなとこで死にたくねえよ、おっ母のところに戻りてえよ」

三吉がぶるぶると体を震わせながら、訴えた。

影二郎は馬方少年の肩を抱きながら、地蔵堂に視線を戻した。

根雪と地嵐の黒オシラは終わったか、親子はぐったりとして黒護摩壇の前に倒れていた。

「三吉、大畑から引かれてきた馬を見よ」

十数頭の空馬は、何事もないような顔で与えられた干草を食っていた。だが、南部藩の家臣たちや釜石丸の水夫たちは、眼前の地獄のような噴火の光景に恐れおののいて震えていた。

「このようなとき、馬はあのように落ち着き払っているものか」

三吉が地蔵堂を見て、

「どうしたんだべ」

と息を飲んで、首を傾げた。

「影二郎様、根雪ばさまと地嵐あねさの詐術にございますか」

「おこまの水芸と一緒よ、われらは夢まぼろしを見せられているやもしれぬ」

「お侍、おらが見ているのは、夢ではねえぞ」

いまや溶岩流は賽の河原に流れてきて、地蔵講の宿に襲いかかり、たちまち火炎を立ち昇らせた。だが、地蔵堂と背後の森は避けるように流れ下っていた。

「お侍、こりゃ、うそでねえぞ。馬もそのうち騒ぎ出すべえ」

「ならば、いましばらく根雪と地嵐親子の手妻を見物いたそうか」

おこまが悲鳴を上げた。

影二郎がその視線の先を見ると、菱沼喜十郎や権藤晋一郎らが逃げ惑っている姿が見えた。

「父上！」

おこまが叫んだ。

喜十郎らは、オヤマの東側の正津川の谷間から賽の河原に上がってこようとして、火山弾の落下と溶岩流に襲われていた。

何人かの番士が溶岩流に飲み込まれて、一瞬のうちに燃え尽きた。

「おこま、三吉、待っておれ」

と影二郎が命じた。

そのとき、足元からあかが立ち上がり、敢然と噴火の中に飛び込んでいった。

あかは右に左に溶岩流を避けながら、喜十郎らのところへと走り寄り、わんわんと吠えたてて教えた。

「おおっ、あかか」

喜十郎がすでに燃えて骨だけになった菅笠の下、叫んだ。

「あか、そなたが影二郎様のもとに案内してくれるというか」

あかが尻尾を振って応えた。

「権藤どの、あかに従うのじゃ」

南部の海岸線防備の番士たちが一塊になり、あかの先導で火山弾が落ちる賽の河原を走り出した。

「喜十郎！」

「父上！」

影二郎とおこまがあかに導かれて地蔵堂の森に到着した喜十郎らを迎えた。

権藤晋一郎や鬼柳梅次郎、前田寅乃助ら佐井番屋の番士たちだ。

番士たち五人が溶岩流に飲み込まれ、火山弾に打たれていた。

腕に怪我をし、足に火傷を負っているものもいた。

「影二郎様、オヤマが火を噴きましたは、人間の所業に怒りを爆発なされましたかな」

そういう菱沼喜十郎の衣服はぶすぶすと燃えていた。

「あるいはだれぞがよからぬことを考えてのことかも知れぬ」

「と申されますと」

「見てみよ」

影二郎は地蔵堂の黒護摩壇を指し示した。

「根雪と地嵐はなにをやっておるので」

黒イタコの親子は煮え盛る坊主地獄の縁に立っていた。

「地蔵堂とこの森には火山弾も溶岩流も避けていきおるわ」

「黒イタコの力は、恐山さえ屈服させておりますのか」

「さてな」

と影二郎が言ったとき、坊主地獄から火柱が上がった。

いまや影二郎たちが見渡す視界一帯は火山の噴火に見舞われ、何条もの巨大な龍がのたうつように溶岩流が奔流していた。

が、根雪と地嵐は再び蘇生して、黒御幣の桑の木と黒オシラの姫を暴れ狂う灼熱地獄に向かって振り回し、何事か叫んでいた。

　すると坊主地獄の様相が一変した。

　立ち上がる噴煙と火柱がだんだんと鎮まり、池の周りが静寂を取り戻した。

「どうしたことでございましょうな」

「近江屋重左衛門が欲に任せて、地蔵堂まで運び上げたオロシャの財宝が姿を見せるのよ」

「なんと申されましたな、影二郎様。すでにオロシャの金貨は、陸奥湾の海底深くに沈んだのではありませぬか」

「喜十郎、津軽の軍船を出し抜くために考え出されたのが陸奥丸沈没の策だ」

「な、なんと陸奥丸には金貨は積まれてなかったので」

「喫水線の下まで積み込まれたのはおそらくオロシャの銅貨であろう」

「味方まで犠牲にして、オロシャの金貨をオヤマに隠したのでございますか」

「根雪と地嵐の黒い霊力がなければ、このような策はできまい。近江屋ら数人で運び上げた金貨は坊主地獄の底に隠された」

「それが黒イタコの霊力で呼び戻されているのでございますか」

「そういうことだ」

「なんという途方もない……」

「喜十郎、それにな、ナホトカ号が積んでいたのはオロシャの金貨ではなかった」

影二郎の言葉にそこにいる全員が耳を傾けていた。

「フランス皇帝のナポレオンというものが長駆オロシャの首都のモスクワに軍勢を入れたそうな。いまからおよそ二十八年前の文化九年のことだ。ナポレオンは、軍資金として四十フラン金貨と二十フラン金貨をフランスから大量に持ち込んでいた。ところがな、長期戦になったオロシャの戦場に厳しい冬が到来した。寒さに強いオロシャの軍隊と民衆が息を吹き返し、フランスの軍は勢いを失った。ナポレオンの軍隊は命からがら祖国へ逃げ帰り、フランス兵の無数の死体と軍資金の金貨だけが残された……」

坊主地獄の縁に麻袋が何十となく積まれていた。さらに麻袋は増えそうな勢いだ。

馬の背に麻袋が積まれ始めた。

「あれがフランス国の金貨ですか」

おこまが聞いた。

懐から吹雪が影二郎に託したフランスの四十フラン金貨を出して見せた。それは夜空を染める噴火の光にきらきらと神秘的に輝いた。

「お侍、それが異国の小判けえ、美しいな」

「三吉、一枚でそなたを誘惑しようという金貨だ。一万枚も揃えば、どこぞの国の次席家老と御用商人が狂うのも分る」

「影二郎様、オロシャはナポレオン金貨でなにをしようとしたのですか」

鬼柳梅次郎が話を戻して聞いた。

「オロシャは大国だそうだが、政事が行き詰まり、一揆などが頻発しているそうな。そこでなけ無しのナポレオン金貨を清国に運んで、阿片を買い求め、かの地でエゲレス国に代わって、阿片の卸元になって一攫千金を夢見たそうな」

「それが陸奥湾に紛れ込み、船底を岩場にぶつけて沈没したのですか」

「そういうことだ」

影二郎の話が終わり、視線を地蔵堂に戻した。

すると十頭の馬の背にナポレオン金貨が積まれ、志波忠満と近江屋重左衛門も馬に乗っていた。

下山の行列は組み直された。

行列の先頭に根雪がそして、最後に地嵐が立った。

「お侍、大畑まで火の海だっぺ。どうやって下りるだ」

三吉が聞いた。

「根雪と地嵐がなんぞ考えておろう」

「影二郎様、あやつらを行かせてよいので」

菱沼喜十郎が影二郎に訊いた。

「いましばらく二人の手並みを見せてもらおうか」

影二郎が答えたとき、行列は山門を潜り、賽の河原を覆う火の海に出ていこうとしていた。

三

根雪が黒御幣の垂れた桑の枝を大きく振りながら進み始めた。

志波の家来たちは足を踏み出すのを躊躇した。すると手に短筒を構えた近江屋重左衛門が馬を走らせて飛んでくると、短筒の銃口で脅しながら山門の外へと押し出した。

根雪を先頭に一行が進むところ、のたうつように流れる溶岩流が消えた。

「なんてこった。ばさまの足元はなんともねえぞ」

三吉が驚きの言葉を発する中、フランス国のナポレオン金貨を十頭の馬の背に積み分け、さらに志波と近江屋が乗った二頭を中心にした行列は、静々と大畑湊を目指して下っていった。

最後尾にいた地嵐が山門を出た。すると地嵐のすぐ後方から溶岩流が噴き出して流れ始めた。

根雪と地嵐はオヤマの大噴火に霊の壁を作って、結界を生じさせていた。それは行列の長さと幅に見合うほどの〝船〟だった。

「なんという霊力にございますか」

権藤晋一郎が呻《うめ》き、

「われらはただ手をこまねいているしかございませぬか、夏目様」

と影二郎に訴えた。

「いまはそうするしかあるまい」

ナポレオン金貨を積んだ〝船〟は、溶岩流の大河が幾筋も交錯してぶつかり流れ、天には火山弾が飛び交って落下する賽の河原の轟音と騒擾と破壊の海を、そこだけまるで隔絶した世界が存在するように悠然と進んでいく。

影二郎は法城寺佐常を腰から抜いて、その場に胡坐《あぐら》をかいた。そして、視線は根雪と地嵐に守られた行列の行く手に向けられた。

「はーあー

オヤマの神仏にお頼み候

聖イタコの時雨様にお願い候……」

そんな口寄せの経文が影二郎の口から洩れた。

「南ねあまされ　招ざれたんもう

主ある仏なれば　中の寺の御座に乗せて　長いぎの一日なら　五日の年いぎの聖イタコの時雨様をば　地蔵弥陀の森より出でよと招じたんもう……」

影二郎が手に法城寺佐常を摑んで、すっくと立ち上がった。

幾多の修羅場を潜り抜けてきた豪剣が抜き払われ、夜空を焦がし、賽の河原を飲み込んで流れる溶岩流と火山弾の落下に向かって、十字を切った。

「聖イタコの時雨様、百年千年の眠りを覚まして、オヤマのために働きくだされや」

溶岩流の海を雄々しくも孤独に進む〝船〟が突如停止した。

船の舳先に立つ根雪の足が上げられたが、見えない壁があるように虚空で止まった。そして、ゆらりゆらりと体が揺れ始めた。

それでも全身を阻む力に対抗するように黒御幣の桑の枝を振った。

轟音と雷鳴を何百倍にもしたようなオヤマの呻き声の中に妙なる調べが流れてきた。すると溶岩の噴出もわずかばかり静まりを見せたように思えた。

「行く手を邪魔するはだれぞやな！」

根雪が叫んだ。

すると火焔の虚空に小さな小さなおばばが姿を現わした。

「根雪、地嵐、そなたらは黒イタコに魂を売ったかや」

「おっ母か」

「時雨ばさまかや」

根雪と地嵐の驚愕の声が洩れた。

「そなたらがオヤマを追われたとは露知らず、極楽浄土でほこらほこらと居眠りをしていた時雨おばばは、なんという愚か者よ。もはや地蔵弥陀の森にも戻れず、地獄の門も閉ざされ、この後、千年万年の孤独の流浪を無限の虚空にさまようことになるわ」

「おばばさま！」

「地嵐、吹雪を殺したは母親のそなたぞ！」

「許してくれえ！」

「われら一族を途絶えさせたはそなたらじゃ」

「わけもある、仕方がなかったことじゃ」

「もはや言い訳無用じゃ。千年の長旅に出る前にそなたらの始末をつけねばなるまいて」

時雨の口からオシラ祭文が静かに流れ出した。

行列の真ん中より志波忠満と近江屋重左衛門の馬が根雪のもとに駆け出していき、

「なにをしておる、あやつを踏み殺しても大畑湊に走るのじゃ！」

と叫んだ。

「志波様、おばばは、おらのおっ母にござりますだ」

「死んだ人間じゃ、あの世に参ったときに親子の縁は切れておるわ」

志波が無情に言い放つと、

「根雪、そなたはわれらと一蓮托生のさだめぞ！　母を押し潰して進め」

と命じた。

根雪が姿勢を改めた。

行列の後尾に黒オシラの姫を突き立てた地嵐が母の下に走り寄ってきた。

親子の黒イタコは、黒御幣の桑の枝を振り回して、黒オシラ祭文を唱え始めた。

前方では聖イタコの時雨が、

「はーあー
この世を地獄に変える者がおる　どうか地蔵様《じんじょ》　オヤマを鎮めくだされや
われら娑婆《しゃんば》もにあるときはあるとぎは　白ぎ牛でもでだなら　角うがれでもおるべきもを
われらもシャバにるとぎは　羽黒山でも　懸げだなら　一心の苦行は逃れべもの
餓えに死に　渇きにもだえ死んだ人々の　仏降ろしに花降ろし口寄せがわれらイタコの務めがや　欲にかられて黒イタコに落ちた輩は　娘でもなければ　孫でもない
オヤマの地蔵様　どうか成敗してくだされや……」

湿った風が賽の河原に吹いた。

天に噴き上げられた真っ赤な火山弾が白い煙を噴きながら、賽の河原に落ちてきた。

「お侍、雨っこが降ってきたぞ！」

三吉が叫んだ。

宇曾利山湖を新たな火口に溶岩と噴煙を噴き上げ、湖のあちこちを破壊して溶岩流を賽の河原から麓の村に押し流していた脅威の上に雨が降り落ちて、白い水蒸気を上げ始めた。

さらに雨音がするほどに激しさを増した。

溶岩流も真っ赤なうねりから白い水蒸気を放ちながら、熱が下がったせいで、色を黒く変えようとしていた。

根雪と地嵐も踏ん張った。

再び溶岩が火口から噴き上がって七色の光が走り、豪雨と雷鳴がそれに抗した。

烈風が賽の河原を吹き荒れる。

広大無辺のオヤマを舞台に聖イタコの時雨と黒イタコの根雪と地嵐が死力を尽くして戦っていた。

時雨は根雪にイタコの霊を伝承し、地嵐をも育てた祖母であった。すでに仏上がりした聖イタコが極楽浄土から蘇って、秘術を尽くして戦っていた。

その力の源は、曾孫の吹雪を地獄に落とした二人への憤怒であり、哀しみだった。だが、根雪はわが娘、地嵐は孫なのだ。

南部藩次席家老の志波忠満と近江屋重左衛門に霊力を売り渡した悪縁とイタコ仲間への意地が根雪と地嵐の二人を戦わせていた。

両者の力は拮抗していた。

一旦収まりかけた火口からの噴煙が新たに高く上がり始め、地鳴りがオヤマ全域を揺るがして轟いた。すると雨の勢いがそがれて、虚空に浮かぶ時雨の小体がぐらぐらと揺れだした。

「時雨様が火山弾に打たれて、火焔の流れに落ちられるぞ！」

三吉が悲鳴を上げた。

そのとき、影二郎は手に吹雪が残した黒オシラの馬を持って立ち上がると、山の斜面をすすっと滑り降りていった。

「お侍、火傷するど、危ねえぞ！」

絶叫する三吉の言葉を尻目に影二郎は、溶岩流の中に足を踏み入れた。足元から煙が立ち上がった。南蛮外衣も煙を上げた。

「お侍が燃えるど、おっ死ぬぞ。おら、いやだ！」

おこまが泣き叫ぶ三吉の体を抱き締めた
「三吉さん、そなたは男の子です。しっかりと影二郎様のなさることを見るのです」

おこまに諭されて、三吉は勇気を奮って視線を向けた。

一文字笠に南蛮外衣の影二郎は、足が燃え溶けるのを意識した。が、黒オシラの馬を振り翳して強引に突き進んだ。

おこまらの目には真っ赤に燃えただれた溶岩流の中を一歩一歩と進む夏目影二郎の体から煙が幾筋も立ち昇った。

おこまも喜十郎も息を飲んだ。

だが、影二郎は迷うことなく歩を火の海に進めていた。

その姿はだれの目にも孤独に映った。

「お侍、もうすぐだぞ」

三吉が鼓舞するように呟く。

ナポレオン金貨を馬の背に積んで立往生する〝船〟の後尾がそこに迫っていた。

地嵐の立てた黒オシラの姫と吹雪が残した黒オシラの馬がうれしげな声を立てあった。

影二郎はついに行列の中に、結界の〝船〟へと乗り込んだ。

黒オシラの馬を姫のかたわらに置いた。

「時雨おばば、夏目影二郎、手伝い申す！」

「われの眠りを覚ました侍かや」

時雨が再び力を取り戻そうとした。すると、

「孜々邨譚山入道、そなたらの働き場所ぞ！」

という志波忠満の命が行列の中ほどから響いた。

立ち竦んでいた忠満の家来たちのうち、七人が虚空に身を躍らせると白装束の白忍びと変った。

「孜々邨譚山、そなたは陸奥湾に沈んだのではなかったか」

「そうそう簡単に死んでたまるか」

白忍びの頭領が影二郎に叫ぶと、

「南部忍び七重ね！」

と叫んだ。

細く長い〝船〟の中で七つの白忍びが天を焦がす虚空へと飛び上がった。一人目の巨漢が影二郎の数間先に飛び降りると、二番手が一番手の巨漢の肩に飛び降りて立った。さら三番手が二番手の肩にと順々に白忍びの七重の塔が出来上がった。

頂に乗って忍び刀を構えるのは孜々邨譚山入道だ。

「江戸の密偵、七崩しに見事耐えられるか」

頂から孜々邨譚山入道が叫んだ。

影二郎は法城寺佐常を抜いた。

孜々邨譚山の口から呪文が唱えられて、法力を発した。

七人の塔が前後左右に揺れ始め、ときに影二郎の体の上に覆いかぶさってきた。そして、影二郎の体が金縛りにあったように動けなくなった。

山の斜面でその光景を眺めていた菱沼喜十郎が背に担いだ弓矢を取り出すと、矢を弓に番えた。

道雪派の弓の名人は、弓と弦をきりきりと引き絞りながら、胸の中で念じた。

(南無八幡大菩薩、われに力を与えたまえ)

いまや七つの塔は影二郎の頭上を押さえつけて、影二郎の動きを封じ込めていた。もはや影二郎には黒オシラの馬はない。となれば、体の自由が利いたとしても動き回れるのは狭い結界の〝船〟だけだ、もはや溶岩流の海に逃れることは適わなかった。後ろにも左右にも動き回る余地はないのだ。前方と頭上は白忍びの七重ねに押さえ込まれていた。

なにより手も足も重く、動かそうとしても動こうとはしなかった。

(どうしたものか)

影二郎は思案にくれた。

そのとき、心を無にした喜十郎が弦から矢を放った。

喜十郎の思いを託された矢は、燃え盛る火山弾が次から次へと飛び落ちる虚空を数丁も飛んで、七重ねの四番目の白忍びの胸に突き立った。

「うっ!」

いままさに七崩しがばらばらと影二郎を頭上から襲おうとした瞬間、真ん中の四番手が大きく揺らいで傾いた。均衡が一気に崩れた。

騒乱の地を支配するなにかが音もなく切れた。

その瞬間、影二郎は五体が軽くなったのを感じた。

影二郎は反射的に突進していた。前方を塞ぐ巨漢の太股を先反佐常で摺り上げると、揺らぐ巨体に体当たりをしていた。

影二郎は七重ねを突き抜けた。

七重ねが七崩しを前に崩壊した。

「ああっ!」

七重ねの三番手、五番手、六番手が〝船〟の外に転がり落ちて、炎を上げた。あっという間に焼け溶けた。

影二郎は反転すると、かろうじて船中に飛び降りた二番手の胴を断ち斬っていた。

影二郎は再び反転した。

ふわり

と孜々邨譚山入道が影二郎の一間先に飛び降りたところだった。

南部藩の次席家老と御用商人によって育てられた白忍びの頭領と影二郎は向き合った。

孜々邨は忍び刀を右手一本に持っていた。

「譚山入道、まだなんぞ隠し技があるか」

にたりと白忍びの頭領が笑った。すると口の端の筋肉が微細な動きを見せた。

影二郎は見逃さなかった。

法城寺佐常は正眼に構えられていた。

譚山入道の忍び刀が横手に突き出された。

先反佐常が突きの構えに変じた。

一瞬、二人は互いの顔を睨み合い、同時に突進した。

譚山入道の口が窄《すぼ》められたとき、影二郎は一文字笠を被った頭を下げて笠を楯にし、南蛮外衣を身にまとった。その動きの最中も突きは続行された。

ばらばら

と含み針が漆塗りを重ねた一文字笠と南蛮外衣に突き立った。

横手から譚山入道の忍び刀が襲ってきた。

が、先反佐常の切っ先が白忍びの胸を深々と貫き通したのが先だった。

忍び刀は力なく影二郎の胸前を流れた。

両者は佐常につながれるように見合った。

影二郎の掌に含み針が何本も立っていた。

ふうう

孜々邨譚山入道が大きな息を一つ吐き、〝船〟の外の溶岩流の海に転がり落ちて、瞬く間に煙と化した。

「時雨おばば！」

影二郎の叫びに励まされたか、再び天から豪雨が降り注いできた。

瞬く間に溶岩流が白い煙を噴き上げて、熱を奪われていく。

時雨と向き合う根雪ばさまと地嵐あねさが荒い息を吐き始めた。

「根雪、地嵐、オヤマの習わしを破って、黒イタコに落ちたものがどうなるか、とくとみよ」

時雨の手が差し伸べられ、イラタカの数珠が虚空で振られた。

すると行列の先頭で黒御幣を振り続けていた根雪と地嵐の体が左右に大きく揺れ始めた。

「南は七日の海、補陀落山《ほだら》の　四方四角の枠の　隅から隅まで
招じまいらせ　さぶろうや
西は、光来《こうらい》、京師《けいし》か傾丹国《けいたんこく》
東は羽黒《はぐろ》
北は福徳《ふくとく》　さとがすむ
そなたらがいく場所は寸毫も残っておらぬ。
黒イタコ、きりぎりと地獄へ落ちよ！」
根雪と地嵐が悲鳴を残して、結界の外に、自らが作り出したこの世の火焔地獄に転がり落ちて、白い二筋の煙を立ち昇らせた。
時雨の叫びがオヤマにこだまして、地鳴りのような雷鳴も噴き上げる溶岩も地を這う溶岩流も急に力を失ってきた。
豪雨がさらに激しさを増した。
賽の河原に槍の束を降り落すような雨が叩きつけていた。
宇曾利山の火口は未だ溶岩を噴き上げていた。
光が走り、轟音が轟いていた。
オヤマで火と水が戦っていた。
白い水蒸気が立ち昇り、すべてを覆い尽くした。

影二郎は一寸先さえ見通すことはできなかった。

白い闇はどれほど続いたか。

ふいに馬蹄の音が響いた。

水蒸気が消えていった。

影二郎は虚空を、時雨おばばを見た。が、おばばは聖イタコの座も極楽浄土からも追われて、無限の虚空に流離《さまよ》う旅に出て、もはやその姿はなかった。

オヤマから黒イタコの詐術も聖イタコの霊力も消えていこうとしていた。

結界も消えていた。

が、現実《いつも》の恐山に戻るにはしばしのときを要した。

影二郎の眼前では馬が嘶いた。

志波忠満と近江屋重左衛門の二人が乗る馬に先導されて、ナポレオン金貨を積んだ十頭が大畑への坂道を駆け下っていこうとしていた。

影二郎は慌てふためく志波の家来たちの間を搔き分けて走った。

地面が燃えるように熱い。

影二郎は走った。

前方に金貨を積んだ一頭の馬が群れから離れて、足踏みして立ち止まっていた。

地面の熱さに進むことも引くこともできずに止まっていた。

影二郎は馬の手綱を摑むと金貨の袋の後ろにひらりと跨った。

首筋を優しく叩いた。

「そなたの仲間を追うのじゃ！」

背に人を乗せて安心したか、影二郎の言葉を聞き分けたかのように馬は走り出した。

群れはすでに十数丁先を走っていた。

道の左右にはまだ冷め切らない溶岩がごろごろとして、噴煙を上げている。

影二郎はひたひたと馬を追った。

賽の河原で演じられた聖イタコと黒イタコの戦いの痕跡がここにもあった。谷間の底でいつものように噴煙を上げる小さな火口群から火柱が立ち上がっていた。

緩く下る坂道は左手の崖に沿っていったん上り坂になり、大きく蛇行すると影二郎の視界から消えた。

志波忠満と近江屋に率いられた馬の群れも消えていた。

もはや賽の河原と大畑湊の中間点に差し掛かっている。

影二郎と馬は大畑川を右手の下に見て、上り坂を駆け上がり、小高い岩場を左に巻くように曲がった。すると広大な風景が広がった。

左右から崖が迫り、左の崖下にへばりつくように狭い坂道が延びていた。

右手は落差数十丈もある、深い谷間だ。大畑川の流れの岸には未だ火柱を上げる火口がいくつもいくつも落下するものを飲み込まんと待ち受けていた。

それはまるで巨大な火焔の蟻地獄だ。

左右に伸びた崖は半里も先で急速に接近して、大畑湊に続く道を塞ぐ巨大な切通しを造っていた。

漏斗の口に向かっていた志波忠満と近江屋重左衛門の馬たちが突然走りを止めた。

影二郎も馬を止めた。

かたわらに地蔵堂があった。

四

行く手に殺気が走った。

三頭の馬が漏斗の口のように窄《つぼ》んだ道の上を塞いでいた。左右は大畑川の流れを見下ろす切り立った岩場だ。

三人の男たちの顔は影二郎のところからは余りにも遠くて見分けることができなかった。

一文字笠に道中羽織に野袴姿、一人が槍を携えていた。

三人の騎馬武者が立つ崖のさらに上に三十余頭の騎馬武者が姿を見せた。

津軽藩が南部から分かれたとき以来、密かに持ち続けてきた野武士の群れだ。となれば行く手を塞ぐ岩場の三人は、鳥居甲斐守忠耀が津軽に送り込んだ北辰一刀流千葉周作道場の元門弟、法源新五郎らであろう。

岩木山凹助は使いの任を果たしたのだ。

影二郎は、馬から下りるとその背から振り分けられた麻袋を下ろし、地蔵堂に隠した。

身軽になった馬の背に戻った影二郎は、志波忠満と近江屋重左衛門に視線をやった。

二人は剣術家と津軽の野武士の群れを振り切って、突破できるかどうか迷っていた。

志波忠満は一気に坂道を大畑まで駆け下ると決心をつけたか、ナポレオン金貨を積んだ馬の群れの先頭に立った。

再び馬の群れが疾走を始めた。

法源新五郎らはその様子を窺うようにじっとしていたが、崖を一気に下り始めた。

影二郎は再び走り出した。

南蛮外衣が風に靡いた。

走り出した志波忠満が再び手綱を引き絞った。

急停止した志波の体に驚愕が走った。

野武士たちが立つ崖の対岸に新たな騎馬武者の一団が姿を見せていた。

南部駒に跨られた人物は、南部利済公だった。かたわらに控えているのは毛馬内式部太夫だ。

盛岡から早馬で藩主自らが危難の地に走りきたか。総勢十騎ほどだ。

小才次は使いの役をはたしたのだ。

「志波忠満、藩主に断りもなく、夜盗の真似か」

谷間に利済の声が凜然と響いた。

「御用商人と結託しての悪行の数々、式部太夫より聞き知った。余が直々に調べを致す。これへ参れ！」

この間に法源新五郎ら三人が崖を駆け下って、道を塞ぐように立った。

もはや志波と近江屋の一行の行く手は完全に塞がれていた。後方には夏目影二郎がいた。

志波はしばし沈思していたが、

「利済様、さらばにございます」

という声を虚空に放った。

「近江屋、続け。われらはもはや、盛岡には帰れぬ身、異国の金貨とともに大海原の果てに旅立とうぞ！」

と残った最後の同志に呼びかけた。

「心得ました！」

志波忠満が馬腹を蹴ると、勇敢にも大畑川の谷に向かって急崖に飛び込んでいった。

石ころ交じりの砂煙が上がった。

近江屋重左衛門が馬の群れの後方から短筒の銃口を虚空に向けて引き金を引いた。

谷間に銃声がこだまして、ナポレオン金貨を積んだ九頭の馬が谷間に向かって、雪崩を打つように飛び込んでいった。さらに最後に近江屋重左衛門が追い立てるように続いた。

小石の崖を二人の男を乗せた馬二頭にはさまれて、麻袋を積んだ九頭の馬が走り下る様は敵ながら壮観だった。

影二郎は津軽の野武士集団を見た。

一団は、いま馬首を返して、姿を消そうとしていた。おそらく大畑川の河口へと先行して、志波一行を待ち受けるつもりだろう。

法源新五郎ら三人の剣客も志波忠満らが捨て身の行動に出たのを確かめ、方向を転じようとしていた。

影二郎は急崖を斜めに砂煙を上げて走り下る馬の群れを追うように跳躍した。

ぐぐっ

と馬の足が石と砂に埋まり、前のめりに倒れそうになった。だが、馬は四本の足を巧みに使って踏みとどまり、仲間を追っていった。

影二郎の馬は身軽だった。その分、重い荷を積んだ馬よりも軽快に走り下ることができた。

影二郎の馬と志波忠満らの馬との差が急激に接近した。いまや一丁を切ろうとしていた。

「急ぐでない、ゆっくり追い詰めよ」

影二郎は馬に言い聞かせながら、下っていった。すると硫黄の臭いが強く漂ってきて、息苦しくなった。まだ根雪と地嵐がもたらした幻術の名残りが河原でくすぶり続けていた。

影二郎は、手綱を離すと手拭で口を覆った。

近江屋重左衛門の背に半丁と迫ったとき、重左衛門が影二郎の追跡に気がついたか、振り向いた。

顔が歪んで、なにか罵り声を上げた。

短筒が影二郎に向かって突き出された。

銃声が響いたとき、影二郎は斜めに走り降りるのをやめて、馬首を谷間に向けて飛んでいた。

銃弾が一文字笠のかたわらを掠めて、後方に消えた。

影二郎は手綱を絞って、上体を後ろに反らして転倒を避けた。

銃声に驚いた馬の一頭が転び、背からナポレオン金貨を入れた麻袋が河原に向かって転がり落ちていった。さらに続く馬が転倒した馬に足を引っ掛けて転がった。さらに後続の馬が……。

河原に向かって転がる麻袋がぼこぼこと溶岩流の泡坊主を吹き上げる池に転がり落ちていった。

麻袋が転がり落ちた瞬間、黄金色の光が走った。河原を染める金色の光は麻袋が落下する度に繰り返された。なんとナポレオン金貨は再び大地に戻ろうとしていた。

「ああっ！」

志波忠満が馬上で悲鳴を上げた。

そのとき、転がる馬と麻袋の一つが志波忠満の乗る馬の後足に激しくぶつかった。

「お、近江屋！」

絶叫した南部藩の次席家老は、麻袋と馬に弾き飛ばされるように灼熱地獄の真ん中に転がり落ちた。

一瞬、志波が溶岩の中から顔を上げた。が、その半面はすでに焼け落ちて、その直後には熱く熱せられた溶岩の海に没して消えた。

南部藩を牛耳ってきた次席家老は、はかなくもオヤマの露と消えた。

影二郎はその光景を馬上から呆然と眺めていた。

溶岩の池に落ちるのをなんとか避けた馬たちの背にはもはや麻袋はなかった。空荷になった馬は立ち上がった。

硫黄にむせた馬たちは動物の本能で大畑川の流れに沿って河口へと走り出した。

麻袋を積んだ九頭の馬のうち、七頭が空馬になって走り去った。一頭は志波と一緒に溶岩流の池に没した。かろうじて河原に麻袋を積んで、降り立ったのは一頭だけだった。

近江屋は金貨を積んだ一頭の手綱を取ると、広大な谷間が一気に狭まる漏斗の口へと追い立てた。

影二郎は、近江屋を追って再び追跡を開始した。

一旦詰めた距離は再び半丁と広がっていた。

噴煙をあちこちで上げる河原はだんだんと狭くなっていく。その手前で影二郎は、数間先に近江屋の背中を捕らえていた。

「近江屋、逃げられはせぬ！」

重左衛門が後ろを振り見た。

悲壮にも御用商人の顔は歪んでいた。

「近江屋、アナスタシア姫から奪った金剛石は懐か」

近江屋の顔に驚愕が走った。

「そなたには不似合いの宝ぞ！」

影二郎の馬が金貨を積んだ馬をはさんで近江屋の馬と頭を並べた。

二人は金貨を積んだ馬をはさんで顔を見合せ、併走した。

「夏目影二郎、死ね！」

近江屋の短筒が影二郎に向けられたのと、影二郎が両の鐙《あぶみ》に立って、近江屋に飛び掛ったのが同時だった。

影二郎は片手で短筒を持つ近江屋の手を押し払っていた。

近江屋は強引に引き金を引いた。

近江屋と影二郎の耳と目元で銃声が響き、二人は硝煙を浴びながら、絡み合うように河原に落ちた。下になって落ちたのは近江屋だ。

影二郎は耳ががんがんして、目も見えなかった。それでも影二郎は近江屋の体を抱きかかえて離さなかった。

近江屋も河原に叩きつけられた痛みに一瞬気を失いそうになった。だが、超人的な力で立て直すと、短筒で影二郎を殴りつけた。

一撃が影二郎のこめかみを打った。

意識が遠のいた。それでも影二郎は近江屋を逃がさないように両腕で抱え込んでいた。が、新たな打撃がきた。

意識が失われた。

一瞬のことだった。

両腕の力が抜けた。

腕の中から近江屋が逃げ去るのを感じた影二郎は、頭を振って意識を蘇らせた。

そのとき、影二郎はおぼろの視界の中で近江屋が金貨を積んだ馬に乗り換えて、漏斗の口へと走っていく姿を見た。

影二郎が乗ってきた馬は走り去っていた。だが、近江屋が乗っていた馬が流れのそばに呆然と立っていた。

馬に走ると飛び乗った。

頭に激痛が走った。それでも影二郎は馬腹を蹴って近江屋を追った。

視界がぼけていた。が、新たな乗り手を得た馬は河口へと走り下っていく。

影二郎の手がふと馬の鞍に括り付けられた小さな皮袋に触った。な、なんと……

(ペテルブルグのオーロラではないか)

近江屋は逃げることに必死で、金剛石オーロラを馬の鞍に忘れていった。

影二郎は鞍から引きちぎって皮袋の中身の硬さを確かめると懐にねじ込んだ。

視力が戻ってきた。聴覚も甦ってきた。

頭痛だけが続いていた。

谷間が窄まった漏斗の口に差し掛かった。

両側の崖が大畑川の流れの上に覆いかぶさるように切り立つ口にナポレオン金貨を積んだ馬に跨る近江屋重左衛門が駆け入り、蛇行する流れに沿って岩陰に姿を没した。

その直後、

「ぎぎえっ!」

近江屋重左衛門の絶叫が聞こえてきた。

影二郎は手綱を引いて、馬を制止させようとした。それでも漏斗の口に雪崩れ込むように突っ込んでいった。

影二郎が見たものは、近江屋重左衛門の背から突き出た槍の穂先だ。

串刺しになった近江屋は、なにか悲しげな呟きを発するとゆっくりと横倒しに落馬していっった。

　いったん停止していた馬は、近江屋の落馬に驚き、再び闇雲に疾走をし始めた。手綱が手に絡んでいた近江屋は河原を引きずられて、さらに跳躍するように馬と人は流れに突っ込んでいった。

　その瞬間、麻袋が破れてナポレオン金貨が流れに散らばった。

　影二郎はようやく馬を止めた。

　河原には近江屋重左衛門の体を突き通していた槍が折れて転がり、血の跡が流れまで伸びて消えていた。

　数十間先の河原を塞ぐように法源新五郎ら三人が立っていた。

「桃井の鬼とは金色堂以来か」

　法源新五郎が言った。

　夏目影二郎は黙って馬の首筋を叩くと背から河原に飛んだ。

「そなたら、千葉周作先生のお名を汚して破門されたそうな。妖怪どのに身柄を拾われたようじゃが、北辰一刀流にも千葉先生にも迷惑至極の話。となれば、恐山を死に場所とせぬか」

「大目付の父親の威光をきて、他国にまで押し入る厚顔、許せぬ」

　投槍で近江屋を仕留めた法源新五郎が静かに言い放った。

「水戸の三羽烏、千葉の若法師と恐れられたそなたらの腕、鏡新明智流の夏目影二郎が見て遣わす」

影二郎は肩にまとった南蛮外衣を投げ捨てた。

法源新五郎と影二郎が対決する左岸には津軽の野武士集団が駆け込んできた。

大畑川の流れをはさんだ右岸には、南部利済公を先頭にした南部の家臣団が走り込んできて、馬を止めた。かたわらに毛馬内式部太夫らが随行していた。

数に倍する戦闘集団の津軽の野武士たちが動こうとした。

その機先を制して影二郎の大声が響き渡った。

「南部利済様ならびに津軽の面々に申しあぐる。われらは、江戸は鏡新明智流の桃井道場と北辰一刀流の千葉道場の元門弟である。ゆえあって師匠の下を去った剣術家が縁あって南部領の恐山の河原で偶然にも出遭うた。われら、これより、武術家として尋常の勝負を致す。とくとご覧あれ。一切の手出しは無用に候！」

「夏目影二郎、そなたの申し分、相分った。存分に戦え」

利済の声が応じた。

「ご領内、お借り申す」

着流しの影二郎は法城寺佐常を抜いた。

法源新五郎、熢村左五平、幕内権太左衛門も羽織を脱ぎ、幕内は一文字笠の紐を引き千切って捨てた。

大刀を抜き放つと法源を後方におく逆楔《くさび》陣形を取った。

影二郎からみて右手に巨漢の幕内が、左手に中肉の熢村が立った。

二人の後方の要に立つ法源新五郎は、五尺八寸余、均整のとれた体付きをしていた。刀の下げ緒で手早く襷《たすき》をかけた。

その流れるような戦仕度は数々の修羅場を潜ってきたことを示していた。

影二郎は、南北朝期の鍛冶、法城寺佐常によって鍛えられた薙刀を後年、刃区《はまち》二尺五寸三分のところから刀に鍛ち変えられた豪剣を地擦りに付けた。元々薙刀である、刀に比べ反強く、身幅も厚かった。

影二郎の強力と腕前が使いこなしうる一剣であった。

陣形の要、法源新五郎は正眼にとった。

左手の熢村左五平は右脇構えに、最後の幕内権太左衛門は、流れの縁に立って左八双に長剣を立てて構えた。

天保の御世、江戸の三大道場は、北辰一刀流の千葉周作道場、神道無念流の斎藤弥九郎道場、そして、鏡新明智流の桃井春蔵道場であった。この三つは、

「位は桃井、技は千葉、力は斎藤……」

と江戸の人々に呼び分けられていた。

その桃井道場に、

「位の桃井に鬼がいる……」

と呼ばれた夏目影二郎と北辰一刀流の、

「水戸の荒法師……」

と呼ばれた三人が陸奥の地で対決することになった。

影二郎は、法源新五郎ら三人の気力と闘争心を見た。

法源新五郎には落ち着きはらった余裕が感じられた。

燧村左五平は満々たる闘志を漲らせて、今にも影二郎に左脇構えの剣を車輪に引き回して襲おうとする緊張が感じられた。

幕内権太左衛門は、影二郎の出方を窺おうとする様子を見せていた。

影二郎は地擦りの先反佐常の切っ先をゆっくりと無限の円を描くように上げ始めた。

それは影二郎の体の左手から右回りに天空へと突き上げられていった。

燧村左五平は先反佐常が頭上から下降を始めようとした瞬間、動いた。

同時に影二郎も右前方に飛んでいた。

燧村が飛んだ場所にはすでに影二郎の姿はなく、影二郎は一気に間合いを詰めて、幕内権太左衛門の懐に入り込むと、八双の剣が自らの肩口に振り下ろされるのを感じながら、巨漢の肩口を深々と斬り下げていた。

幕内には予測もしない襲撃であった。

「げげえっ!」

野獣の絶叫を残した幕内が河原に朽木が倒れるように横倒しに倒れたとき、影二郎は反転すると元いた場所に向かって跳躍、身を捻り戻っていた。

その光景は、南部利済らの目にはなぜかゆるやかな動きに映った。

法城寺佐常が白い光になって地擦りの位置に戻り、さらに上昇すると脇構えの燵村左五平の剣と絡み合って、火花を散らし、
ちゃりん!

という音を響かせて、燵村の剣を弾き飛ばして、胸部を斜めに斬り上げていた。

燵村左五平の体が一瞬虚空に固まり、その直後、くたくたと河原に崩れ落ちた。

影二郎の連続した攻撃は一瞬の遅滞もなく流れるように行われた。

見る人に戦慄を感じさせる斬戟は一筋の光の帯になって続けられた。

「おのれ!」

法源新五郎は正眼の剣を左肩まで引き付けると、燵村左五平を倒した体勢から立ち直ろうとする影二郎の背に必殺の一撃を送り込んだ。

影二郎は背に死を感じつつ、流れに向かって飛んだ。

背に法源の斬戟が浅く届き、影二郎は流れの中に体を沈めていた。

その視界に水中で転がり流れるナポレオン金貨がきらきらと輝いて流れるのが見えた。それ

はほんの一瞬のことだった。

一の太刀をしくじった法源新五郎は迷いもなく、流れに飛び込んできた。

二人は早い流れに押されるように流され、ほとんど同時に体勢を立て直すと水中から顔を、上体を現わした。

影二郎と法源新五郎はほぼ二間の間合いで向きあっていた。

流れの上にいるのは新五郎だ。

その下流で速い流れをまともに受ける影二郎の体はぐらぐらと揺れた。

法源は上段の構えを見せた。

影二郎は、先反佐常を虚空に突き上げた。

二人はその姿勢でしばし睨み合った。

いったん水中から上体を現わした影二郎がだんだんと沈降を始めた。

法城寺佐常の切っ先は天空に向かって突き上げたままだ。

それはゆるやかに、確実に続けられ、一寸また一寸と上体が水中に隠れていった。

(なにをなす気か)

利済も式部太夫も考えあぐねた。

すでに首の下まで水中に没した影二郎に向かって、法源新五郎は必殺一撃の体勢を整え終えた。

「おおおっ！」

新五郎が激流に背を押されるように下流の影二郎に向かって水中を走った。

影二郎の頭が水中に没した。が、その直後、水煙を上げて虚空に躍り上がっていた。

「な、なんということじゃ！」

利済らが息を飲んだ。

水中から虚空へ高々と飛び上がった影二郎は、法城寺佐常を上流から走り寄ってきた法源新五郎の眉間に叩き付けていた。

大畑川に血飛沫が上がり、眉間がぱっかりと割れた。

法源新五郎はしばらく流れに抗して立っていたが、ゆっくりと横倒しになって、水中に没し去った。

影二郎が再び流れに落ちたとき、その下流に法源新五郎のうつ伏せの体が浮き上がってきた。

「見事である、夏目影二郎！」

利済が叫んだ。

影二郎は頷き返す暇もなかった。

津軽の野武士軍団が川の流れを越えて、南部利済らに襲いかかる構えを見せていた。

影二郎は河原を見下ろす崖の上に一群の影が走ったのを目の端に捉えた。

「待て！」

影二郎は荒い息を弾ませながらも叫んだ。

「津軽の衆に申し上げる。オヤマは南部領である。この地で無法を致さば、南部と津軽は、血で血を争う戦になる。幕府が手をこまねいて見ていると思うか！」

野武士の頭領の顔に迷いが走ったが、

「大目付の密偵を始末すればよいことよ」

と手を上げた。

その数三倍を数える津軽の野武士衆にしては積年の敵、南部藩主を殺す絶好の機会だった。

南部の藩士たちも無勢ながら、利済のお命を守るために応戦しようと陣容を整えた。

津軽の軍勢も再び突進の構えを見せた。

両軍が刀を抜きあって、一触即発の様相を呈したとき、銃声が響き、両側の切り立った岩場に殷々とこだました。

銃弾が津軽の頭領の頭を掠めて河原に跳ねた。

国定忠治が切り立った崖の上に立っていた。

そして、日光の円蔵ら子分たちが鉄砲を構えて、津軽の野武士たちに狙いをつけていた。

「上州の流れ者、国定忠治と子分どもだ。南蛮の旦那、南部の殿様が顔色変えて奥州道中を北に走りなさるのを見てよ、ついてきたってわけだ」

忠治ののんびりした言葉に津軽の頭領が舌打ちをした。

「引き上げじゃ！」

頭領がそう言うと大畑川の上流へと走り出した。三十余騎の配下たちも続いて消えた。

影二郎は、高い崖の上の忠治と子分たちに笑いかけた。

「忠治、借りができたな」

「おれが獄門にかけられるときによ、線香の一本も上げてくんな」

「承知した」

忠治一統の姿が消えた。

大畑川の流れの縁に残ったのは、南部公の一行と影二郎だけだ。

「夏目どの、お願いがござる」

毛馬内式部太夫が流れの向こうから呼び掛けてきた。

「聞こう」

「オヤマは大昔からの霊場にござる。摩訶不思議なことはこれまで幾多も繰り返されて来申した。夏目どのが見られたのもその類……」

「式部太夫どの、すべては夢まぼろしとして忘れよというか」

「できますれば」

「そなたが流れに見たフランス国の金貨もうたかたの夢か」

「さようにございます」

「その前に南部利済様にお願いの儀がござる」

「聞こう、夏目」

利済が式部太夫に変わった。

「南部と津軽が諍いを続けられれば、妖怪どののような幕吏が目をつけよう。津軽順承様は聡明な藩主ともれ聞いておる。利済様から手紙を送られて、和解をなされませぬか。両国が追い求めた金貨は、オヤマの怒りに触れて、土に戻り申した」

「夏目、老中水野忠邦様はそれでご納得なさろうか」

「利済様、この影二郎、老中の金玉《ふぐり》をいささか摑んでおる。任されよ」

地蔵堂に隠したナポレオン金貨で老中の口を噤ませようと思った。

「いま一つ、陸奥の海に沈んだアナスタシア姫らの遺体、海底から引き上げて地中に埋葬していただけませぬか。いつの日か祖国に戻してほしいのです。お願い申す」

「承知した」

と答えた利済が、

「夏目影二郎、二度までもこの利済はそなたに命を助けられたことになるか」

「蝦夷地警備の負担、陸奥に参ってよう分かり申した。影二郎からのいささかの贈り物にござる。大畑川の河口をせき止め、ナポレオン金貨が海に流れ込むのをせき止めるのが目下の急務のことにござろう」

「返す返すもかたじけない」

利済が馬首を巡らすと、

「夏目影二郎の親切、無にしてはならぬ」

と家来たちに命じた。

利済一行が河口へと走り出した。

残ったのは毛馬内式部太夫と影二郎だけだ。

「夏目影二郎どの、この通りにござる」

「南部の再建、頼みましたぞ」

「命に代えても」

「いずれお目にかかることもあろうか」

「さらばにござる」

式部太夫が主を追って去ると、影二郎は流れから身を上げた。

狭隘からオヤマを覗き見た。

怒りを鎮めた恐山は太古の昔からそうであるように静かであった。そして、昼の空に薄い月が空にかかっていた。

懐の皮袋から金剛石オーロラを出してみた。

それは月明かりになんとも神秘的な光を放って、静かに輝いていた。

（さてこのオーロラをどうしたものか）

どこかで主を呼ぶあかの吠え声がした。

影二郎は孤影を河原に残して、菱沼喜十郎らが待ち受けるはずの里へと下り始めた。

解説

細谷《ほそや》正充《まさみつ》（文芸評論家）

本書は、佐伯泰英の「夏目影二郎始末旅」シリーズの最新刊である。ファンには説明不要だろうが、本シリーズは日文文庫で『八州狩り』『代官狩り』の二冊を刊行。その後、光文社文庫に移転して『破牢狩り』『妖怪狩り』『百鬼狩り』の三冊が上梓《じょうし》されている。そこに、新たに加わることになったのが、この『下忍狩り』なのだ。

それにしても『下忍狩り』とは、いいタイトルである。勝手な連想だが、私は、このタイトルから『忍者狩り』という映画を思い出してしまったよ。ちなみに『忍者狩り』は、戦後の時代劇映画が衰退期に入った、昭和三十九年に東映が公開。監督は山内鉄也《やまのうちてつや》、主演は近衛十四郎《このえじゅうしろう》。外様大名を取り潰《つぶ》そうとする幕府の命を受けた忍者と、狙《ねら》われた藩に雇われた四人の浪人の非情無惨な死闘を描いた、ハードなチャンバラ映画の秀作である。もちろん本書の内容は『忍者狩り』とはまったくの別物だが、そのタイトルから、主人公と忍者との激しいバトルを予期して、ドキドキせずにはいられなかったのだ。そして喜ぶべきことに、このドキドキ先入観が裏切られることはなかった。「夏目影二郎始末旅」シリーズならば当然ではあるが、本書もまた、冒頭からラストまで剣戟《けんげき》の響き鳴り止まぬ、痛快なチャンバラ・エンタテインメントになっていたのである。これだから佐伯泰英の時代小説を読むのは、やめられないのだ。

前作『百鬼狩り』の騒動が収まってから、ほぼ一カ月。江戸でノンビリしている夏目影二郎に、嬉しい報せが舞い込んだ。父親である常磐豊後守秀信《ときわぶんごのかみひでのぶ》が、勘定奉行から大目付へと出世したのだ。父を気遣い、自宅へ向かう秀信の駕籠《かご》に付き添った影二郎。だが、そこで事件は起こった。勤番侍に追われていた巫女《みこ》姿の女が、影二郎たちの眼前で斬り殺されてしまったのだ。相手の言動から察するに、争っているのは、南部盛岡藩と津軽弘前《ひろさき》藩らしい。

もともと南部と津軽は、戦国時代のとある経緯が原因で、長く不仲が続いていた。つい先頃も、城中で両藩主が角突き合わせる場面があったという。だが、江戸市中で殺し合いまでするからには、それ相応の理由があるはずだ。しかも津軽は忍者を使って、争いを知った秀信を殺すべく、屋敷に火をつけようとしたのだ。忍者たちの跳梁の裏に、いかなる秘密が隠されているのか。夏目影二郎は、愛犬あかと、秀信配下の菱沼喜十郎《ひしぬまきじゅうろう》の娘おこまを連れて、北の地を目指す。

と、ここまでが起承転結の〝起〟といえるだろう。以後、影二郎一行は、南部・津軽の忍者たちや、巨大な異能をもつ黒イタコと激闘を繰り広げながら、事件の原因を突き止めようとする。だが、両藩のさまざまな人間や、幕府側の水野忠邦《みずのただくに》や鳥居耀蔵《とりいようぞう》の思惑が入り乱れて、状況は二転三転。幾多の死地を乗り越えた影二郎は、ついにたどり着いた恐山《オヤマ》で、驚くべき真実を知るのであった。

本シリーズの楽しさは、主人公が事件を追って日本各地を旅するところにある。当初は五街道中心だったが、前作では九州の唐津《からつ》、そして本書では東北の恐山と、旅程もスケール・アップ。平泉の中尊寺金色堂や、松尾芭蕉《ばしょう》が絶句した松島の美景、この世とあの世を結ぶ聖地・恐山と、北の旅情が満喫できるようになっている。なかでも、黒イタコの能力によって火焔《かえん》地獄と化した恐山の描写は、小説のイマジネーションが可能にした異形の風景として、深い印象を残してくれるのだ。

もっとも作者は、日本各地の名所旧跡を出したいだけで、影二郎に旅をさせているわけではない。ここで注意したいのが、彼の旅が、常に事件とイコールになっている点だ。

そもそも幕閣の要人を父親にもち、その一方で、江戸の闇将軍・浅草弾左衛門《あさくさきだんざえもん》と交誼《こうぎ》を結んでいる影二郎にとって、自分の力を十全に発揮できるホーム・グラウンドは江戸である。だが、彼の戦いは常にアウェイ。事件の発端こそ江戸だが、真相を解明するためには、敵地の奥深くに入り込まなければならないのだ。したがって、旅路を進めれば進めるほど、影二郎に危地が迫り、物語はヒートしていくことになるのである。これこそが、作者が旅にこだわる真の理由であろう。

鏡《きょう》新明智流《しんめいいち》。もうひとつ、チャンバラ・シーンの面白さにも触れておきたい。夏目影二郎の流派は、鏡新明智流。佩刀《はいとう》の法城寺佐常《ほうじょうじすけつね》は、薙刀《なぎなた》を刃渡り二尺五寸三分に鍛え直した豪刀である。江戸後期に名を馳せた三大道場のひとつ、桃井春蔵《もものいしゅんぞう》の道場で「位《くらい》の桃井に鬼がいる」と畏《い》怖《ふ》された剣の腕は、相次ぐ実戦のなかで、ますます磨《みが》きがかかっているようだ。本書でも、南部・津軽の忍者や、元千葉周作《ちばしゅうさく》門下の浪人たちと、迫力満点の斬り合いを見せてくれるのである。

ついでにチャンバラ関連でいうならば、影二郎が身にまとっている南蛮外衣《なんばんがいい》（マント）の役割もチェックしておきたい。裾の両端に二十匁《もんめ》（七十五グラム）の銀玉を縫いこんだ南蛮外衣を振ることで、あるときは敵を打ち、またあるときは身を守るのだ。絵的にも派手な、いわゆる〝見せる殺陣〟であるが、だからといってリアリティがないわけではない。たとえば、名《な》和弓雄《わゆみお》の『図解　隠し武器百科』という本に、

「昔の人で、おしゃれな連中は、袂《たもと》おとし……というものを使って袂の形を美しく見せる工夫をしていた。外出のときは五匁ほどの鉛玉を左右の袂の中においておくのである（中略）もちろん練習は必要であるが、左右の袂を振って敵の顔面を打つのである」

と書かれており、振袖で外出する女性の隠し武器として〝袂おとし〟が薦められている。これなどは、マントと着物の袂という違いはあるものの、武器としての原理は同一のものといえ

るだろう。ケレン味たっぷりのようで、実際は理に適《かな》った、攻防一体の南蛮外衣。その華麗な舞が、本シリーズのチャンバラに、独自の色彩を与えているのである。

　おっと、夏目影二郎について書こうとすると、どうしてもチャンバラに目がいってしまうが、その一方で、彼の人間的な魅力も見逃すわけにはいかないだろう。鬼神のごとき強さをもつ影二郎だが、その心には、いつも弱い立場の者たちへの優しさが息づいている。

　一例を挙げてみよう。北へ向かった影二郎は、その途次《とじ》で帰参中の南部藩主が呪殺にかけられていることを知り、これを助けるべく、祈禱師《きとうし》の居場所に赴《おもむ》く。この時点で、事件の全容は不明であり、事の善悪理非も五里霧中。もしかしたら南部藩主が悪人ということもあり得たのだ。それでも影二郎は、藩主を助けようとする。そこには、

「大名行列の途中で藩主が頓死《とんし》してみろ、藩の行く末はどうなると思う」

「取り潰しにあって迷惑するのはいつも民百姓だ。津軽と南部がなぜいがみ合うか知らぬが、まずは利済《としただ》様のお命を助けようか」

　という思いがあったのだ。南部・津軽のどちらか、あるいは両藩の改易《かいえき》を遂行《すいこう》せよという、水野忠邦の指令に反発し、独自の行動に出たのも、その根底にこのような思いを抱いていたからだろう。また、自分から積極的に相手を斬ろうとしなかった影二郎が、初めて怒りを露《あらわ》にしたのは、敵が罪のない少年を人質にしたときである。豪剣《ごうけん》の奥に秘められた有情《うじょう》の心。これこそが影二郎の人間的魅力の源泉となっているのだ。

その主人公を支えるレギュラー脇役陣も、これまた魅力的である。父親の秀信や浅草弾左衛門。菱沼喜十郎と娘のおこま。不思議な因縁で結ばれた国定忠治《くにさだちゅうじ》一家（今回の忠治は、儲け役である）。忘れちゃいけない、最強パートナーの愛犬あか。影二郎と彼らの絆《きずな》を確認するのも、このシリーズ物を読むときの悦楽となっているのだ。

そして本書でもっとも注目すべきは、南部・津軽の争いの原因である。未読の読者もいると思うので、ぼかした書き方になってしまうが、争いの原因は非常にワールド・ワイド。この当時の世界情勢を視野に入れた、かなりぶっ飛んだものとなっているのだ。一冊の長篇を楽々と支える骨太のアイディアは、作者にとっても会心のものであろう。しかもそこには、作者の鋭いメッセージが感じられるのである。

世界の情勢が某国を動かし、その国の行動が南部と津軽を動かし、その争いが夏目影二郎を動かす。この玉突きのような図式のなかに、世界と個人の関係性が表現されている。さらに、世界の潮流がヒタヒタと日本へと押し寄せる、江戸後期の日本の揺らぎが、主人公の活躍を通じて浮き彫りにされているのだ。世界と国家。世界と個人。天保時代を舞台としながらも、描き出されているテーマは、きわめて今日的なのである。

ここには、魅力的なヒーローがいる。迫真のチャンバラがある。波乱万丈のストーリーと、興味を惹《ひ》く謎がある。旅情の楽しみがある。人々の喜怒哀楽がある。国際的な史観に基づく、深いテーマがある。これ以上、なにを求めろというのか。だから本書は面白いのだ。

光文社文庫

文庫書下ろし／長編時代小説

下《げ》忍《にん》狩《が》り

著者　佐《さ》伯《えき》泰《やす》英《ひで》

2002年11月20日　初版1刷発行
2008年3月10日　18刷発行

発行者　駒井　稔
印刷　慶昌堂印刷
製本　フォーネット社

発行所　株式会社 光文社
〒112-8011　東京都文京区音羽1-16-6
電話　(03)5395-8149　編集部
8114　販売部
8125　業務部
振替　00160-3-115347

落丁本・乱丁本は業務部にご連絡くだされば、お取替えいたします。
ISBN978-4-334-73402-2　Printed in Japan

お願い　光文社文庫をお読みになって、いかがでございましたか。「読後の感想」を編集部あてに、ぜひお送りください。

このほか光文社文庫では、どんな本をお読みになりましたか。これから、どういう本をご希望ですか。

どの本も、誤植がないようつとめていますが、もしお気づきの点がございましたら、お教えください。ご職業、ご年齢などもお書きそえいただければ幸いです。当社の規定により本来の目的以外に使用せず、大切に扱わせていただきます。

光文社文庫編集部